黄 孝 阳 文 集

旅 人 书

黄孝阳 著

上海文艺出版社

目　录

目　录

　　　　　　　　　　　　　　　　目 录

我在这里，

在鲜嫩碧绿的圆形树冠下坐着，

被白蚁蛀成白骨。

路过的行人请不要惊惧。

那是我原本的模样，

是你在镜中常看到的那张脸庞。

路过的行人啊，

请上前一步，

让气流从你甜蜜的嘴唇中涌出。

轻轻的我将枯萎、皱缩，

化成斑斓树影里的一小块灰……

高歌取醉念昔时

花开总让少年哭，弄湿春天几多处，柔情原本稀罕物。

明月哪知别离苦，犹为仙人①捧玉露，残梦惊魂浊酒壶。

长夜扑落尾火虎②，苍穹万里失声呼，豹③死黄泉鸟④影枯。

---

① 仙人：魏明帝青龙元年八月，诏宫官牵车西取汉孝武捧露盘仙人，欲立置前殿。宫官既拆盘，仙人临载，乃潸然泪下。唐诸王孙李长吉遂作《金铜仙人辞汉歌》。

② 尾火虎：对应"中国星空系统"二十八星宿中的尾宿。东方第六宿，尾宿九颗星形成苍龙之尾。龙尾，是斗杀中最易受到攻击部位，故多凶。尾宿之日不可求，一切兴工有犯仇，若是婚姻用此日，三年之内有悲哀。尾宿也属于天蝎座，正是蝎子的尾巴，由八九颗较亮的星组成。

③ 赤豹：毛赤而有黑色斑纹的豹。《楚辞·九歌·山鬼》："乘赤豹兮从文狸，辛夷车兮结桂旗。"

④ 青鸟：出于《山海经》。代表送达书信、消息的鸟。古诗中常常用来指爱情信使。"此去蓬山无多路，青鸟殷勤为探看。"（李商隐《无题》）

高　城

　　高城人的数目并不多，可能有二百，也可能是二百零一个。他们生活在森林与沼泽的交界处，额头很低，皮肤是绿色的，眼珠子是蓝色的，大海深处的那种蓝。

　　高城人从不把死去的人付之一炬，或者扔入水中，或者埋入土里。他们认为，死者并未真正离去，而是以其他各种形式继续存在于白昼与黑暗，可能是一丛玫瑰、一只有着玫瑰花纹的豹子以及豹子打出的一声喷嚏。

　　更重要的原因是，他们确信人体即艺术本身，是最伟大的艺术，是上帝最初与最终的形象。所以，他们按照某种神秘的方法把尸体制成雕塑，再安放于一块土坡上（这块土坡被他们称为"风"。而这个古怪的音节又可以称呼上帝、男女的交媾、进食等数以百计的事物与行为）。所有的尸体均保存了临终前的模样，有着灰白或青紫色的口唇、指甲以及出现淤血斑点的皮肤。若把耳朵贴近雕塑的嘴唇，在只有渡鸟鸣叫的清晨，还可能听到它们的濒死喉声。它们似乎与烈日、尘埃、咆哮的风、鸟粪、枯叶与倾盆大雨无关。时间①被这种匪夷所思的工艺所固定，就像是被赋予了货币价值功能的黄金，又有着比钻石还硬的硬度，任何工具都无法在其脸庞上留下一点儿伤痕。

初次来到高城的旅人久久地徘徊于雕塑群中，想象着自己临终时的容颜，也为这种技术只能运用于死者身上略感遗憾（如果能把一个活的鲜嫩少女制成这种雕塑，那会有多美！这种念头若猫的爪子抓挠心脏）。他们拍照、倾听、记录、思索，追溯着有关于雕塑的种种文字与影像，但没有谁敢直接说出心底的这点遗憾。这是只能埋于心底的恶。

精通这门技术的高城人只有巫师，这个模样丑陋的老人只有一条胳膊一只眼睛。来自异乡的女人，用了三年时间绘下所有雕塑的容貌，再用了三个月的时间打听到巫师的名字，又用了三个星期的时间把自己从里至外洗涤干净，来到巫师身边，提出请求，"请保留我这最美的一刻。"巫师没有理会，用石块缓慢地敲打地面。这样过了三天，巫师沙哑着声音问道："是这一刻吗？"

这一刻还会是刚才那一刻吗？女人用衣襟擦拭着被尘埃与汗水弄脏了的脸，终于沮丧地离开。在她曾站立的地面出现了一圈极其复杂的花纹。有略懂得高城文字的旅人把它翻译出来，是一句类似日本俳句的短语：生命随樱花飘落，被猪之蹄踏过。当然，也可能是：肉体是灵魂的衣服，穿

---

① 一个人、一所屋子、这些城、那个国，都有其时间长度。其中一小部分，因为发生在"正确的地点"被记载下来，为人熟悉，并渐渐相信那就是他们的全部，就像法国人的"浪漫"、中国人的"勤劳勇敢"。更多的，那些没有被记载下的，都到哪里去了呢？孔子把时间说成是一支一去不复返的箭头；博尔赫斯说时间是一座小径交叉的迷宫……怎么说呢，突然觉得时间就跟此刻窗外的焰火一样，没有那么多的方向，也没有那样多的知性与循环往复，就是激情的产物，短促、偶然，带着不祥的意味，但让所有人都目眩神迷。又或者说，它并非一种物，是一个数，来自人们对内心的测量，是人的创造、人的想象。

旅人书

坏了就把它扔进泥沼（这种译法有点拗口，且乏了一点儿诗意）。

更多的旅人相继来到高城，不乏艺术家、哲学家、医生、教徒、麻风病患者、商人、政客……他们马上在雕塑群中看到了灵感、死亡的意义、完美的解剖标本①、将在未来复活的肉身、神迹、庞大的财富、可怖的权势。他们的目光不约而同地集中于巫师往死者身上涂抹的药膏。几日后，巫师被逮入石牢，被拷打，并逐一失去了他的左眼、右手、两条腿与生殖器。第七天，奄奄一息的巫师用仅剩的舌头交代了药膏的藏匿处，就咽了气。他残缺的尸体在众目睽睽下慢慢地变成了一座不可再被损坏的雕塑。

药膏即藏匿于他的身体，即是他的血肉。

---

① 把我抓住，夹入书本。我是你的标本，只属于你一个人的丑陋；你唇间呼出的气息，温暖着我的内脏。犹如被目光惊起的蚊蠓，我将围绕你的笑靥翩翩起舞，用我所能拥有的寒暑。

歌　城

　　我猜想，你所想要找的歌城，可能是一条鳗鱼。银光闪闪的鳗鱼，好像是少女的手臂。我猜想是这样。鳗鱼游来，吮吸你粉红色的脚趾。我喜欢看你这时候夸张的表情，就像一场大火在你体内焚起，你的身体要化成琉璃。

　　我在月光下，歌城犹如水纹在河面上扭动。天空与往日不同，倒映其中，也是一条鳗鱼，所吐出的泡泡即为璀璨之星辰。鳗鱼的嘴咬着我，麻酥酥。有光自你体内透出，可以把这光命名为：柏拉图的理念世界、佛学之彼岸、印度教的梵，又或者是永恒的数学结构。应该是这样，我猜想。

　　我喜欢抚摸你脸庞，用我的羽毛。

　　你知道我是一头秃鹫；你知道我空洞苍白；你知道我凶猛无情；你知道我一直在刻意嘲笑这个世界。但为了寻找歌城，你还是忍受住心中的厌恶，来到我身边。我喜欢你这样，喜欢你不情愿裸露在我眼前的身体，喜欢你的贪食、好动，昼伏夜出。你的身子薄又透明，体液几乎和海水一样，有好闻的腥味。你梨形的骨盆饱满多汁，你的乳房会唱歌，大腿会跳舞，阴蒂会说出世上最神奇的情话。与你交媾的人都是有福的，而一切存在，都须借助于女体（它所彰显出的诱惑、罪恶以及它所散发出的爱与恩宠），才能获得持续不断的力量，最终内心圆润无碍。这种无碍并非所谓的真善美，是在理解了日常生活的狰狞后，真正融入人类所有精神活动的那条河流，如同鳗鱼，与水的距离再没有一丁点儿缝隙，在水里尽情展现作为一条鱼所应具有的所有习性。然后在某日，被那突如其来的网捕捉，被沾满血的手扔在案板上，但它完全明白鱼的宿命，当刀锋进入身体的那一刻，它不拒绝可怖，用丰腴之肉体等待命中注定的死神到来。

鳗鱼的性别由后天环境决定，食物不足时变成公鱼，反之变成母鱼。我猜想，在循环往复的时间迷宫里，我曾就是你。这种假设或许可以帮助我们窥见有与无之间的奇境，把一切形而下的转化成混合了神的表情的艺术，引导我们勘破那个越来越纯粹的谜。或许是这样，我猜想。

结局到来之前的风景深奥无比，天空中是大片的灰。灰的尽头是一望无际的黑。黑暗里，我不再盘旋、捕食、展翅，尖的硬喙变柔软，羽毛一根根脱落，骨骼在咔嚓作响中错位。我不再是隼形目猛禽。而你将在阴影、嵌铁钉的木板、漫长的岁月、水面、我即将来临的死、孤寂、布满灰尘的照片，听见我无用的嘹亮歌声。你的身体会随之发生变化，腹部呈现黄色，又转变成类似深海鱼的银白，同时眼睛变大，胸鳍加宽。当最后一颗星辰熄灭，歌声自我的喉咙猛地冲上夜空，又直直坠下。歌城会在那时出现。你会在那里产卵繁殖，一生只产一次卵，产卵后就死亡。

年轻的旅人来到水边，注视着水面上迅速消失的涟漪，想起一个几乎忘掉的名字，一个女人的名字①。然后是色彩感，这个名字好像有着鲜艳的绿。光覆盖其上，极轻地颤抖。

---

① 你是我最好的光阴；你是微凉的晨曦；你是只属于我的珍禽异兽；你是南方天空黄昏时的雨水。时间在轻喊着你的名字。在你的头顶，云层是一张恍若隔世的唱片，我翻来覆去地听。

"我只要：河流、树木，更少的事物，以及你的嘴唇……这个世界被太阳晒得发黑。"旅人喃喃自语。几分钟后，他离开了，就像从未在这里出现过。

取　城

　　梨花在空中滑了一下，旅人看见了取城。这是一座令人看一眼就忘不掉的城堡，像鸟一样。

　　取城人每隔十年就烧掉自己住的小屋，把书本、记忆、恩仇、诅咒、衣服等全部掷入火焰中，只保留少许食物与清水——然后，大家像初生婴儿一样干干净净，重新狩猎、栽种、恋爱与学习。这种奇异的风俗比童话还童话。为找到它，旅人耗尽半生。当他从一个清秀少年，变成一个皮肤皲裂的老头，开始相信取城只是一个用糖果纸包裹着的谎言时，它出现了，在黎明前最冷的时刻。

　　一朵梨花擦过窗户，屋外蓦然飘落巨大的雪一样的光点，是寒食梨花时节，树如银色浮云。这是一个不真实的虚幻国度，犹如粉笔画的。旅人伸出脚，吓了一跳。路在爬高，慢慢地，像是被轻轻抖动着的黑色毛皮。视野里渺无人迹，世界像刚从海里捞出来的一样新鲜。

　　狗在叫，一声长二声短。

　　旅人朝着犬吠中夹杂的人耳几不能辨的那几声嘤咛行去。

　　是脸庞潮红的少女，侧卧在床，在为自己不能克制的自渎行为而抽泣。

她身体里透出的光线照亮了我的眼睛。旅人看见少女颈上细微的绒毛——光线在那里发生弯曲，弯得像弓。旅人悄无声息地从窗台上跳进去，像胆大妄为的贼。

旅人的动作慢了下来，这并非是他的意愿。他耳朵里满是少女"啊"的轻叫——这是个有魔法的声音，有重复的元音，通常是用在一段咒语的最后面。潮湿的咸味朝他扑来，如同某种真实的海洋生物的四肢。他惊讶地发现自己被搭于弓弦，弓弦在被一点点拉满。准确地说，他像是他胯下骑着的那头"独角兽"，但这个逐渐膨胀的过程却是那样缓慢，慢得大脑一片空白，最后陷入一片完全静止的寂静中。

旅人终于听见一个颤音，"你是谁？"

"我是我①。"

她的身体在轻轻战栗，他俯身把这些战栗一一收入口中。

梨花飘落在被阴影遮盖的少女脊背上，是那样白。黎明来了，是一条热带鱼，在墙壁上摆动快乐的尾鳍。树木的侧影、甲壳虫、晨曦、沾着露水的草缓缓流动。旅人等了十分钟，那是他生命中最漫长的十分钟。十分钟后，旅人在水面看见自己的脸庞——一张不属于人类的脸庞；他也看见了自己的手掌，上面已经没有了掌纹。

世界在一个平面上旋转，犹如摇晃着的山陵。

林木森森，旅人拾阶而上。路两边是房子，各种各样的房子，有的房子甚至通体由玻璃、银、玛瑙、黄金、玫瑰、珍珠、砗磲所结构。但当他经过它们时，它们消失了，像酒挥发在空气中，空气中弥漫着酒的清香。气味是真实的。旅人抽动鼻翼说："为什么？"

---

① 我是什么哪，我是相亲相爱相吻时无可替代的嘴唇；梅花在雨夜落下，贴住嘴唇。这微微战栗的香味哪，撕开花瓣固有的形状，是某种语言，撒了糖又撒了盐。

旅人书

还是那个声音，但不再颤抖，"那些房子，只是早已不存在的过去。是天使、妻子、情人、贞女、荡妇、母亲……或者说，是一个女性由生物学到美学的整个过程。美最后也得被遗忘。这是一种必须，必须倒掉清空，取城才能存在，并且一直存在下去。"

　　一条大蟒从他的脚边游过，足有二十米长，身上落满蝴蝶。还有一只羊与一只蓝色的老虎在嬉闹，神态亲昵。老虎的身上是一种他所从未见过花纹，但不知为何，他却觉得自己理解了它们的意思。一种难以准确表述的情感攫住他，像鹰的爪。旅人觉得自己被带到高空，然后飘落。等到他再睁开眼，却见梨花在空中滑了一下。

　　窗户后面，少女的脸庞在逐渐隐没，羽翼一样的光不断从树上落下。栖于树枝上的鸟用喙在这光中啄起了几根弦，声音是那样妙不可言，如《致爱丽丝》。

　　风撒下呛人的尘土，覆盖着他的眼耳鼻舌，断了他的六根六识。

　　旅人心满意足地放平身子。"我"或许欺骗了自己，但这有什么关系呢？

醉　城

　　说说醉城吧，它确实与众不同。就像马铃薯，它在大地之上匍匐蔓延，并不服从传统建筑的等级与秩序，向着四面八方而去，没有中心与规则，斜逸横出，不可预测——每根茎的末端都可能结出一个惊喜，一个超脱人类理性范畴的最美的表现。

　　又或者说，醉城是众多大小不等的醉城的总和。

　　这并非在偷换概念。虽有生老病老，在长达数千年间，醉城的总人数大致稳定。犹如牛羊追逐丰嫩的水草，每当新城出现，醉城人便赶过去，急匆匆地抛弃了帷幔、井然有序的街道、邮局、遍布街头镶嵌有数万颗珍珠宝石的喷泉与青铜雕塑，饮食习惯、戏剧文学、法规制度，乃至于伦理、神话、宗教等。他们像刚学会直立行走的猿人，带着最原始的工具、勇气、坚定的信念，在这个刚出现的醉城里重建一切，重建理性、道德①、逻辑，以及他们的名。浩大的重建工作艰苦异常，要与天斗、与地斗、与凶禽猛

---

①　人类社会是最接近"存在"本身。它需要进化，不断趋于复杂。新的伦理道德是这种进化娩出的产物。很多当下我们视为律令与圭臬的将被动摇，乃至崩溃。善恶获得新的血肉。从某种意义上说，善即从俗。今日之善未必就不是他日之恶。某些个体的善恶观不过是直觉、经验、想象的私生子。

　　　　　　　　旅人书

兽斗，随时都要付出血的代价。这应该是他们的人数始终得不到增加的根本原因——尽管他们有着惊人的堪与蟑螂相提并论的繁殖力。（一只雌蟑螂一年可繁殖近万只后代。很多雌蟑螂交配一次以后，就会雌雄同体，不需交配，便可连续产卵。）但醉城始终还是醉城，他们千辛万苦所重建的，与被他们所摒弃的并无本质区别。

这样的行为有何意义？或者说，始终照耀着醉城上空的太阳——这种源源不断地把光与热抛向广袤太空，疯狂的不加节制的能量释放，其意义何在？

时间像发亮的水流过。

也许这是对肉体、"世界是我的表象"、人的悲剧性、智慧等最深刻的洞察。"所谓的堕落与放纵无损于灵魂本身，就像能量的释放，在一个人类所能窥见的时间尺度上，根本不会对太阳产生任何影响"。这种激情澎湃的目光穿透皮囊与理性的牢笼，在一个无法回头走向死亡的道路上，为所有醉城以外的活着的人，提供了一个哲学样本——人不再是一种两足无羽动物。

旅人沉思着，疑惑地注视着那在醉城人躯体内翻滚的岩浆与面容上的狂喜。每个醉城人死去之日（不管这种死亡看上去有多么不幸），便是众多醉城人载歌载舞之时。

他们聚在一起，举起酒杯。女性袒露双乳，犹如河流摇晃着身体。她们唱出的情歌能让天上的星星也掉下来。而那"肌肉如石头般结实，骨骼如铜铁般坚硬"的男性则把烈酒倒入喉咙，大笑着猜拳，笑声如同木槌猛力敲击鼓面。鼓声落下，这些英俊的汉子便在蓝色的天幕下拔出腰间的刀子。死亡是轻盈之舞，是三餐之食。这让醉城始终处于一个热烈欢呼的节奏中，也让旅人情不自禁地湿润了眼眶。他加入其中，围绕着明亮的篝火与那些腰肢扭动的婀娜妇人，手舞足蹈——几个时辰后，一把刀子割开了他的脖子。

念　城

　　念城在水的下面。只有死过一次的人才可以抵达那里。在此之前，他们还要结伴经历一次艰难的长途跋涉，去沙漠找一个叫阿阇黎的老人，询问出一组阿拉伯数字。这组数字的长度因人而异，一般是十八位数，但有时其长度与圆周率一样。只有在得到这组数字后，对着水面大声诵念出来的人，才有机会找到念城的入口——它可能在一丛水草的根须中、一块半浸在水中的青石板下、一条小鲫鱼左鳃第三片鱼鳞处。

　　要找到阿阇黎并非易事（他的相貌那样古怪独特，右肩上老趴着一只无精打采的秃鹫），沙漠过于幽静广袤，好像烧着的火。空中看不到一只飞鸟，地上没有一头走兽。无穷无尽的黄沙，在风的作用下，不断改变着火焰的形状。偶尔，火焰突然消失，地面出现蔚蓝色的万顷碧波，但有经验的人知道，那是海市蜃楼，是光线的曲折与反射。

　　这让疲惫不堪的旅人绝望，觉得身体要变成一支熊熊燃烧的火把。

　　当太阳移至头顶，他们咬破手臂上的血管，凑至彼此嘴上，互相给予水分、盐、蛋白质等营养物质，再用手在沙里掘出一个洞，把身子埋入那一小片暗中。在暗中，他们遇到脑袋与兔子极其相似的跳鼠，尾巴粗大几乎接近体长的沙鼠，又或者是几条灰白的带黑色条纹的沙蜥。这样过了几天，也可能是几个月、几年，他们渐渐地学会不再喝水，不再被风沙所建造的迷宫所迷惑，再猛烈的阳光也不会对他们造成致命的伤害，而且不再挑食，哪怕是一丛骆驼刺，也能咀嚼得津津有味。在他们几乎要忘掉自己是谁以及为什么要来到沙漠的时候，阿阇黎出现了。

一头秃鹫无声无息地鼓动巨大的翅翼，捕捉着肉眼看不见的气流，以每小时一百公里以上的速度俯冲而落。高鼻深目的老人坐在鸟的颈部，露出干瘪笑容。习惯于保持高度警觉的他们四散而逃。不是所有的人都马上选择潜沙而遁，有个人可能是厌倦了这种高温与严寒交替的生活，也可能是被恐惧夺走了行动的能力，待在原地不动。还有几个人在跑了一段路后，突然想起什么，不安地回过头。秃鹫从他们身边一掠而过，从黄沙里攫出那些奔逃的人——他们是它的美味佳肴。眨眼，这头颈部灰蓝的可怕的大鸟升空而去，消失在太阳的背后。

那个留在原地的人情不自禁地跪下双膝，一个含糊的声音传入他耳中，这声音仿佛光，一下就清除掉笼罩于他眼神上的浑浊。他打量四周，看见那些跑了一段路的人正在发生某种奇异的改变——双手缩小，变成前肢；脊椎后面伸出一根尾巴……他们确确实实地变成了跳鼠、沙鼠、沙蜥。他们，不，是它们。这个得到了阿阇黎启示的人没再犹豫。他终于想起自己来到沙漠的原因，也明白了已经到了离开沙漠的时刻。而要走出沙漠，他需要它们的血、它们的肉。这些可怜又可笑的啮齿类动物是主赐予旅人的食物，他必须毫不留情地杀死它们，才能来到水的面前，找到通过念城的路。"人间世，杀戮意。"他抬起头，为自己过去匪夷所思的愚蠢行为感到吃惊。

月亮出来了，是通过另一个宇宙的洞。在月亮之上往下看，大气层犹如鸡蛋壳一样稀薄。被大气层所包裹的地球的空间是一个固定的数值。它构成了限制，只提供一个狭小的舞台。舞台上可以表演道德，但道德[①]并非实质。人，是一种难以捉摸的狂喜，一团无用的迟早要被消耗掉的激情。没有谁的名字可以一直繁衍下去，包括上帝。所谓的数字，是统计与排列，不是无限的，它是几个符号的循环往复，是把你与我互相区分的一种结绳而记的方式。这个喃喃低语的人热泪盈眶，觉得自己目睹了真理最后的容颜。他掏出耳中阿阇黎留下的声音，扔地上，用脚踏成沙砾。一路上他又杀死了三名盗匪、一只鳄鱼、五条恶狼，终来到目的地。

天穹中的云层幻化出种种猛禽恶兽之形。

巨大的河流犹如一头抹香鲸之庞大的身躯，缓慢、完美、庄严。他没再迟疑，大声念出那组神秘的阿拉伯数字。当水中慢慢拱出一条大鱼青灰色的脊背时，旅人奋力掷出手中匕首。

---

① 道德规定自身。欠债还钱，这是道德；若欠债不还，一个两个十个百个……就不存在借钱这种行为。公德不是私德的总和，是私德的最小公约数，是1，有时态性。长久以来，人们多半存有一个很深的误解，即：道德等于大公无私。道德包括利己与利他。并且，利己大于利他。但利己应当是"君子爱财取之有道"。要弄清"道"在哪里，是什么！它当在看得见的条文与口口相传的乡约村俗里，是那些不言而喻的恻隐之心与基本的是非观。把道德说成只是一个人的事，这是对自由的庸俗理解，是把自私等同于自由。人，在他人的目光下。

　　　　　　　　旅人书

昔 城

往北边走，走到北的尽头，即可见昔城。

昔城在一块占地十余平方公里的岩石上，高耸入云，仿佛是巨大的城堡、摩天大厦、远古神祇遗弃的长戈。这值得拥有一个短暂而热烈的赞美，但在绚丽多姿的人类史上，此种程度的建筑文明比比皆是（它们早已被遗忘）。

昔城人聚集于城中，繁衍后代，有欢乐幸福①，也有痛苦悲伤；有现世安稳，也有命运传奇。他们有一双不可思议的巧手，能造出世所罕见的珍奇，比如青玉杯，若酌满酒，在月光下便能看见霓裳女子于杯中翩翩起舞。他们造的自鸣钟能唱歌，歌声根据主人的心情改变，能薄如蝉翼，能幽奇，能险峻，能雄浑浩荡。

每个来到昔城的旅人都坠入一个没有理由醒来的美梦中，为这些物品所诱惑。但要了解昔城人是困难的，虽然他们有着同样的脸庞，同样需要为每日三餐发愁，同样有富人与穷人，同样有为了更多赚一分钱而呕心沥血的商人、学者、治安官、农夫。

每年 12 月的第一个星期天，昔城有一个奇异的节日，叫"阿波罗"。

---

① 谈论幸福是毫无意义的，它就跟闪电一样，击中你，让你激动，但很快就让你更为绝望。

所有的昔城人穿起艳丽的盛装，依次来到昔城的最顶端。这是神庙所在。神庙前面为方形广场，广场上搭有一座三丈高的松木圆台，东西南北各有扎有青柏的楼梯——任何一个年满十八岁的昔城人都有权利来到台上。

当祭师吹起苍凉的犀牛号角，通常是昔城中当年被公认为最富裕的人第一个走上木台。他朝四面八方鞠躬，吩咐仆人抬上早已准备好的竹筐，把里面满满的黄金一一抛向台下。台下的昔城人并没有争抢拥挤，他们站着，随着巫师的手势，齐声念出语词幽奥的咒语，任耀眼的财富滚落眼前，就仿佛这些黄金不过是石砾与土。

这种惊人的慷慨要以全部身家为代价，所有的动产与不动产，以及他曾拥有的从世界各地购买来的众美姬都将被出售，换成黄金这种唯一的形式。但，抛撒财富的人是有福的，当他抛出最后一块金锭，他即拥有了无上的荣耀与"难以形容的狂喜"。然后，当他走下台，他将成为贫民，最彻底的、一无所有的贫民。地上的财富也与他没有了关系，他与其他昔城人一起弯腰拾起它们，放至木台前一个青铜大鼎内。鼎盖合上，它们将被熔化，铸成脸部扁平的太阳神的形象，被祭拜。

号角声继续响起，整个昔城被一种节奏所激动。又有几个装满金银、玉器、丝锦、珠宝等的竹筐被抬上木台。竹筐的主人跪在绘有鸟兽图案的木台中央向上苍祷告完，起身开始骄傲地呼喊着自己当年所最怨恨的人的名字。被喊到名字的人有过瞬间惊愕，不得不满脸屈辱地走上木台，他要当着所有昔城人的面对财富的原主人说："谢谢您的慷慨。"他将面临数个选择，一是马上拿出更多的财富，连同竹筐内的所有，回赠过去，如果不能更多，哪怕只多出一块指甲大小的黄金，他就必须接受这份要让他一辈子也要感到羞愧的馈赠；二是接受这笔财富，并努力经营成为昔城未来的公认最富有的人；三是当场自杀，洗刷耻辱。

财富与占用无关、与积累无关、与吝啬无关。这是为什么？或许应该这样说，崇拜太阳神的昔城人认为，"太阳是财富的起源，它照耀大地，使万物成长，不求任何回报"，所以他们通过对这两种不同性质的财富赠予，赞美神，又或体验到内心的神圣？旅人们交头接耳。他们的疑惑没有得到身影逐渐消融在阳光中的昔城人的回答。

时　城

事情发生在时城，那是 1917 年。

一个女人出现在街头，舌头有七寸。因为太长，不得不卷起来放在口腔里。她的下颌因此向前突出，噘起的嘴唇与一朵春日里的牵牛花差不多。在她行走于时城的三昼夜内，每隔一分钟，其如花萼张开的嘴唇深处会飘出一些直切人神经末梢的漂亮句子。这些句子在空中飘浮，载歌载舞，犹如春日里细腰丰臀的蜂群，且逐一呈现出大红、深绿、淡紫、明黄等颜色。时城人为此发了狂，他们整日整夜地挥舞衣裳、网兜，在街头东奔西走，捕捉着这些迷人的小精灵。这不容易。有的句子在被衣裳裹住以后，色泽变得与衣裳一样，并最终成为上面的一条纱丝；更多的句子还会改变体形大小，轻盈敏捷地钻出网兜（一些淘气的句子还会对捕捉它的人扮鬼脸，让那些满头大汗的人啼笑皆非）。很快，时城拥有一个专门出售这些句子的市场。人们用它们来装饰生活——从某种意义上说，它们是地位、权力、智慧、勇气以及美貌的代名词。兰心慧质的少女还爱把一种粉红色的句子系在发梢，并在月光如水的晚上，将发梢轻轻托于掌心，用唇齿间涌出的气息小心滋养。据说这样可以赢得一个英俊多才的翩翩少年郎。

旅人书

每个句子的售价不一样，最贵的是一种黑色的。

当一个表情困惑、衣衫褴褛的少年在市场中央摊开左手掌心，大家的心脏好像都被大木撞了，耳朵嗡嗡作响。它好像有无数双隐蔽的翅膀，每根翅膀皆对应着一个人名，以及他们平素不为人知晓的秘密。这让人紧张，忍不住再凝眸望去，它又仿佛是一个深深的洞。人们可以在洞中窥见自己所有的脸庞。（所谓所有，是指过去、现在与未来的总和。这是人们对世界的一种记忆方式。过去、现在与未来并非一个箭头，它们近似涡形。所以人们所看到的，与一个被旋涡吞没的溺水人所看到的一样多。）这就让人害怕了，又让人没来由地感觉到一阵阵狂喜。人们不约而同地发出惊呼，包括初次来到时城的旅人。一个男人粗鲁地抓住少年的手臂，问他是在哪里抓到它的。少年还没来得及回答，围观的人都向他冲过来，拉他，拽他，扯他，拖他，用手抓他，用牙齿咬他，用脚踹他。无论是男人还是女人，人们都发了疯似的想得到他手掌上的那个超越了自然的奇异物。

少年失去了左手臂，被潮水一样的人群抛到市场外面，又被许多闻讯赶来的人踩成了碎片。没有谁知道那个黑色的句子最终落入谁手。也许它并没有落入谁的手中，就像土掉在土里，它可能已变成泥土的一部分。但这件事对时城来说，毕竟是一场灾难，连少年在内，共计七十三个人不幸罹难，其中还包括一名待字闺中的少女——谁也没法解释她是怎么到市场来的，大家都知道这位少女从不走出自家的后花园。

黑色的句子成为一种禁忌，政府紧急颁布了一系列严厉的规章来进行约束。但在人们私下越来越热切的交谈中，谈论它已是时尚、勇气、智慧，对权力的轻蔑。就有人再次提起那个神秘出现又悄无声息消失的长舌女，并回到她走过的路上，用镶满黄金珠玉的匣子来盛装她留下的脚印。这很艰难，幸好长舌女的足迹与一般人不大一样，是一个奇妙的楔形，只要有足够的耐心把这些日子笼罩于其上的尘土小心拂去，就能在土壤中发现它的踪迹。

所有的脚印最后都通过某个隐秘的渠道送至当时的时城县长案前，这是一个博学通古的老人。老人把这些足迹拓印于宣纸上，仔细观看，在经过七天七夜的思索后，老人惊讶地发现，这些颇似箭头的楔形脚印其实是世界上最古老的一种文字，每个字都具有多重含义，也只能根据上下文，才能隐隐约约地猜出它所要表达的意义。老人在纸上写下一句话："这个世界是由谎言构成的。"老人又写下一句话："人们所孜孜以求的真理只是谎言的一部分，它建立秩序，使人互相区别，并分别塑造他们各自的心灵（有的是老虎的形状，有的是鸽子的形状）。它使我们理解了世界的一小部分，最终却毫不留情地把我们囚于词语的牢笼[1]中。"显然，老人所书写的文字与这些楔形字所要表达的有相当大的距离，这从老人皱得越来越紧的眉头上略可看出一点儿端倪。老人写下了第三句话，"人，所能做的，已经做的一切，无非是要找一个可以让自己顶礼膜拜之物。无论主义[2]与科学；人所确定知道的，是他们的死；人所最终能确认的，是他们的无知。我已年近古稀，却终于看见体内那条空空荡荡的河流。光阴逐渐萎缩，十年不过一日。"

时间沿着老人疲惫的脸庞往下滴，屋里出现了水声。一些光暮然从老

---

[1] "这个世界会好吗"，这是梁漱溟先生的世纪之问。我们都希望它会好起来。我是说所有的人，包括看上去十恶不赦的。但人所行的事，却没有几桩像是能让它好起来的。一种解释是：世界是个笼子，我们是笼子里的囚徒，所以囚徒悖论。问题是，"笼子是好一点儿好，还是坏一点儿好呢？"

[2] 任何主义（或者宗教）都不能避免偶像化、仪式化、组织化、世俗化，乃至于成为自身对立面的命运。这是为什么？万物有始也有终。如果某主义始终是一条亢奋的阳线，要放之四海皆准，人类社会也就要"热寂"了。毕竟人所真正消费的是精神，而非手机与ipad——后者只是物的形式的改变。

人手心中透出，犹如火焰。突然，就在这一刻，人们看见老人所住的屋子变成了一只洁白的鸽子，很快，它又成了一头老虎。瞠目结舌的时城人还没弄明白到底发生了什么，这头黑色的老虎张开嘴，一口就把所有睡着的以及还没睡去的人都吞了下去。

时城不见了。不属于时城的旅人吃惊地望着眼前这幕。为什么会这样？

可，为什么又不能是这样？老虎吐出长满倒刺的厚舌，下颌向前突起。

花　城

　　就像在一片树荫里，旅人坐在柏油马路上，笑出了眼泪。

　　一阵微风把一张纸条（60 克的轻质纸）送至他手上，上面用圆珠笔写着凌乱不堪的字迹，像是一个女人[①]写的。

　　火在火里，水在水里。我，又能待在哪里？

　　钟被敲响，天地间传来如同金钱豹身上皮毛花纹一样的巨大回音，夜幕里的花城宛若一条荧鳞蝶尾鱼，在水波中鼓起绝望的眼。

　　愁容妇人，多情少女，合为一体（抹去皱纹与笑容，她们有一张同样精致的脸庞）。那少女在春日的午后褪去了裙，露出梨形骨盆。盆里是我死去的孩子，可怜的皱巴巴的一小团……那妇人穿过落满秋雨的斑马线，咬紧唇，与所有从她身边经过的男人交媾，她的乳房是樱桃红，她的髋部是葡萄紫，她的阴蒂是徽墨黑，她的大腿是象牙白。与她交媾的人在她体内留下诅咒、精液、哀伤、霉菌、痰与种种排泄物，而她独自承受着所有的不幸。

[①]　一个女人。她的美丽像刀子，捅入我的心脏。我想拔出刀子，又怕鲜血惊吓了她沉静的面容。

光阴毫不留情地夺走了人们迟早要腐烂的躯壳，使我得以轻盈一跃，跃过滑腻的丝制长袍、墙壁上的一只墨色淋漓的老虎，木窗、玻璃、砖墙，来到这可以俯瞰芸芸众生的世界尽头。主啊，你要知道我的名，你手持权杖，戴那黄金面具，已夺尽我的所有，而今除了天空，我再也无所留恋。世间万物都是迟早要被你收割的庄稼（用水泥、钢筋、玻璃、大厦、人的名，也不例外），甚至包括花城。我已厌倦再次被你栽种。

我是我胸脯上蜿蜒流出的血。

我球形的胸脯，我富士山一样饱满的胸脯，在此刻，迅速干瘪，干瘪成一团被千百双手捏过的烂絮。

主，我要赞颂你，大声赞颂你赐予我连绵不绝的苦，像雨天里的脊椎炎发作，使我匍匐在地，用眼泪与颤抖的嘴唇恳请你的宽恕，并用子宫装满你以及作为你意志①化身的那些人身体里排出来的可鄙的液体。

子宫里装满了，现在，我把它还给你。

这个曾被侮辱与伤害的女人，所书写的第一句话，就让旅人感到眩晕和迷茫。她可能阅读过博尔赫斯，知道"水消失在水里"。也可能她从不知晓那个爱故弄玄虚的阿根廷老人。这不重要，重要的是，她的疼痛仿佛是一个器皿，把他装了进去。尽管她是女人，他是男人。她抹掉"消失"两字，即剔尽繁芜，用最简单的音节，在迷宫外（其主体结构由已经消失和即将消逝的时间所搭成）竖起一面镜子。水的意义发生转化，不再与时

---

① 人是被塑造的。为什么我们会认为这是"我的看法"？因为有一些人想让我们这样去相信。就是尼采的"超人意志"，也是历史与当下共同结合的产物，而不可能是一个先验的存在。

间有关系，是对存在做出认知。她还特别用"火"进行强调这个"水在水里"的过程：水与火是矛与盾、阴与阳，是中国传统文化的精髓，所谓《易》之道，水火而已。水的概念在这里被厘作两层，第一个可比喻作灵魂（真理）；第二个可比喻肉体（世间万象）。而"樱桃""葡萄""徽墨""象牙"这四组词则透露出她身体内部的真相。

她没有提及自己的眼耳鼻嘴——一个女人的眼睛是最具有煽动性与叙事功能的，比如媚眼如刀。她为什么掩盖起面容？面容也是囹圄，在绝大多数时候，尤其是在这个最具有残忍诗意的当下，女性的面容只是在提供一个可供男人辨认、购买的符号，如橱窗里的商品。所以她选择放弃？又或者说，她希望自己的脸庞像梦一样闪烁不定？

马路上有十几个行人，脸庞都是相似的，也都是完全不一样的，浓淡繁简湿燥。阳光在他们鼻翼处那一小块阴影里缓缓蠕动，像一只漫不经心的螃蟹横着爬过。无人可以交谈。梧桐叶子在黄昏特有的光线里噼啪作响，旅人下意识地抬起头。

一个妖娆妇人，丽妆，修长的腿，从空中掉下来——也许是跳^①下来。掉和跳是有区别的，天壤之别。大风吹来，血在地面蜿蜒流动，是一个英文字母——B。

---

① 生前一团寂静，死后一团黑暗。在这彩色玻璃球转动的瞬间，亲爱的人啊，请大声喧哗。黎明蹲在窗口，黄昏守在屋后。当时间犹如石子下坠，亲爱的人啊，请与我一起跳上屋顶。

开　城

开城从未被某本书籍记载过，但它确实存在。

当月光自大海深处涌出，宛若一头头身躯庞大的洪荒异兽，在原本平静、黑色的海面上奔走，有人突然在倾斜的甲板上听见了鲸歌。歌声摇曳着自暗处升起，犹如水追逐着水。这种奇异的声音能够刺透任何一种哺乳生物之灵魂，让那些有幸听闻的人黯然神伤，又喜极而泣。无数悦耳的音符，仿佛是一株散发着清香的梨树上所掉落的洁白繁密的花朵，纷纷扬扬。海面悄悄恢复了平静，月光所化的露水让大海变得水晶一样清澈。人们惊讶地瞥见海底出现一堆堆蓝色的浑圆石头。它们犹如天上之星辰，高亢而渺远，又仿佛是一个接一个的美梦，让人目眩神迷。

"那是开城啊！"一个黑头发的人欣喜若狂地大叫出声。

没有人回应他的鲁莽，旅人们都尽可能地朝海面弯下了他们的头。

大大小小的石头在海底无声无息、迅速改变着形状，每堆石头的形状都不一样。哪怕是同样一堆石头，也同时包含了野虎、海棠、奔马、景泰蓝瓷与一朵曾佩戴于诸神衣襟上之玫瑰的形状。唯一不变的，只有充溢石中的纯粹的蓝——色彩不是中性而无辜的，它们各自携带隐喻与含义。蓝，比红色轻，比黄色重，比长度长，比宽度宽，且每时每刻都在向自身的中心收缩。这是一种理性的深度，或许能帮助我们认识隐藏到宇宙尽头的奥秘。是这样吗？

船靠近了一堆琥珀状的圆石。旅人们屏气静息地凝视着琥珀中的昆虫、苔藓、地衣和松针……一瞬间，他们又瞥见了一个端庄妇人、一个黑头发的愁眉男子、一个身子赤裸的少女。

少女是那样美。上帝在制造玫瑰时也制造了她的脸庞。

也许仅是情窦初开，少女爱上父亲，想把美好的身体交给她心目中最好的男人。这遭到拒绝。女儿不死心，设计了一场车祸，弑母，并伪造母亲的笔迹，说自己不是父亲的亲生女儿。父亲信了，只是沉默，被爱人曾经的背叛折磨着。几个月后，父亲偶然发现女儿的秘密，这让他彻底崩溃。杀死自己爱人的，是亲生女儿……每个旅人都在圆石中看到了自己想要的结局。它们并不一致，他们还是不约而同地轻叹一声。

图案又发生了改变。仍然是那少女的脸庞，悄悄隐藏在一幢巴洛克风格建筑物的二楼的丝绒窗帘后，她脸上有泪痕。这是 1914 年 6 月 28 日的白天，奥匈帝国王位的继承人弗朗茨·斐迪南坐于马车上，人们高声欢呼，一个黑头发的年轻人从怀里掏出手枪。显然，第一次世界大战将因为这一声枪响发生。但，就在这时刻，那少女或许是因为目睹了未来，用力扯开胸衣，露出两个浑圆的乳房。所有人的动作都停止了，停止在这一刻，好像被上帝施了魔法。

唯有那少女嫣然轻笑起来，她破涕为笑，沿着木梯走下楼，在经过马车时，顺便还捏了捏亲王翘起的神圣庄严的唇髭。少女踱到年轻人的身边，用乳房抵住枪口。枪口垂落，年轻人重新拥有了行动的能力，他一把将她拽入门洞内，与其交媾。马车恢复前行，人们再次振臂高呼。

"这就是开城吗？"黑头发的人喃喃自语，他的眼中已满是泪水。

"世界①在变，而我始终如一。"他又说了一句，掏出一把左轮手轮，他的黑头发变成了红头发。开城不见了，大海发出骇人的咆哮。所有的人如梦惊醒，齐声惊呼。他们忘掉开城，也忘掉了那个黑头发的人。船在黑色的海面，如一点萤火，飞入开城的灌木深处。

①　世界开始时，人类并不存在；世界结束时，他们亦不复存在。人类史、种种道德与风俗、形形色色的贪婪与仇恨，以及无处不在的暴力、傲慢与偏见，还有少量的爱，只是漫漫永恒黑暗中的一道微光。亲爱的人啊！我的一生就这么一个长度，我已清晰地看见它的刻度。

总　城

　　总城在一所方形的屋子里（屋顶是圆的）。屋子的中间搁有一张黄梨木雕花大床，面容疲惫的男女站在床边，目光狐疑。无论从哪个角度来看，这间屋子都不像能够隐藏得下一座城市——那个神创造的词语包含了混凝土、麦当劳、手机、互联网等等。按照智者的说法：一切存在过的以及未来可能存在的都会于那个词语中逐渐显现容颜。那该是一个多么广袤的空间啊！

　　男人弹去衣衫上的土，说："总城在床上？"又说："总城在床下？"又说："在床板里？"

　　男人边笑边下了结论，"你那个信誓旦旦的爸爸是骗子。"

　　"也许床是门。只要找到机关，就能找到去总城的路。"女人小声辩解，手指在硬木床上一寸寸地敲打，但没有哪处能像钢琴的键突然凹下。

　　"也许是我的劲儿太小，帮帮我，行吗？"女人回过头，就像一头迷惑不解的小兽。她有好看的锁骨，五官完美无缺，没有一点儿伤痕。男人抱住她腰肢，"我们非要找到总城吗？"

　　"是的，我爸爸说，只有找到总城，我才能嫁给你。"女人的红唇向上翘起一条好看的弧。门楣之上，有一张似是而非的牛的脸庞。那应该是来自藏区的礼物。男人目光恍惚，"你知道的，当我还是懵懂少年，就异常热爱旅行。借助于世界地图与一堆堆在图书馆过道码成某个字母的书籍，我比许多人更了解他们所生活的城市。但后来，我发现不管它们的城墙有多高、广场有多大、在阳台上拉小提琴的少女有多迷人，它们没有差别，都是由王权、商业和工业所建立的秩序。其根本特征是集中，不仅是物质要素在空间上的简单聚拢，更重要的是：它是意志的集中。最后，千千万万人，喉咙里只会发出一种声音。"

毫无疑问，男人的话是一种可怕的偏见[①]。女人没有反驳，也许是没有能力反驳，也许是没有兴趣反驳，也许她只是想听他说话。她没发出一点儿声响，安静的，就像是男人脚下的影子。

"总城与其他城市有什么本质差异吗？尽管它们标榜文明，追溯其源头，诞生必定伴随着残忍、杀戮、肮脏、血。"男人忧伤地说道，"现在，城市里已经没有老虎了，只有披着人皮的兽。总城既然拥有城市之名，不可能例外。"

多么荒唐的逻辑啊！多么可笑的男人啊！

老虎[②]威猛、天真、血腥而又年轻。

旅人低头去嗅墙壁处的那一丛蔷薇，在潮湿泥泞的暗处，仔细分辨老

---

① 人的大脑基本上是被偏见所充斥，就像"和尚说的那个倒满水的杯子"。但把杯子倒空是不可能的事，顶多是刹那菩提。偏见失去，"我"即随风而逝。能否存在一种可能：《开放的社会及其敌人》。什么意思？让大脑成为一张元素周期表，而非简单粗暴地认为世界是银子的，或者说世界是铜的。

② 一头老虎在屋檐下的蕨藜中嗅着蔷薇。活着的人啊！我是慧能、杨过、曾子；我是你们的标本，是雕塑，是上帝行的神迹；在通往生命、道路与真理的途中，我是你胸脯上那两个光芒四射的半球体。

虎的名字。

"既然这样想，为何不对我爸说？为何又要与我一起走了这千里？"这是女人的声音。

"既然你不信，为何你又要来？"这还是女人的声音。

女人的声音犹如黎明清幽芳香之气息。

明月扑入窗内，旅人抬起眼睛朝屋内投去一瞥，他并不为这种幼稚的对白而诧异，他所诧异的也只是女人的艳丽，而这种艳丽显然是进化的最终结果。

最终与伊始啊，旅人露出笑容。

屋内，那男人叫嚷道："因为你爸实在是比石头还顽固。"

"我爸说，总城本来在一块石头里，后来受不了人世间的打扰，就钻出石头，长出翅膀，像一只青色的大鸟扶摇而上。它的颈是白的、嘴是赤的、胸是黑的、爪是黄的……

"这让在地上繁衍生息的人惊讶万分。起初，他们还以为目睹了神迹，但当他们原来自豪的容貌如同盐簌簌剥落，他们终于意识到这是一个不幸的时刻。他们惊恐地喊叫，身体里飘出一团团黑影——有的若萤火，一闪即逝；有的在吞噬其他黑影后，化身为磨牙吮血的猛兽。那是他们的灵魂。从那以后，他们以彼此的灵魂为食。这种猎食并不一定取决于肠胃的需要，在大多数时候，只为了满足爪牙的快意。"

旅人微笑着，在屋外悄无声息地重复着这些从男人嘴里溜出的句子，它们有阴平去入，悦耳、爽口，更重要的是，它们携带着一个老者对这个世界的看法。

话语迟早有结束的时候，这个世界终将归于寂静的思考。

"因为你，你爸说的每个字我都记得。但你能告诉我，总城又是在什么时候跑到这间屋子里来的？"男人的额头上终于有了好看的抬头纹。

"我不知道，也许当地上有了真正相爱的人，它就会来，就像仙女下凡，带来祝福。"

"就像哈雷彗星光临地球？是否可以说，总城就在这张床上？"男人的牙齿咬住女人胸脯上那两团滑腻的凸起，嘴里含含糊糊地说道。

他嘴唇里的潮湿和温暖，像奇异的花蕊。

他们相爱了①。他们不知道，当他们这样做的时候，床的上面、天花板的下面，随着黄昏的降临，出现了一座城池的形状（一瞬间它已变幻了七十二种奇景）。城门上确实有两个用钻石嵌成的篆体汉字：总城。一个有着淘气笑容的小天使从城门的箭楼飞下，绕着他们飞过一圈，撒下几朵看不见的有着奇异香味的花朵，就与总城一同飞出窗外，飞到了旅人的脊背上。

---

① 当我把你的名字在宣纸上反复书写了 4321 次，日子便亮了起来，有了微微的茸毛，有了书法的起转承合。我的笔因为你变成这世上最稀少的珍奇，能在夜里放出毫光。而你，亲爱的人啊！却永不知地球上一个角落里所发生的这些——这是只属于我独享的甜蜜。

让　城

一对夫妻，交颈而眠，他们的姿势可以用作印度《爱经》之插页。

因为是午夜，他们都在做梦。一个梦见自己是一只鸟，一个梦见自己是射鸟的猎人；一个梦见得到金子，一个梦见失去金子；一个梦见了城堡，一个梦见了摧毁城堡的飓风；一个梦见自己把匕首捅入爱人的胸口，另一个梦见自己把匕首捅入爱人的胸口，还转了两转——只有在最后一点上，他们才取得了一致，这让他们的脸显得如此疲惫。

旅人往窗外望去，向西，向南，向北。

一个妇人在月光下解下外衣，阴蒂饱满，上面覆盖着一小块紫罗兰色的布料。世界是冰凉的水，在她体内漾动。水形成了僻地、荒郊、熙熙攘攘的市集、树木、金鳞赤鳍的鱼与一束束饱满的麦穗。

这妇人从远处走到桥上，胴体中迸射出无数光点。

这妇人犹如一幅印象派大师的油画，带着奇异之呼啸，伸展羽翼，从世界眼前一闪而逝。

旅人琢磨起她的名字，她的名字上应该镌刻有他生死的日月年。脸火辣辣地疼，旅人敛声屏息。宇宙于此刻（"此刻"是人们一个必不可少的容身之处）好像是一口极深的井。恍恍惚惚，身体便于井中逐渐沉没。是那桶，桶底已缺。箍桶的铁在生锈，在坚硬冰冷的井壁上不断地撞出火星。一道道难闻至极的噪声弄伤了旅人的耳膜，涌入他的心灵。旅人情不自禁潸然泪下。

我的灵魂啊，被那妇人带走了，就像牧人带走了属于他的羊羔，只遗弃下一根青绳。

浸透了水的绳饱含腥味，它紧紧地捆住旅人的手脚，让旅人联想到一只擦着山岩飞过的鹰。旅人试图辨认它的形状，这很难。它伸出利爪攫住旅人的脖颈，猛力一提。他便随它跃上半空，再不得上，也不能下，只在漫无边际的水声与一轮明月之间晃荡。

这里便是让城吗？黑暗的火，替他翻开脚下那些蜷曲着的由星辰构成的无尽书页。他看见《让城》之名，但不知其之义。书，一页明，一页暗，一页是♀，另一页是♂，它们有性别。在星辰之间，是驮着身上长着金羊毛的有翅牡羊、被英雄忒修斯杀死的弥诺陶洛斯、夹伤赫拉克勒斯脚的巨蟹、被大力士赫克里斯赤手空拳给掐死的食人狮[1]、埃塞俄比亚山洞中的毒蝎、

---

[1] 主啊，要经历多少绵延不绝的痛苦，多少云层与幽深隧道，才能触摸到你的晴朗阔大。

我已踏过戈壁沙漠及屋内一角，尘埃与山峰有着相同形体，它们一样巨大，像咆哮的狮子，在夜穹下抖动深棕色的鬃毛。

时间在此刻形成条状旋涡，除夕夜一个朝亲人打出的温暖手势。主啊，而我将双手空空地走向你，被你捕杀，或者取下你嘴里的三十颗牙齿。

我知道在这个隐晦而又夸张的世界里，你永远无法完全真正表达自己，所以，所以我将用你的牙咬碎它的骨，把那些最有力量的词语，分食给所有尚不能回家的人们。

主啊，你乃命运最后抵达之处，如同狮群消失的荒原，到处飘浮着星辰的残骸，这是难以理解的奇观，也是人之所以甘愿承受的根源所在。

半人半马的喀戎、奥林匹斯山上宴会用的瓶子、掌管正义 ① 及审判是非善恶的阿斯特里亚、爱神母女变化的大小双鱼、称世间善恶的秤、卡斯特罗与波克斯、上半身变成山羊下半身变成鱼的波赛冬。这些图案所衍生的种种明暗构成了某些具有某种特定含义的段落，但它们却是谎言。旅人不清楚自己是怎么明白这一点的。

旅人没再往下看，抬头往上望。月亮的后面，那些著名的环形废墟的阴影里，一个赤裸的男人在啃自己的肋骨，匆匆忙忙，像饿了很多天的贼。他脸上有古怪的表情，舌头沿着嘴唇不停地打圈。旅人不明白他为什么要选择这样。任何一个环形废墟所定时喷出的营养物质足够他打发掉亿万年的时光。他不该有这样愚蠢的举动，但愚蠢似乎也没有什么不好。在他的眸子里，并没有葡萄架、蓄水池与密布的繁星。他的那张大嘴眼看要把他自己都吞到肚子里去。旅人不知道他究竟想干什么，又能干什么，觉得睾丸正一点点向腹腔内缩去。一道闪电在虚空中出现。这是不可能的。男人望着这本不可能发生的，猛地停止咀嚼，似乎明白了什么，颓然坐下。他的身子如同庞然而昏暗的山，他的睾丸在接触地面灰烬的那一刻立刻向体内缩去，下体很快呈现出女阴的形状。他用手指丈量了女体阴部的尺寸，

---

① 现代意义上的分配正义是基于对人天生就具有某些基本权利而出发的，并由国家保证。不仅是政治权利的分配，还有经济上的分配。正义没有自由那般富有哲学意味，它是世俗的最高理性，并非一定就是"每个人的应得"。洁癖一样的正义溯源不可取。正如康德《正义的形而上学基础》中一段话："最高权威的起源经不起臣服于它的人的详细审查，也就是说，这些臣民不应对其起源过于好奇，服从的正当性易于因此而引起怀疑。如果它被过分追究和质疑，就会置国家于危险之中，那便是一些无意义的质问。"被实践的正义在人类史的各种社会形态都有其独特含义及表现形式，不存在一个恒定不变、如同自然一样威严的范畴。当下各阶层的人们所谈论的正义，似乎更多是一种愿望，一种类似宗教情感的表达。大家都在说自身的需要所在，便是正义所在。要对正义达成共识，否则，正义就是那面"万岁"的旗帜，大家都举着这面旗帜山呼海啸着彼此厮杀。

没有犹疑一头扎进去。

自始至终，他没看旅人一眼。也许旅人并不存在，就像白昼并不存在于黑夜。

"是先有男人的肋骨还是先有女人的子宫？"旅人转过头问身边的妇人。

"时间并不存在先后。在这里，我们难以看到时间的真相，但在让城，你会发觉时间是一团饱含着黏稠液体的变形虫，这只虫儿还有一个名字，叫熵。它使一切话语，一切原本可以撼动人心的影像与文字，不可避免地成为陈词滥调。这是一个不可逆的过程，仿佛熵增。所有的思想皆不可摆脱此宿命。因为所有的思想都指向真理，渴望彰显，渴望启示……"那妇人喋喋不休。

旅人终想起了她的名字，想起很多年前她说过的那句话，"在日常生活①中心平气和地接受另一半的缺点，是谓爱的能力；而若能在日常生活中，看见另一半区别于芸芸众生的那张脸庞，是谓爱的艺术。"他情不自禁地笑起来，没再看她，目光穿过她接近透明的面庞，落在那些黑的高高挑起的屋脊上。

那里有螭吻一对，犹如两块阒寂的灰色墓碑。

---

① 日常生活遵照经验与我们所熟悉的那一部分定理、规律。但，这极可能是虚假的表象。因为黑天鹅。黑天鹅，甚至都不能用小概率事件来发生。它本不应该发生，但它确实就这样飞来了，并通过混沌效应等理论模型，极深刻、极广泛地改变着所有人的生活。就个体的命运而言，这只黑天鹅更是凶猛。是谁放飞了它？

少　城

1989 年，旅人还是一个年轻的少年，他在南方旅行的时候，在一条浑浊的小河边见到一座城市。那是一个漫长的雨天。雨水联系着天空与大地，在伸往河面的宽大的芭蕉叶上，诸神不断变幻着愤怒的脸庞。湿润的叶子背面，密密麻麻的蚂蚁沿着呈弧状分布的叶的脉络，最终在叶尖会合，形成一个个黑色的蚁团，坠于河水之中。

这种奇怪的景象让他吃惊，便不由自主地让视线追随它们的踪迹。河水很急，像一个脾气暴躁的年轻人，对着河岸拳打脚踢。河水还有着豹子皮毛一样的花纹。旅人怅然望着，脑子里跳出一句话：真理（假设世界上确实有这样一种永恒的存在）的绝对，必然导致其内在结构的封闭性。这是一个熵。那神圣的，曾如铁与血的，必然要沦为常识①（这是人类的幸运），

---

① 常识可疑。它是大家都知道的事，并不意味着一定是对的，更不意味着它永远正确。常识从"过去"的子宫孕育而出，不足以完全、彻底地解释未来。未来不断趋于复杂，就像一条河，由小溪到大江，其深度与广度都不是"河流的源头"所可想象。一些所谓的常识，则不过是误解、迷信、别有居心的谎言。当有人要讲"常识"，人们所要准备的，不仅要带上耳朵（这是对传统的尊重），更要带上大脑。更极端一点儿说，在社会分配层面，常识是对世俗经验的服从，是对现有利益的维护。而人的根本是：不服从。且，只有"不服从"，才有可能构建出一个相对公平民主的现代社会。这也就是一些天天以"启蒙者"自居到处逮人讲常识的人的招人讨厌的根本了。

最后为无聊的废话所包裹（这是不幸的）。

　　旅人不清楚这句话与河水有什么关系，随之马上想起的是女性充满无限诱惑的胴体——众所周知，真理热爱天体运动。但当他喃喃地念出这句话的时候，河面上出现数十个旋涡，它们可能是其中某个旋涡的复制品，大小不一，样子类似圆的盒子，不断地开启关闭，盒子边缘还镶嵌着饱满的花纹、梨形的欲望、圆形废墟、鱼的嘴、水草、泥迹斑斑的螺旋管道……这又犹如带有腥味的梦境，从某个妇人体内溜至他的眼前。

　　雨点犹如妇人的舌尖，濡湿了他的嘴唇。

　　世界在某一刻，如同一枚滚动的硬币突然静止下来，旅人目瞪口呆地看着河面。在经过一系列的碰撞、吞噬，众多旋涡已合成一个比较大的旋涡，黑色的蚁团逐一落入其中。蚁团与河水黑白分明，赫然如黑白两鱼，在旋涡中环抱成圆，交尾而游。这是太极，放之则弥六合，卷之退藏于心。可以大于任意量而不超越圆周和空间，也可以小于任意量而不等于零或无。

　　旅人屏住呼吸。一束光自旋涡中透出，照亮了他身边的一个黑影——他原本以为那只是一株植物。旅人辨认许久，才认出他是自己的朋友，叫薛伟。直到此刻，旅人这才想起，自己不是来旅游的，与他一样，都是从北方那个广场跑出来的。薛伟对着旅人咧嘴笑，样子有点难为情，"门开了，我得走了。"旅人说，"哪里的门？"薛伟说，"少城的。"旅人说，"少城是哪里，原来我怎么从未听过？"薛伟犹豫了一下，说，"我也是刚刚才知道的。"旅人诧异了。薛伟叹口气，抖动手指。他的手指在光中是半透明的，好像一种劣质果冻。旅人舔舔唇。薛伟扬起眉梢，说，"就是这束光告诉我的。准确地说，是她，她叫娅。"旅人侧过耳朵，果然听见光中有隐隐约约的声音。这声音若铜豆落银盆，倒也清脆，但他还是根本听不清她在说什么。薛伟见他疑惑，临时充当起翻译的角色，说道："世界上所有的文字都从未述及过少城，这是因为少城与时间无关。时间改变一切，但无法改变少城。少城的存在并不依赖时间，与国家、种族、语言也没有什么关系，它只与每个人的心灵发生关系，它很小，比尘土还小，一滴水里有十万少城；它也很大，大得能装得下银河系。"

薛伟的话让旅人头脑混乱。旅人没想到这种没营养的话也会出自薛伟嘴里——他本来是一个多么有趣的人啊，都晓得"帅有个屁用，到头来还不是被卒吃掉！"旅人不得不用看白痴的眼神望着他，也望着那束奇异的鱼形光——她覆盖在薛伟身上，赤裸裸的，不加任何掩饰。看得出来，薛伟正在享受一个无与伦比的高潮。他几乎是嘶哑着嗓音说道，"再见，我的朋友。"薛伟就像是在水中迅速融化的冰块。旅人皱起眉头，"所谓少城，难道其学名，也叫真理？"

光，如同一头吃饱了的小兽，心满意足地舔了舔嘴唇，退了回去。

几秒钟后，旋涡消失了，两条阴阳鱼不见了，薛伟也看不到了。河面上的蚁团一点点散开，旅人把它们捞起来。这些黑色的如被火烧焦了的尸体被风微微地吹着，慢慢地，慢慢地，在芭蕉叶上聚集成一些痕迹，酷似一些汉字："薛伟小时候并不知道他有一天长大后会成为一条鱼，我是在《太平广记》中看到这个故事的。我读完这个故事后，觉得薛伟比《变形记》中的格里高·萨姆莎更可怜……"

年 城

　　众所周知，年城整年整月地被雾与灌木丛笼罩着，是世界上所有已知各种艺术形式的发源地。每隔几年，城里就要奔出一位骑马的骑士，戴青铜面具，腰挂长剑，若大风从山谷里卷过。人们很难判别这些骑士的容貌与性别，只能听闻那嘚嘚马蹄声（犹如瀑布发出的遥远的声响），猜想着那人将要给世界带来的惊喜。

　　旅人来山谷有十年有余，至今他仍然记得那个黑夜。当他试图跨出某人之梦境，梦的主人发现了他，咆哮着，愤怒的声音像一把把锋利的鱼叉。旅人的胸口流出绿色的血，他以为自己要死了。任何试图摆脱鱼叉的举动都是徒劳无用的，在长达几昼夜的抗争中，他终于想明白了这点，准备化身为海底的泥土……暗处蹿出一条绳索，绕过众多五彩缤纷的珊瑚群，准确地缠住其脚踝，把他从那无底的黑暗深渊中，拖至此处。

　　或许，此处只是某人梦境① 深处的另一个梦。

---

① 我迷失于梦境深处，那里什么都没有，甚至于——语言与水。是谁在漫天黄沙中呼喊我的名字？我回到现实中，明白了一个词语。这个居心叵测的精灵，有三寸长，轻盈，胸部扁平，使我脚趾疼痛，突然心中酸苦。

旅人安慰自己，一点点抹去胸中的恐慌、激动、惊愕和狂喜。他在山谷里游荡，拿着树枝敲打着身边一切可供敲打的（包括敲打一只兔子的皮毛或一条鱼所有的鳞片），试图找出一条可以回去的路，但这根该死的蛇一样的绳索使他始终不能靠近谷口半步。它缠在他的脚踝后，奸诈、愚昧，而又凶残。旅人尝试过用牙齿去咬断它的七寸——水滴还能石穿呢！但当旅人真的咬断绳索的那一刻，他脚下马上重新多出一根一模一样的绳子，不知这意味着什么。若能弄明白这个"什么"，旅人情愿自己乳白色的灵魂尽皆融化在腥绿色的海水中。旅人诅咒了三千六百六十个日夜（每次红日喷薄，他便用指甲在皮肤上画一横或一竖），当他在周身皮肤上画了六百一十个"正"字后，他终于想明白了这个道理，这是他应该心平气和地接受的命运（从想明白这点，到想明白道理，这是一个艰难的归纳与总结的过程）。这是惩罚，也是恩赐。于是，他不再咆哮，不再对着圆月狼嚎，也不再把脚扳到头顶一跳一跳。他恢复了正常，进食、排泄、睡眠，与山谷中一些看似与他差不多境遇的人交上朋友，夜晚聆听他们的神话，白天与他们一起工作。但，说实话，旅人并不明白这些瞳仁灰白的他们在做什么。

每日清晨，太阳还没有变成火把，他们就早早地钻出位于年城下湿漉幽暗的洞穴，来到城的对面。那里有一座山，非常高。山上不长草，都是大块的几何形状的青石，非常硬。旅人找了把最锋利的凿刀，使出吃奶的力气，才在上面留下一道浅印子。旅人真不知道他们如何在石子上刻下这么多的几乎已遍布山体周身的刻痕——最长的一道刻痕有数公里长，几十米宽。这些刻痕类似汉字的五种基本笔画，横竖撇捺折。刻痕深处间又雕了许多各种各样的城堡，雕刻手法迥异，线雕、浮雕、圆雕、沉雕、透雕、镂雕、双面雕。而当城堡在被太阳与月光各自照耀时，还会分别呈现出令人咋舌的景象，比如，原来寒酸衰败的会蓦然变得金碧辉煌、流光溢彩。

城堡四周还伴有数量接近无限的青铜骑士与在他们身下奋蹄扬鬃的马。

没有人上前告诉旅人，这些刻痕与雕像是用来干什么的。旅人问过许多人，他们只是摇头。一个年纪最大的长者说："我们在建图书馆，你信吗？"旅人当然不信（没有比图书馆更荒谬的存在了），所以，也就懒得再追问下去。但旅人还是想不明白他们是如何做到的，旅人提出疑问。老者说："光用力还不够①，你得先这样。"老者摸起凿刀割破手指头，把激涌的鲜血抹在青石上，回过头对旅人说道："这样多抹几次，石头就软了。得是自己的血，别人的血不管用。"

旅人没有再问下去。他突然就明白了所有的因与所有的果，明白了如何才能摆脱自身的命运②。"主啊，世界是一盆大火，你也不可能置身其外。"旅人喃喃自语，热泪盈眶，没有再打扰他们，下山，独自来到城堡面前。当那挂满褐色苔藓的门再次訇然打开，当那镶了古老花饰的马蹄眼看要踏破胸口，旅人纵身把那骑士撞于马下，摘下那凶恶的青铜面具。

这是一位美貌的少女，眼似珍珠，眉若新月，惊恐犹如小鹿。

旅人叹息着，拔出她腰间所悬挂的长剑，割断她秀美的白天鹅一样的颈。血喷出来，如玫瑰，如永恒之伤口③。脚踝上的绳子断了。旅人把面具覆于脸上，把玫瑰衔于嘴角，掉转马头，挥舞长剑，朝那座森严的城堡奔去。

---

① 观念很难说对错。它可能是深刻的，但不一定是对的。"对"，是个非常狭隘的观念，就像河流装不下海洋。现实主义不是不对，而是不够。我们总爱以决绝的对与错来批判与自我批判，若能采取"不够"这样一种言说姿态，或许会更有助于我们理解自身的奥秘。要有观念，更要有技术。前者是灵魂，后者是肉体。

② 如果相信命运这种东西是高高在上的，那它迟早会扼住你的喉咙。人能活着，多好啊！缓慢地，好像书页翻动。所有过去的，以及还没有发生的，都在书里写着。不着急，书迟早有翻完的那一天。当然，自己翻完了，别人也还可以接着翻。

③ 身上的伤口，好像坛坛罐罐。这坛是硫酸，那罐是强碱。

主啊，

你所祈求的，

与我所渴望遗忘的，

根本没有区别。

少女的胴体仿佛闪电插入腹中。

我终于明白了铁的冷漠与残酷，

以及所有被随意损坏的命运。

哭　城

在哭城，曾有一个伟大的雕刻家，是女性。

她的手能把神奇的生命赋予一块普通的木头或石块。她用陨铁雕了一只鹰，至今，那只鹰不借助任何支撑，仍浮在哭城广场的上空。人们（不仅仅是远道而来的旅人）还能用望远镜看到细微的鸟羽在随风起伏。大家赞颂她的名，以为她是哭城的女神。但没有人知道她的寂寞，她一直单身——哭城的年轻人多半严肃、冷漠，有一张成天为金钱操心苍老的脸，而前辈们则顽皮、喧闹、放纵。

岁月若琉璃，内外明澈，净无瑕秽。

她决定去雕一尊男人的像，他将集中所有男人的优点，将是她的爱人。

她找到昆仑木，这种木头蕴藏无限精气，是天地神奇的产物。她把自己关在工作室内，饥了啃面包，渴了饮清水，乏了和衣打地铺。这样过了几年，当雕完最后一根头发时，她在恍然中听见天上诸神的赞叹。这是一尊无法用言语形容其美的雕像，比她想要的还要好，比《掷铁饼者》更有那瞬间爆发的力量，比《大卫》更有人体的光辉，比《思想者》更有思想的力度，比《狮身人面像》更有庄严的面庞，比《复活节的巨石群像》更有神秘的气息。他不仅是雕像，还包含了万物生生不息的道。她用手指来回抚摸着他光洁的额、高挺的鼻、健硕的胸、饱满的臀，以及他的每一寸肌理。她甚至能感受到他跳动的脉搏与隐藏在他体内澎湃的生命力——他会活过来吗？她开始亲吻他，无数次地亲吻他，就好像他也在回应她的亲吻，唇上有着丝丝暖意。她终于俯桌沉沉睡去，她确实需要好好休息一会儿。天暗下来，月光飘进屋，像银子一样。在某个奇异的时刻，雕像真的苏醒了。显然，他并不是很适应屋里的光线，眼里有困惑的水。几分钟后，他揽她入怀，吻她美丽的额头。

他与她的并肩出现，引起众声喧哗。"城之将亡，必出妖孽。"一种简单而极端的感情裹挟了所有的哭城人。大众神话一旦被构建，便容不得半点亵渎，人们需要的，也仅仅需要的是，那个他们想象中的女神形象。这是信仰[①]的毁灭、女神崇拜的崩塌、背叛、羞辱、被抛弃。一群群凶狠的野蜂从这些人的嘴里飞出，是会蜇死人的。细微的尘土呛入喉咙，她咳嗽起来，关上窗户，缓缓褪下衣裙。她是上帝行的神迹，丰腴柔美。"他的欢喜，他的疼痛，他的沮丧，他的绝望"进入她的体内。她感觉到一种从未体验过的坚硬充盈内心（虽然他始终一言不发），脸庞被一层湿漉细密的水雾所覆盖。她想，"我要死了。"

门被撬开。他被数百只粗暴的手，拖至哭城广场那只鹰的下面，被焚烧。

她擦去脸上的唾液、粪便、烂西红柿、鸡蛋液，看了一眼那些哀伤的被愤怒扭曲了脸庞的哭城人（旅人也在其间），走进猛烈的大火，紧紧地抱住那根被烧得焦黑的木头。

"看哪，这个阴户被烧掉的女人！"

所有的人都异口同声发出一声可怕的叫喊。

---

① 当初的解放者，总要沦为另一层意义的奴役者。摧毁信仰的人，会成为信仰本身。

弄 城

　　弄城，任何人见过都忘不了的城。它主要由四方形的图书馆构成。这些建筑井然有序地排列着，如同被凿下的花岗岩石。在石头的内部……门，被油漆涂成黑色；书架，首尾相接，呈环状；玻璃布满灰尘，细沙与雨水敲打着它，轻轻的，充满耐心。

　　因为是黄昏，旅人没有看到想象中的凄凉画面，只见一个花白头发的男人不无疲惫地靠在椅子上，闭着眼睛，左手把玩着一只沙漏。温暖的光线均匀地洒在他身上，散发出一股淡淡的芝麻香——也许不是芝麻香，是深褐色的老人斑的味道。这令人着迷，也令人厌恶。细微的灰尘在淡金色的光芒中飞舞，旅人咽下唾沫，在这张肌肉松弛的脸上，同时看到了无用与不朽。

　　石头与石头的距离并不远，尽管馆内的很多楼梯没有梯级，旅人（借助于一颗蒲公英的种子）还是顺着一些叹息声卷起的气流飘过立柱、回廊与暗灰色的街道，来到另一个男人的面前。

　　弄城意味着什么？旅人了解他的程度，更胜于熟悉自己。十年前，这个男人种植了一棵蒲公英，期待"这个夏里的轻轻喘息"能挽回患了恶性痼疾的妻子的性命。但最后，他也并没有因为妻子的弃世，将蒲公英从盆中连根拔起。

他开始每天俯案抄写各种宗教的、哲学的、科技的、人文的、思想的、文学的、艺术的、建筑的、音乐的……书目。这是一件乏味的、烦琐的、愚蠢的工作。他是馆长，完全有权力[①]（上级部门也拨给了足够的经费），去雇请几位小姑娘。他侄女大学毕业后找不到活儿干。他妻子的弟弟挥舞着某机构出具的一纸证明嚷道："瞧，每分钟输入 289 个汉字，绝不掺假。你就往死里使唤她。"他拒绝了，没有理由。多嘴的人只能私下猜测，或许那个羞涩的小姑娘与他亡妻的容貌太过相似。总之，他老端坐在木桌前悬腕书写，偶尔端起大玻璃瓶喝上一口，再起身走到蒲公英面前，把剩下的水倒入盆中。

他写工体小楷，一丝不苟，笔墨精致，细而不弱，粗而不肥，不寒碜、孱弱、萎靡、局促。通篇不存在刻意的错落伸缩、穿插避让，却自有方圆溢出。更有细心人发现，他每天抄写的汉字，无论繁简及字画多寡，刚好是 1989 个，且皆 6 毫米见方。篇章中相同的字，墨迹笔画竟然也一般大小粗细！这让初次看见他作品的人找到一种久违的惊喜和慰藉。他们热泪盈眶，大声地喊，这是艺术，艺术啊！

他好像对此浑不在意。下班后，摘下袖套，把抄写好的纸张搁入木匣子，向其他人打过招呼，出门回家。他不看电视，不打麻将，不喝酒，不读报纸，也不养宠物。他睡得很香，鼾声巨大——不少夜行人常误以为楼房后面是

---

① 艾克顿公爵有句"绝对的权力导致绝对的腐败"。更准确的说法，应该是绝对的权力需要绝对的腐败，就像树需要水，才能拥有形状。这还真不是说相声。权力导致腐败，是因果关系。似乎可以得出这样的结论：谨慎运用权力，可以避免腐败。而权力需要腐败来运行（或者说，腐败是权力的一部分），可以让人们对权力更抱有警惕之心。这同时意味着，靠权力去清洗腐败，不过是缘木求鱼。

一条火车必经的轨道。

他抄写的书目在外面喊出高价，馆里另外的工作人员因此都热爱上了加班。他们尝试过抓阄儿等分配方式，最后达成协议，轮流加班。这也不公平，工作年限最长的、容貌艳丽的、拥有硕士文凭的、夫婿是领导的，以及每日扫地抹柜的私下都认为自己应该比别人多拿一点儿。

矛盾不可避免，且每天都要比昨日多上一点儿，就堆成雪山，终于——雪崩。

他还是温和地笑，仿佛他们的愤怒与自己毫无关系。咋可能撇清？且不论他是馆长，负有管理之责，若他不搞出这茬儿事，大家不就相安无事？不久，领导找他谈话，他点头哈腰，唯唯是诺。回来，用毛笔蘸清水，继续悬腕抄写。每天 1989 个汉字，不多一个，不少一个。

他要写到什么时候？在这个特别愚蠢的地方。旅人伸了一个懒腰，他的脸庞在黄昏的光照下透着些许神秘。旅人并不能理解他的所为，但喜欢这种"有条不紊"——这是人唯一能超脱自身存在的法门。

旅人确信：哪怕某日我瞎了双目，借助于这几个汉字的力量，我[1]依然可以在无尽的黑暗中辨认出弄城的面貌，或许那时，我能真正知晓这城与那唯一的神的秘密。

---

[1]　"我"是什么？一个不断形成的过程，并不是一块绝对的琥珀。它是打开的，朝向晴空、雨夜的窗户，各种疼痛与欢喜。请相信：不论在何时，生命对"我"来说，都不会是没有意义的。请相信：在感觉无能为力的时候，灵魂的广度与深度会因此增加。痛苦，是必要的，也是必然的。

湿　城

在湿城的尽头，有一个比宇宙还要大的图书馆，据说是六角形的，也有人说它的形状是一个被潮水遗忘在沙滩上的贝壳，还有人说是一个巨大的蜂巢。人们在酒吧里讨论这个话题，一直到翌日凌晨。有时，争吵趋于激烈，就动起拳脚，把对方打成猪头、鸭嘴与熊猫眼。但不管争吵有多么激烈，有一点，大家看法相同：

> 上帝[①]就在图书馆里的某卷书的某一页里待着。只要有人找到那卷书，打开那页，手按在上面提出请求，上帝就会出现，让他梦想成真，哪怕他梦想成为上帝本身——但没有哪个傻瓜会提出这种愿望。这意味着他得永远待在那卷书里，直到另一个傻瓜出现。

图书馆里的书太多了，是一个无限大的数，让每位有幸进入图书馆大

---

① 上帝用一种结构托住万物所有。这是最纯粹的理性。"系统的、全面的、辩证的"谈论问题——那是上帝的视野，人若以其名而行之，实为僭越。我喜欢片面、孤立、形而上。就像那些蝴蝶标本，在我的目光下，有着无与伦比的美丽。如何摆脱狭隘与无知？从否定自己开始。你并不是对的，因为你不是上帝。

门的人，在目睹那浩若星海的书架时，立刻被绝望击中。他们是来这里寻找上帝藏身之所的。他们中有官吏、绅士、警察、囚犯、农民、职员、商人、贫民、赌徒、妓女，以及一小撮想寻找一些不是智者为愚人创造的真理的人。现在，他们发现要在这个昏暗的广袤空间内找到上帝，几乎不可能。但回去的路已经淹没在滔滔洪水中。他们要离开，只能寄希望能在某本书里找到船，或者竹筏，或者一颗避水珠，又或者是上帝。否则在洪水中成群结队出没的食人鲳将噬尽他们的肉体，乃至于灵魂。这种可怕的鱼类，有着鲜绿色的背部和鲜红色的腹部，牙齿为尖锐的三角形，上下互相交错排列，一口即可咬下十六立方厘米的肉。在寻找湿城的旅程上，许多人已经亲身目睹过这些鱼的凶残，它们能在几分钟内把一个人啃剩一具完整的骨架。

　　他们走进图书馆。在这一瞬间，不同形状的书籍即开始迅速繁殖（犹如人在镜中的繁殖）。它们神秘且冷漠，拒绝这些不速之客的阅读与理解。哪怕仅仅只是改变它们在书架上的排列秩序，或者在某个书架内插入（取走）一本图书，所有的书的高度和宽度都会因此发生变化。这让他们因为焦虑与沮丧而永远得不到休息。

　　一些聪明人发现了规律，试图将杂乱无章的堆积变成美的排列，但图书所拥有的无限性，让这种对时间性与事件性的只鳞片爪性的总结不能起丝毫作用。许多人找瞎了眼，翻遍所能触及的书架，却在临终最后一眼时瞥见书架上搁着的书本根本是一卷卷没有书写任何文字的白纸。还有一些人，对这种徒劳无功的寻找感到厌倦，但不知道自己还能干什么，还可以干什么（在无休止地寻觅中，他们已忘掉了湿城以及其他）。他们用火柴点燃书页，一只只黑色瑰丽的蝴蝶，轻盈地跃过他们头顶，飞到图书馆穹形圆顶下。灰烬里瞬间又生出更多本书，包括一本《卖火柴的小女孩》。这让他们中的一位智者明白了一个道理：

在图书馆，图书是作为一个整体存在。这个整体具有无可比拟的准确与精致，其数量与意义不会增多，也不会减少。它的永恒性、完美性使得人只能将它看作神的产物。哪怕在网络环境下，有关馆员、读者①、馆藏及图书馆工作过程和服务手段都发生变化的今天，图书馆的这种无懈可击性也没有丝毫改变。换句话说，上帝应该待在图书馆的每一本书里。

这种发言没有引来一片嘘声。原因很简单，他们已经被一行行笨重的带着花梨木香味的书架隔离成一座座彼此独立的岛屿。但还是有个旅人听到这位智者的声音。他马上把手按在书本上，大声说出了那个一直藏在心底的字母。

---

① "读者是作者的衣食父母"，这是读者的傲慢，是出版商的忽悠。作者才是他自己的衣食父母。不仅是严肃作者，也包括畅销书作者。一个作者连自己都不尊重，能写出什么样的东西呢？媚俗，是时代病。读者是我的书，是我的荣幸；不读，不是我的损失，是他的。

春　城

　　春天来临，风中有花粉、霉菌与其他过敏原。

　　狗对着骨头流下口涎，它要享受这顿美味的早餐，但觉得鼻腔痒[①]，这是一种难以压抑的不愉快的感觉。它只好打出一个喷嚏，这个可怕的喷嚏差点把它的左脸拧成右脸。

　　一股强大的气流从它湿润的鼻腔中喷出，冲到一张粉红色的假钞上。一个个原子发生剧烈碰撞，这种碰撞本该无声无息，但因为那恰到好处的排列方式，在一个无限接近于零的概率下，其中两粒碳原子被加速到不可思议的光速，又在一个几乎不可能的概率下，它们的原子核相撞[②]了。据说这可能导致蕈状云，出现十五万倍太阳中心温度的高温，又或者生成黑洞，令地球毁灭。但事实上：它们只是晃了几下，就像涟漪，几根震动着的弦

[①]　世界一片寂静，潮水反复响起。天空的蓝，在远方，轻轻拍打了一下地球。光影不再晃动，在这山冈上。我是这世上所有的山冈。鸟的羽毛掠过脸颊，我想起曾经的，与即将逝去的遗忘，一种微微的痒。

[②]　脑子里有各种强度的地震。哪怕是最轻微的震颤，也让我所看见的这个世界犹如蝴蝶的翅。一阵阵的眩晕感抓紧我的头颅。头颅左右摆动，跟球一样，而我是绿茵场上那个笨拙的球员，始终无法把球踢离足尖。

脱离了我们所置身的宇宙，在某不存在处，形成一个极小体积、极高密度、极高温度的奇点。几秒钟后，奇点爆炸，时间和空间、质量和能量诞生了。星系、恒星、行星、暗物质、暗能量以及生命……新宇宙的演化非常迅速，被气流卷起的假钞还没飘回地面，它已有了数百亿年的历史，许多只能在《星球大战》中见到的智慧文明已经走向衰弱，而由一种甲壳虫进化而来的文明开始钻木取火，结绳计数，筑土为墙，是为春城。

春城人崇拜大神阿图姆，他们确信世界就是阿图姆的意志化身，万物是阿图姆与自己的影子交媾所创造的。这个过程耗去了整整七日七夜。阿图姆同时具有甲壳虫、公牛、蛇、狮子、天鹅与青蛙的外形。太阳是它的左眼，月亮是它的右眼。这样不管是白天还是黑夜，阿图姆都能用一只眼睛睡觉休息，用另一只眼睛察看万物生长。

春城人建造起气势恢宏的神庙，神庙的地面刻满精美的图案，内壁皆饰有色彩鲜明的浮雕，图案与浮雕的内容为世间诸生灵，以及那勇猛的骑兽武士、美貌的飞天神女，它们朝着神庙中央巨大的祭坛拜伏。祭坛有一百零八层，一层比一层高。中间有四根黑石柱。石柱上分别镌刻着四行字，皆上古之字，有金绳鸟篆之意。

1. 阿图姆知道，假钞里的宇宙是在喷嚏中产生的。

2. 阿图姆知道，喷嚏的主人是一条狗。

3. 阿图姆知道，自己是这条狗在某瞬间意志的绝对化身。这个意志很简单，用两个字即可表达：我日。"我日"是什么？阿图姆不知道。这太复杂了，它超过了春城人所能抵达的词语尽头。所以，阿图姆绝对不去考虑自己为什么不知道与这两个字究竟意味着什么。

4. 阿图姆只知道，他所要做的，就是让所有的甲壳虫最后说一声"我日"，以及"我这样做，是因为我必须这样做。"这是使命，这是荣耀①，这是宇宙最后的真相。阿图姆，永远都不知道，产生它的那个宇宙的时空已经流行"我太阳了。"

　　不是每个春城人都能近距离地看到这四行字的全貌，更没有人能说清它的来历，它经年累月地隐藏于水汽与云雾之内。事实上，当春城人抬头想目睹神迹时，其位于鼻黏膜上的三叉神经就会向作用于肺部的呼吸肌肉发出指令，猛烈地排出空气，将某种不可名状的异物通过鼻腔驱除出体内。这种感觉有点复杂。

　　旅人在地上打了一个滚，把骨头心满意足地叼入嘴。

---

① 这是人行走的地，一切荣耀皆因那人所受的苦。

天 城

天城之高，实难想象。

它像一面旗帜，在高空中飘扬。旗帜中央有一位老人的面庞，其面庞皎洁如月，照亮天地与昏暗万物，让有幸睹见天城的旅人呼吸急促。在他身后，是一个由无限数目的六角形组成的图书馆。他从未走出馆门，但随手画下的线条却正好构成世界的肖像。他是先知（为此，神不得不刺瞎他们的双目）。

先知能够揭示未来，却无力改变。他们最后无一不沉湎于往事与孤独之中。

旅人在宇宙中悄无声息，犹如蜉蝣，在归墟，在极北荒原，在苔藓①，在锈蚀的铁盒，在千万年的时间荒涯。旅人所寻找的，是一本书，是老人留下的，记载着人类所有的往事，读懂了，就可以到天城，不必再借助于梦。书页没有具体的形状，在此刻是风，下一时刻化而为雨，紧接着又可能变成了一小片芭蕉叶。很难弄清它的材质，它们随着四季更替，不断变幻颜

---

① 你覆盖了我，好像羽绒覆盖了鸟的身体。我穿过尼奥的镜子，把丘陵与河流放至原本的位置。肉体是一所房子，现在我搬了出来。在这个没有人的地方，我是石头，你是石头上的苔藓。

色与属性，仅从光线变化中，已可感受到如同交响乐般的震撼。

书的封面上有六个凸起的楔形文字："刺瞎你的眼睛。"

为了让这本书①更趋于人类所能理解的完美，老人曾试图剔除人类史上所有令人不快的事件，把昨天改成这样，把前天改成那样。他绞尽脑汁，剪裁缝纫，但那些多出来的词语并不肯服从他的意愿自行湮没，在他不注意的时候，一头扎进他刚改妥的文本里，使句子平滑或突凸，又或者干脆让一句话的意思颠倒。这让他的修改前后矛盾。他忙碌不停，手中抓紧数十支笔，但他还是没有办法同时修改完全书。他脸上的皱纹像雨一样淅淅沥沥，在这个绝望的时刻，他发现书并未因为其增删多出一字，也未减少一字。他沉默下来，像一只背鳍发黑的大鱼。然后，他在书的空白处写下一行话：

> 商人要迁上山顶，请了工人搬行李。爬到山腰，工人停下歇息。商人大怒，无法叫他们继续，也猜不透他们为何会停下。数小时后，工人再起程。最后领班解释原因：工人说他们走得太快，把灵魂也丢掉了。

只有刺瞎眼睛，人们才能摆脱那个由一生枯燥乏味的日子构成的凡俗肉躯，回到内心，仰观神圣。老人摸出缝衣针，刺入眼球，撕毁掉原本书写的，像一个骑手重新翻身上马。

马以它自己的步态奔跑，小跑或疾驰，在历史与现实之间，在变化的时代与不变的人心之间，把一行行词语，踏成句子，踏成命运的花纹。

---

① 想编撰这样一本书，我是剪贴者，找出世界上最好的汉字，对《现代汉语词典》里所有的名词做出解释。名，万物之母。

旅人来到世间每位瞽者面前。有关于此书的种种传说，如同大雪在他耳边纷纷扬扬。每片雪花都不一样，也都是六角形的。那是一本只有五千字的书，那是一本首尾相连没有页码的沙之书……一个个词语，仿佛鸟雀，在他们嘴里发出不同的啾啾清鸣，他们的面容也都呈现出一种庄严。

事物因了词语，得以存在，我们得以沐浴光。词语破碎处，无物存在，连荒谬也没有。词语是对事物命名的过程，使世界遵守某种秩序，或者说理论。而各种各样的理论，轻的、重的、蝴蝶一样的、螳螂一样的……都是对世界、社会、人的解释。它们互相继承，互相攻讦，也可不能不攻讦。但，一般来说，好一点儿的理论，更适合人类变好愿望的理论，应该是那些能够解释更多理论，让那些彼此矛盾且互为悖论的看法，在同一个轴上保持平衡的。它是复杂的，并不轻率地做出判断。它应该是一张元素周期表，而非简单粗暴地认为世界是银子的，或者说世界是铜的。

当最后一位瞽者起身离开，旅人闭上眼睛，按照他说的那样，把耳朵贴在石柱上，仔细谛听宇宙繁忙的声响。也不知过了多久，一股异乎寻常的温柔，宛若妇人乳房里挤出的液体，滴到唇上。世界微微发光。旅人伸出手，指尖触及天城之门的一瞬间（由无数个"有"构成），它晃了几晃，像在水中晃动的月光，然后不见了。旅人的手中多出薄薄一本书，封面有两个楔形文字，是"天城"。

几 城

　　几城人总会忘掉那些应该记住的事，想起一些莫名其妙的瞬息即逝的片段：夹竹桃下断了栅栏的长椅、搁在厕所窗台上的啤酒罐、月光下的钥匙扣、两只互相追逐的蝴蝶……这是一个奇怪的种族，脸庞如洇在水里的纸，如黄昏里一闪即逝的鸟，如那浮出水面的鱼的脊背，如静悄悄的钟摆。

　　这让他们不仅会忘掉父母妻子的容貌，也经常忘掉自己的样子。所以他们喜欢照镜子，渴望能在这里面找到世界创造之前那张属于自己的脸庞。这很困难，与镜子有联系的主题实在太多：宗教、宇宙哲学、集体主义[①]、虚荣、艺术、性、死亡、魔术和科学。他们在镜中所捕捉到的，突如其来，倏忽散去，根本无法分门别类，更毋论固定。

　　但几城人并不为此难过。太阳照耀着几城以外的世界，照耀着大大小小的舞台。舞台上满是声音的残骸，各种形状，像核桃的仁儿、梨的皮儿、葡萄的籽儿。台上人的表情如同京剧脸谱，眼白多过眼黑。他们咀嚼自己

---

① 集体主义只应该是小范围的道德。人不是因为目标而存在，是作为其本身而存在的，是度过这一生的过程，是用不着"活得太匆忙，来不及感受"。目标给出方向，但或许人并不需要方向，如同时间——它的箭头与循环，皆来源于人的想象。

的名字，如嚼口香糖。要从舞台这边走至那边，需要足够的勇气与谨慎。哪怕台下没有人的眼睛，只有老鼠在剥葵花籽，这仍是一趟艰难的行走过程。仿佛行走在舞台上的那具肉体后面有许多根看不见的绳子，手臂摆动，胳膊抬高，脚尖提起，所有的动作都受绳子的支配。而有的绳子干脆直接在脖子上，每往前挪动一小步，肺就要炸掉一小块。

记忆是漂浮的水母，拖着细长的触须，在黑暗中闪耀蒙蒙蓝光。所有的水母都是同一只无脊椎的腔肠动物，都是来自于海水深处的精灵，都是神（宇宙的永恒真理）最慷慨的恩赐。所以几城人不害怕丢掉自己的名字、钱包、不快乐的心情……夜幕降临的时候，他们跳着迷人的舞蹈，来到广场，再将镜子朝月亮举起。如果有哪位姑娘愿意来到他面前，他就跟着她回去，牵着她的柔荑，一觉睡到天大亮。而几城从来不缺少穿着薄雾似的长裙、眼里有灿烂星光的姑娘。

唯一令几城人有过短暂苦恼的是，他们老弄丢手中的镜子。

幸好不久后，一个陌生的旅人来到几城，他找到一位脖子挺直、媚眼翻飞、脚环叮当作响的几城姑娘，说曾在梦里与她共度良宵芙蓉帐暖，故前来致谢。姑娘咯咯笑，眼睛明亮，既大且黑。她没有接受旅人的礼物，只是将那些神奇的字母放在有手柄的呈倒状梨似的镜子前笑着离开。旅人若有所悟，拣了十面不同形状的用各种金属做的镜子，盘腿坐下，面对镜中"一直向后延伸、无限远的、直到小得看不见的"自我的形象[1]思索了三十七个昼夜，在几城广场的柱子上用油漆涂写了一句话：静止的水和其他平面的能反射光的物体，黑曜岩、象牙、金属、陶瓷、瞳仁、动物皮革，

[1] 没有谁能目睹树的全部生长过程。它以肉眼所无法觉察到的速度给出一棵树本来应该拥有的形象，以及可能拥有的形状。因为那日复一日几乎能忽略不计的"一丁点儿"，它蓦然出现在陡壁间，以与猛烈罡风搏斗的姿态，让人惊呼出声。我们对自我的发现也是这样一个奇异的旅程。世界是瀑布，我是把瀑布挂起的悬崖。

乃至于涂上油彩的木头，都拥有神奇的能力，能反射出灵魂真正形状——它们都是镜子。

　　或许担心不是每个几城人都能看懂这句拗口的话的意思（几城人的语言非常简单，肢体动作与表情是他们主要的交流手段），旅人又干脆在几城的每处边缘都饰上与爱神阿佛洛狄忒有关的鸽子、花朵、嘴唇、热带水果、鸳鸯或者两匹交媾的马。

　　几城是一个能照射的平面。活着的人啊！如果你们渴望解释几城以外的世界并给它赋予意义，你可以尝试着来几城寻找答案。也许，你还能看到那个与姑娘们跳着欢快舞蹈的旅人。

多　城

　　多城是一个时隐时现幽深的洞穴，里面有不可捉摸的长廊。它由各种势不两立的冲突、镜子、隐晦的道德、孤寂、人心中最深切最迫切的欲望、空虚混沌、秩序……所构成。又传说，长廊尽头是那超越宿命与幻灭的存在，是宇宙的尽头，是一个无限丰富微妙的、不可言传的存在，连最伟大的神祇在那里也要俯体下拜。但因为长廊所构成的迷宫，从未有人抵达。虚无[①]中流出的光，长着乌鸦一样的翅膀，自走廊中掠过。走廊两侧是淡青色的灯盏，盏内漂浮着一层油。火焰湿滑黏涩，如同生满细密鳞片的脸庞——凝视它，即可陶醉在想象、幻觉和魔力之中。

　　多城人藏匿在走廊入口处，羸弱、黝黑、颇显苍老。他观察着镜中自我的形象（貌似勇敢，却虚幻和脆弱），嘴角挤出种种表情。镜子是人自我认识或者自欺欺人的工具，它既能揭示真相，也能掩盖事实。最早它被巫师用来占卜未来，当作通向极乐世界或者地狱的门户。后来，人们发现，

---

① 有段时间，我以为自己抵达了虚无，整天待在无所事事的水流中，看着 H_2O 在液态、气态、固态间的挣扎，心里骂着丫真傻逼。后来，一个奇妙的时刻，水告诉了我：虚无永无法抵达，就像生者永无法踏足亡灵的疆界。

旅人书

这个光滑的平面并没有智慧和节制的位置，有的只是欲望。所有的镜子都是《白雪公主》里的那面魔镜，它反射的不是光，是人心以及由此衍生出廉价戏剧。

多城人露牙齿、拽耳朵、眨眼睛，迷惑于自己的孤独中，被那个"永远不出错的……真实的镜子"弄得神魂颠倒又焦虑不安。走廊入口满是珠宝、药品、骷髅、纱、丝绸、大马士革刀、钟表、望远镜与腐烂的食物。但这些都是无用的，不能充饥，也不能替他多增添一点儿勇气。这个可怜人每隔数时辰朝走廊深处探头探脑，便被火焰中生出的脸庞吓得赶紧后退。他足够谨慎，所以他活到现在。

但"现在"又会有多久？

一个蜂腰细臀的女人来到走廊入口，肩胛骨穿着锈迹斑斑的铁链，衣衫上满是泪痕与血渍，姿态如同风中杨柳。本该哀戚的女人眼中有奇异之光辉，步履轻快、牙齿雪白。多城人目瞪口呆。跟在女人身后进来的，是一个侏儒与一个巨人。侏儒、巨人与女人开始在镜子前宽衣解带。

多城人看着性欲亢奋的他们，头疼得厉害，嘴唇皲裂。镜里射出的污秽光线，让他的因为思索变得细长的手指燃烧起来。他赶紧吹灭指尖处的火焰，捡起旅人遗落在地上的一枚硬币，高高抛起。硬币当啷落地，不是正面朝上，也不是反面朝上，它在停止滚动后，居然立在地上。"如果只考虑硬币的正反两面，不考虑其'立起来'的可能，即忽略了其厚度。多厚的硬币才能使得其立起来的概率与正（或反）面朝上的概率一样？"多城人凝视着硬币——这个亮闪闪的点，这个奇异的点，这个没有体积、比例、明暗、色彩、香味、声音的点。他感到不安，重新捡起这枚神奇的硬币。侏儒与巨人不见了，镜前只剩下脸庞绯红的女人，她的眼睛里含有如此多的火焰，而她的胴体受孕之兽，宁静，纯洁，圣美。

多城人鼓足勇气来到女人面前（他感到：靠近她的瞬间，同时也就是离她最远的瞬间），默不作声地朝她摊开手掌。如果她愿意陪他去长廊深处，这枚硬币将是报酬①。他没吭声。女人还是明白了他的意思，接过硬币，仔细端详他长满鳞片的憔悴的脸庞，说："帮我抓住这铁链。"

他抓住铁链，马上感觉到被撕裂的疼痛，一种他从来没有想象过的，在他承受能力以外的疼痛。他尖叫起来。这根嘶嘶作响的链子，自女人肩胛骨处穿出，像毒蛇一样，缠紧他的手脚，把他往洞穴外拖去。他回头去看女人，却惊骇地发现那只是一个带有翅膀的怪物。"你是世界上最后一个多城人。"他听见一个不无讥嘲的声音，然后他奇形怪状的影子已变成长廊的一部分。

---

① 《晋书·顾恺之传》："尝悦一邻女，挑之弗从，乃图其形于壁，以棘针钉其心，女遂患心痛。恺之因致其情，女从之，遂密去针而愈。"这个故事是什么意思？

　　　　旅人书

处　城

处城在河水的那边，是"彼岸[①]"。河水向东流，也不知流了多少年，河面没有桥。一个人出现在河边，他想到处城去。或许人们会问，河这边有天与地、青草、山川河流、羚羊、高耸入云的红杉、日月和星辰、金丝猴、饱满多浆的果实、风云雷电、岩洞……他有毛病，为啥想去处城？这样的问题是没有答案的。总之，当这人走出森林，看见了隐藏于雾气中影影绰绰的处城，就有了此想法。

他沿着河流的方向走。河流越来越宽，当处城消失在一片白茫茫中，他在一阵鸟鸣声中，意识到自己犯下的错误。鸟儿告诉他，河流的尽头是海洋，没人能够跨越海洋。很久以前，有只填海的精卫，可大海并不在意她的努力。

他很哀伤，抵达处城是一件不可能完成的任务。他安慰自己，可他再也找不回原来的快乐。处城是一个打着种种手势的咒语，不管他在干什么，

---

① 彼岸，又或者说所有的虚构，只是那些从时光与空间的缝隙漏下的沙砾，又被一个癔症患者，轻轻吹入人的眼睛。我们想象不出一个与自身完全无关的世界，再澎湃不羁的想象力也有其来处，及其所不能及处。

这只看不见的手会冷不丁地扼紧心脏，让他疼得说不出话。而午夜梦醒，他偏偏又听见一个声音在呼唤他的名字。那是众神交谈的话语，是让灵魂震颤的让世间万物皆屏声静息的通过月光传递的声音。那声音如同手中用来寻找食物的尖锐石锥，在皮肤刻出伤痕。伤痕取代了身体里原有的经脉管络，成为血液流转循环的地方，他因此疼得昼夜翻滚。

他从一片漂浮在水面的树叶获得灵感，伐木为筏，搬来几米粗的大木，用老藤匝匝绑紧，准备好橹与桨，在一个风和日丽的下午，向处城出发。处城应该是所有事物的光辉与深度所在，他鼓励自己。但他的力量并不足以与湍急的水流相抗衡。他走的并非直线，是曲线。更糟糕的是，水面还漂游着一只只脸庞娇嫩的塞壬女妖。他不害怕她们的美色，也知道如何对付诱惑——飞遍世界的鸟儿把法子教给了他，他用青草塞住耳朵。可他没想到，女妖们摄人心魄的歌声对他脚底下的木头也有效果。

他回到岸上，苦思冥想，在月夜下的草原上徜徉，与林子里的飞禽交谈。他说，也许我有了翅膀，就能飞过去。鸟儿听了他的祈求后，慷慨地啄下羽毛，用尖喙编成一件非常漂亮的羽衣，并不厌其烦地传授飞翔的本领。他学得很认真，但他太重，他不是鸟，飞不起来。他从悬崖上掉下来的姿势是那样笨拙，好像是手中扔出的石头。最后，所有的鸟儿都闭上嘴，不忍心再为遍体鳞伤的他呐喊加油。

他想了许久，把羽衣还给朋友。他决定忘掉处城，忘掉这个不应该存在的词汇。这天，下了一场暴雨，雨水从树叶上滴下，渗到草的根部。动物们聚集在雨水汇集的洼地边饮水。一只麋鹿出现在他的眼前，角似鹿非鹿，头似马非马，身似驴非驴，蹄似牛非牛。这是一只他从未见过的生物，他情不自禁地走上前，想摸摸它褐黄色健美的身躯。它被吓着了，龇出雪白的牙齿，掉头回跑，朝向河流的上游。那应该是它来的地方，他追上去。

鹿跑得很快，从山的这边跳往山的那边，足蹄轻盈又富有力量，在最坚硬的岩石上敲出一行行细小的凹坑。这些凹坑到了黎明会蕴满晶莹的晨露。这不仅为他解渴，还为他指引了方向，使他不至于被这只奇怪的美丽生物摆脱。他穿过棘蓤，打败一头头熊罴、狼与不知名的恶兽。他不清楚自己是哪里来的勇气与耐心，一口气追了九千九百九十九天，发现他追赶的麋鹿不见了，它消失在一大群低头吃草的麋鹿群里。这里的水极清，清得可以看见鱼的内脏；这里的水极浅，浅得像一面阿弗洛狄忒的镜子。

这里是河的源头。他发了一会儿怔，喃喃自语：处城是众神居住之所，而神是宇宙、生命的起源、本质、目的，以及一切存在之奥的总和。然后，他抬起脚，轻轻地跨出一步。他是旅人，他来到了处城。

柔 城

　　往左走，走到左的尽头，即是柔城。柔城人的容貌出乎旅人的想象，男的极丑陋，女的极美丽。柔城没有普通的街道，马路上嵌满汉字。柔城人深信，构成这种艺术的五种笔画，是世界应有的秩序，是衡量一切事物的依据。

　　旅人在梦中来到柔城（当他明白了每个汉字其实对应着人体的某部分），这个过程耗费了他三年时间，但他还是不能穷尽所有汉字的排列组合，以求得先于世界诞生之前的那张最为古老的脸庞。他不得不终日埋首于保存有一切汉字典籍的柔城图书馆。

　　一个女人[①]来到旅人面前，说是他的妻。她光滑的胴体上写满古老的甲骨文，文末还有柔城一位最著名的书法家之落款。也许是因为"过量阅读对大脑神经[②]造成不可逆的损害"，旅人只看了一眼，即马上毫不留情地指出甲骨文中的"女"应该是一个侧面跪着的两腿屈膝、上身直立、上部两

---

① 喜欢女人，不是因为她们的身体，她们是我灵魂的一部分，这导致最深的孤独。她们是璀璨的星辰，我是在地面仰望夜空的人。我渐渐陷入不可救语的失语中，我是沉默之子。

② 海鞘幼仔是一群类似蝌蚪的动物，拥有复杂的神经系统，但成年之后却变得更加简单，它们定居在海床之上并以滤食这种方式生存。由于不再需要大脑和神经系统，成年海鞘会将自己的大脑吃掉。（摘自百度百科）

臂交叉下垂、胸部有乳房形状的女子形象。旅人拿修改液抹掉这女人身上的错误，又找出狼毫毛笔，在她身体上书写了一篇足有三千字的关于女字之嬗变的论文，并依次用了甲骨文、金文、籀文、小篆、隶书、草书、楷书、行书、宋体（光宋体就分肥瘦两种，肥的仿颜、柳，瘦的仿欧、虞），篆书高古逸趣，隶书典雅遒劲，草书放纵奇诡、楷书腴润洒脱。这是一条壮丽的河，河边开满姹紫嫣红的花，河面更有鹄、群鸿与翠鸟的鸣声，以及鹤唳、猿啼、马嘶、虎啸、狮吼、狼嚎……

女人如婴儿一样哭泣出声，心满意足地离开。翌日，又有几个美貌女人，也都声称是旅人的妻。她们的笑容犹如盛夏骄阳下的向日葵，在朦胧的夜色里毫不着涩地裸露出让人迷醉的身体。旅人欣然从命，写了一部《老子》，又写了一部《南华经》，接着是《论语》《大学》《孟子》《中庸》……汉字于他笔下如骏马奔驰，倏忽千里，又如云烟缭绕，纵逸不羁。旅人很高兴。越来越多的柔城女人在他屋外排起长队，她们带来了食物、性、宣纸与热带水果一般香甜的话语。

但很快，旅人发现自己的阅读速度已经跟不上书写速度。相对于接近于无限的女体而言，这些书籍所能提供的太有限。书写过程被重复，汉字在笔下渐渐熟透，像果实，果肉一天比一天多汁，终于散发出一种腐烂的气息。更糟糕的是，书写比阅读更具有成瘾性，当旅人试图停止，整个人马上出现严重的戒断症状。

旅人忧心忡忡，为此，用黑布数次蒙上眼睛，离开柔城潜回现实，尝试阅读一些传说中的西方经典著作。显然，这是两个语境，两个完全不同的体系，他还没有把一本《堂·吉诃德》翻完，已觉得身体的一半不知去了何处。这种分裂常让旅人误以为自己是被堂吉诃德打败了的大风车，眼球因为剧烈的疼痛四处翻滚，喉咙里嘎嘎乱响。突然，某日，一口痰涌上喉咙，旅人清醒了，意识到自己的唾沫其实比汉字更多，也能创造出更多的句子与书籍。旅人开始肆意增删，加上所能想象出来的奇闻趣事，杜撰出许多贤人大哲的生平，比如"庄子梦蝶"等。最早，他还不无谨慎，很快，他发现柔城人对被增补篡改过的文章更感兴趣。他们为各种版本的不同争吵、谩骂，甚至大打出手。毫无疑问，这是一种可怕的权力，可以把历史变成玩笑，把谎言变成真理，把一只天鹅变成长颈鹿，也可以把柔城变成一座没有任何意义的废墟①。而这又意味着什么？旅人搁下笔，凝视着镜中那张日益丑陋的脸庞：

"主啊，我舌头上的话，没有一句是你不知道的。"

---

① 人即废墟。殿堂建造时，即已注定倾塌日。时间是一个被误解了的"刽子手"。是我们创造了我们，并最终毁灭了我们。活着的人啊，岛屿在我们中间，并慢慢下沉。我们脚下，原本空无一物。

情　城

关于情城的一切，曾犹如瘟疫，在旅人中间传播。

据说，是他们中间一个叫格雷诺耶的生来没有气味的人用一种神奇的液体造了它。

它从拉丁文"per fumum"衍生而来，有"穿透烟雾"的意思。它应该是女人对世界最大胆的想象。到过情城的女人多半要为一种狂乱的激情所支配。她们渴望通过它四处扩散的香味，去穿透所有的男人，在不动声色中完成对世界的征服，故而把众多美好的词语以为献祭，淡雅、妖媚、冷艳、温柔、清纯、高贵、神秘……她们相信每次对这种想象之物的命名，都是一次策略上的调整，一种战术上的补充，是最终能把各种男人一网打尽的。有什么样的男人能逃脱？又有什么样的男人愿意从这张由女体结构的网里逃开？也许只有那个不该称之为"人"的格雷诺耶。

这场两性之间的战争，看上去是周瑜打黄盖，一个愿打，一个愿挨，一个是 S，一个是 M。为了让这场战争更具有仪式感与游戏性，男人调动卓越的大脑，贡献出各种香水制造工艺，为情城添加了更多的楼台亭榭，以及众多有关情欲的隐喻。比如，"光滑的瓶身仿佛佳人晶莹透亮的皮肤，盈盈握在掌间。"

男人说:"古埃及的人们是把香水奉为一种神圣,规定在公共场所中不涂香水是违法的。"

男人甚至宣称:每款香水都能引发每个女人内心深处与生俱来的独特香气,它们能够表现女性的所有优点。只要涂上香水,就能拥有幸福的人生,每滴香水都是一个不能去拒绝的梦。所以,当记者问玛丽莲•梦露晚上穿什么睡觉,这位男人世界的玩偶心领神会地说道:"我穿几滴香奈尔五号。"

不是所有的女性都对情城有兴趣。

她们认为:情城的存在只会让女性沦为男人的附庸,成为"妻子、性伴侣、母亲、家庭主妇",而非一个真正独立的有价值的人。淡雅等词语之所以美好,并不是它们真的就美好,是女人天生就有,真的是女人命名了它们,而是男人需要消费它们,并通过电影、电视、杂志、心理学教材、网络等催眠女人,使她们误以为这些词语是自己内心的创造,是灵魂最真实的需要——犹如树需要水。这是光天化日下明目张胆的欺骗,是阳谋。

她们告诫每个胸脯上有一对半圆球体的人:不管那种液体有多么神奇,那个造了情城的人是一个杀死二十六名少女的彻头彻尾的谋杀犯。所谓的男性气质与女性气质,并非不可更改的自然的本质,而是一个被驯养的过程。只有抛弃那些由男人所定义的"好"的与"坏"的女性气质,让它们统统见鬼,女人才能显示出她们最早拥有的力量与美。

但对于这一小撮女性而言,情城还具有一种奇异深邃的特性。它提供了一个自以为是的梦幻空间,一张隐秘的自我 [①] 观照之镜。她们本想通过对

_____

① 人人都在渴望要实现"自我",有那么多的"自我"需要在这个残酷而又冷漠的社会里得到实现吗?没有的,你所践行的,大抵还是别人的意志,你所谓的自我,极可能就是某个牛逼人物多重人格中最微不足道的那一个。"实现自我"这个口号并不高于一切。也不是每个人体内都有那无尽的潮水,人是不一样的。

旅人书

情城的批判与唾骂，抵达彼岸，或者说能尽情遨游在幻想与现实的国度之间，却摆脱不了带刺的玫瑰、窘境、污秽的土，与无法言说的挫折感，最终向下堕落的肉体之眼还是在无尽的虚空中看见了虚妄的自恋、愚蠢、不可理喻、原罪，以及不可避免的禁闭与惩罚。

　　为女性主义奋斗了终身的容颜苍白的女人在床上支撑起身体，脱去黑色的蕾丝胸衣 [①]，忧心忡忡地打量着满屋子的香水瓶，这是她耗费一生走遍情城所收集来的。每个瓶子的表面都覆盖着一缕不同的香味，那是她过去的某段日子。在暗夜里，仿佛是一片片闪光的树叶。现在，她病了，快要死了，她能把它们带到哪里去？是否可以把它们倾倒于自己的墓穴中？就像男人把酒倒入自己的喉咙。

---

① 蕾丝为什么会被认为"性感的肌理"呢？这种由网眼所构成的繁复图案，是女性第一性征的隐喻，是对"我是女性"喋喋不休的强调，是女性对男性做出的交媾邀请，并由男女合谋，最后成功地把它美学化了。

原　城

原城没有任何特征可言，它并非空虚的感觉、坟墓、腐败的坏疽、通往未来的喉咙、不断扩大的版图、殿堂、火，它只是存在，如同宇宙存身于无限，它存在于人类繁衍史的每个字词与音节的背后。

在原城一幢破旧公寓的六楼，生活着一家人，一对夫妻与一个淘气的孩子。他们的生活与我们的日常生活没有任何不同，都是一堆混浊黏稠的可疑物。夫妻俩心知肚明自己的未来，希望孩子某天能摆脱这种令人窒息的生活。他们未进过大学的门，在家鞋厂里做事，工作认真，待人和蔼，生活俭朴，经常要工作到晚上十一二点钟才能回家。他们唯一奢侈的爱好就是喜欢看《读者》，每期必买。这本著名刊物的封底曾长期印有一行汉字——知识① 改变命运，这句话让他们的心潮湿。

---

① 　知识。知是知道，你知道它；识是见识，你知道它为什么在这里。对知识更多的占有与更灵活的运用，意味着你能比别人更好地攫取，你能主宰控制，但这也意味着你将被知识囚禁与支配。知识即权力。权力的本质是什么？知识并不会给人类带来更多的幸福感，也不可能帮助人类摆脱愚蠢、罪恶，以及悲剧性。许多人相信某种谨慎获得的知识，与一些由理性所辨认的价值，能使我们的生活一劳永逸地摆脱苦难与愚蠢。这种愿望说到底还是人"致命的自负"，就像他们对乌托邦的想象一样。

他们许诺，若孩子能考上全校第一，就满足他的一个要求。这是一个聪明的孩子，很快，他真的考上全校第一。孩子指着电视机里的冲浪选手，指着那片蔚蓝色的浪，说："我想要一块冲浪板。"孩子的请求出乎父母的意料。原城远离海洋，整日为灰尘与烟雾所笼罩。夫妻俩面面相觑。为说服孩子，父亲拿出《读者》，讲了一个故事给孩子听——一个印第安人被小船迷住，便买了一条船，因为家乡没有河流，就把船放在屋顶上。没多久，蓄满雨水的船压垮了屋顶。孩子听了就笑，还是坚持自己的意见。这对夫妻只好托人从远方买回来一块冲浪板，一块廉价的塑料制品。孩子眉开眼笑，把冲浪板郑重地放在客厅最醒目的位置。夫妻俩哑然失笑。他们主动延长了工作时间，打算为孩子将来念大学攒下一笔学费。

　　当父母晚上不在家，孩子脸上露出快活的表情——这种表情与他考上全校第一的表情截然不同，后者仿佛只是一个木头面具。他朝着窗外的夜穹眨眨眼睛，打碎灯泡。从球形玻璃体里泻出的光一下注满整个屋子，都有齐腰深。孩子踩上冲浪板，尖叫，脸庞绯红，眼睛像两团烈火，他在光与光之间形成的波浪中跳跃。沙发上形成的浪是弧形，电冰箱上形成的浪是椭圆形，两扇墙交集处的浪是一个锥形。这块神奇的冲浪板甚至把他带到天花板上。孩子好像是一条有鳍的大鱼，没有哪位冲浪选手能做出他所做出的种种匪夷所思的动作……板子自始至终粘在他脚尖，仿佛是脚掌的一部分。屋子里渐渐出现了水母、银鱼、会唱摇篮曲的鹦鹉螺、随歌声跳舞的白珊瑚，以及海底最美丽的矢车菊花。孩子咯咯地笑，与它们捉迷藏，一起唱好听的歌谣。等到父母快回来的时候，在一只讨厌的红鲱鱼的提醒下，孩子恋恋不舍地跳下滑板，跑到卫生间里打开抽水马桶。光，以及所有迷人的海洋生物随着马桶冲水的哗啦声，不见了。孩子捡起灯泡碎片，用口水重新粘好，拧回原处，回到桌前写起作业。

夫妻俩一直没有发现孩子的秘密。但某日夜里，孩子实在玩得太兴奋，而那条负责提醒他的红鲱鱼不巧生了病，没有赶来参加这场 party。大量的光溢出房间，顺着长满爬山虎的大楼墙壁往下淌。整幢楼因为这奇异的光绽放出万千光华，如同一株白色的大树①。所有的原城人都惊呆了，他们从四面八方跑来看这神行的奇迹。孩子的父母也来了，发现光的源头来自自己的家，赶紧冲进去。那个幸福的孩子已溺死在光里，嘴角是甜蜜的笑容。

来到原城的旅人抱起孩子的身体，就像抱起了多年前的自己，一组奇怪的音节自其喉间涌出：

鸟鸣在脑海里，清澈如水；

我骑上鸟背，来到这里，用手掌轻轻触摸你。

你的脸庞，抽象且美，犹如鸟羽。

---

① 树是大地的羽毛，在银色月光下微微颤抖。此刻，好像有某个神秘的声音在叫着我。然后我看见了我——我骑在鸟背上，看着所有的河流。它们形成一个我从未见过的汉字，犹如罂与圆周率的结合。我这么想着，鸟尖叫俯冲而下。我冲进那个不幸而又幸福着的孩子的体内。

本　城

　　很久以前，在旅人中间有一个关于本城的传说。但谁也说不清楚本城在哪儿。唯一可以肯定的是，本城并不在大泽深处，也不在莽莽水雾遮掩的群山之间。那里生活着一群饕餮。

　　它们的模样有点怪，体如牛形，狮鼻虎额豹尾，头生双角，有着一张人的面庞，眼睛却长在腋下。它们曾是龙的子孙，因此可以在地上走、水中游、天上飞。但它们的性格比模样还要古怪。在统治它们的官僚阶层面前比羊羔更温驯，能够忍受人类所无法忍受的贫困、疾病与腐败。在身份地位不如自己的饕餮面前，则异常凶猛，一言不合即冲上去撕咬。它们普遍地缺乏同情心，对民主①嗤之以鼻，对与自己无关的事情，表现出不可思议的麻木不仁。一只饕餮偶尔还能记得自己是龙的子孙，三只饕餮在一起

———————
① 关于民主，人们已达成颇多共识，否则也没得"左派"右派，只有当权派。民主不是高难度动作，就是分蛋糕，与智商无关，知道肚子会饿就成。为什么以民主的名义搞来搞去就搞成专制？这不是国民素质与文化传统的问题，是人类社会的进化存在两条基本道路。没有哪儿比军队更专制，但军队不会消失。遇到重大灾难等，民主社会很可能在短期内转型为后者，如第三帝国。民主是多数人（这是一个相对的概念）选择的结果——这不意味着他们是对的。要重视少数票，"赞成票"是利益，"反对票"意味着自由。要警惕民粹。民权之滥用几乎不可避免。当然，现在连老婆都没有，就谈三妻四妾纵欲之害，尚嫌为时过早。到什么山坡说什么话，到了山巅，就再问岱宗夫如何吧。而那山，是我们要攀上去的。

是一堆不可救药的鼻涕虫。它们爱好吃，若发现食物，必定赶紧塞入嘴里，吃不掉的藏在腋下，腋下那双眼睛二十四小时看着。

"嚼霜前之两螯，烂樱珠之煎蜜；渝杏酪之蒸羹，蛤半熟而含酒，蟹微生而带糟。"本城民皆以食为荣，以少食可耻。秋收时分，本城举行大试。有资格参加的饕餮都是国家的英才，有机会在朝廷任职，或辅助君王统治天下，或成为乡野里的道德表率。最能吃的叫状元郎，那是饕餮们的最高目标。

事情总有例外。有一只饕餮叫王，其父贵为封疆大吏，母亲是城里的名门望族。王一出生，就吃掉一头烤得焦嫩的牛，这让父母深感欣慰。父亲抚摸着王的脊背说："吾儿当是状元郎。"少年时代的王为父母赢得无数荣耀，有一个房间专门陈设它在各种比赛里赢得的奖杯。说是奖杯，形状迥异，樽、壶、卮、皿、鉴、斛、觚、瓮，材质更有青铜、水晶、金银、古藤、琉璃、陶瓷、原木、兽角之分。最漂亮的要属那只底下衬天鹅绒布的夜光杯——王十二岁参加全区美食节，一口气吃掉二十五头牛，勇夺少年组冠军。杯是白玉之精，薄如蛋壳，滑润透明，到晚上清光透体，宛若一小团白色的火焰。若在有月亮的晚上拿到屋外，等到天明，杯中自会积满一盏清露。大家对王赞叹不已，说王是未来的栋梁，有着光明灿烂的前途。王自己对这点也毫不怀疑，日夜勤练，刻苦学习，还动不动就把角挂在梁上，拿三角锥在自己大腿上扎得血流如注。

王的饕餮之技渐渐出神入化，连其父也自愧不如。十四岁那年，王随同父亲出席一次牡蛎宴。这是一种非常难得的食物，产于本城以南十万公里的东海。宴会的主人，本城总督一边握着叉子把那种不断扭动的软体动物喂入嘴里，一边问王对牡蛎的感觉。王躬身答道："大人，您这种吃法无法品尝到真正的大海。"总督大人愣了，问："为什么？"王说："吃牡蛎，不能用餐具。只有舍弃那些冰凉的金属，亲手将牡蛎放到嘴边，在用牙齿将它从壳上撕下来的同时，更要用嘴去吮吸壳里那略带咸味的汤汁。那汤汁里有大海的声音，每一滴，都饱含了大海中千千万万的生物所留下来的体味。"席上诸客尽皆失色，这种吃法是何等高妙的境界啊！王的父亲头上那对硬角忍不住自行舞蹈一周。总督大人默然思索，欲把最珍爱的小女儿许配给王，王的父亲惊喜万分。王扬声说道："谢总督大人青睐，但王尚未悟透这饕餮之道，正欲遍访天下明师，不敢以家室为念。"满屋噤声，几位宾客手中的汤勺掉在地上，总督眉宇间暗雷滚过。这天晚上，王平生第一次受到父母的责骂。父亲暴跳如雷，母亲暗暗垂泪。王只是微笑，三更时分，留下一封书信，把夜光杯塞入行囊，悄然离家。

墨色的天穹发出阵阵咆哮，几颗流星一闪即逝，路在黯淡中浮沉。四周有草木的窃窃私语，挂在树梢的风如同冻死的蛇。王从行囊里抽出一本破损的旧书，把它贴紧心脏，嘴里默诵那个奇异的书名，一呼一吸间，已默诵了九十九遍。两年前，王在一口啤酒桶底下发现它。当时王已经把书塞入嘴里，可上面一行文字却击中它的心脏——"他给大家创造了欢乐，给大家带来了喜悦。但是他，悉达多，自己却并不快活，也没有什么乐趣。"这是一个渴望摆脱自我①的强壮英俊的婆罗门之子；这是一个抛弃财富②、出身、亲人的苦修者；这是一个忍受烈日、严寒和饥饿，让灵魂潜入上千种陌生躯体之中的沙门僧；这是一个在滚滚红尘中心脏逐渐枯萎的朝圣者；

---

① 认识自我，是一个从骆驼到狮子的过程；摆脱自我，是一个从狮子到婴儿的过程——所谓婴儿，尼采说："天真与遗忘，一个新的开始……"我更愿意用水来比喻，但不是"利万物而不争"。水至善，在于它足够强，知晓万物本性，懂得把所有的障碍变成自己的一部分。

② 中国的四大发明是火药、指南针、纸、印刷术。人类的四大发明是：语言、法律、数学、货币。货币犹如水，滋养着人类社会。但谁能告诉我隐藏在货币后面的财富到底从哪里来，为什么是以这种方式在大地上堆积着，又要到哪里去，是否有一天，我们能用它买下整个宇宙？

这是一个想投河自尽却在永恒的河水与沉默的船夫启发下，悟得大道的圣贤。

王惊讶地发现，这个叫悉达多的，似乎是世界在创造他之前就已存在的一张脸庞。王甚至能够看得见——并非想象——悉达多面对父亲时窗外飘入静寂的月光、在练习摆脱自我时身边落下的秃鹰、在活佛面前保持谦恭时脚边爬过的蚂蚁、在享用美食时眼中的厌倦。作为一只饕餮，除了吃，还有什么可以证明自身的存在？饕餮之技有上下之分，上者取意，以平淡中咂出真的滋味；下者取形，讲究刀法火候，技巧凌驾于食物本身。王深知，身边的人连"形之秘"尚未窥破，实不足与之相谈"技"，更毋论那神乎其神的"道"。也许答案都在这本充满想象、幻觉和魔力的书里。王翻过山坡，用夜光杯自草尖舀了几滴清露，在渐渐发光的天幕下痴痴伫立，期待"道"能早日在心中苏醒。

王流浪了十年，它经历了太多，也看到过太多。更糟糕的是，它头上的触角断了，只剩下一只眼睛、一条腿。它还丢掉了一只爪子、几颗牙齿，狮鼻上有烂疮，虎额上有脓包。总之，王的父母绝对不敢相信，这只丑陋的甚至不能被称为饕餮的怪物，竟然会是自己最心爱的儿子。不过，这样的事已经没有可能发生。王的父母死去了三年，是总督大人杀了它们。

这年秋天，王回到本城，来到边境的小村落，在一株大树下，偶遇府上的丫鬟。王叫出丫鬟的名字，祝福它的美貌。丫鬟在惊愕之后认出当年的少主人，顿时泣不成声，讲出三年前发生的事情。在牡蛎宴上自感受到羞辱的总督大人终于抓到王的父亲的过失，由皇帝下旨，抄斩满门，丫鬟仆人皆被拿去拍卖。丫鬟就是被这个村落里的某公饕餮买下的。王默默听着，一言不发。当一只公饕餮疯狂地窜出门，一脚踩翻丫鬟，冲着它怒吼时，王掏出夜光杯与那本书，递过去。

王参加了本城的饕餮之宴。它并没有经过县试与乡试，直接从天而降，落在金銮殿前，一步步走上三层汉白玉石雕环护的丹陛。奇怪的是，殿前广场上那两百余块白色仪仗墩上站着的手执旌旗伞盖的侍卫，没谁看见它。殿内金砖铺地，十二根朱红大圆柱。王望了望在金漆雕龙宝座上端坐的本城皇帝，望了一眼楠木台下垂手而立的总督，望了几眼嘴里汁液四溅的众多饕餮，用两根指头拈起一头牛，放入嘴里，眉间露出一点古怪，似乎很久都未吃过这种饕餮们最热爱的食物。牛不见了，整个过程还没有一秒钟，然后又是一头，两头，三头……王并没有像别的饕餮那样用力咀嚼，一头头牛经过它的嘴直接流向一个不可测的空间——肯定不是胃。稍加留神，不难发现，当一头牛进入王嘴里后，它的嘴就要大上一点儿，身体就要小上一点儿。这是一种违背常识的现象。渐渐地，王不必再伸出指头，所有的牛摆脱掉其他饕餮的爪子，径自往王的阔嘴里飞去，飞得越来越快，简直是王嘴里喷出来的火。大家愣了，呆呆地看着这位不速之客。总督抬起头，在惊诧中鬼使神差地喊道："王。"

王的夜光杯重现尘世，已经是本城上下谈论最多的话题。那只贪婪的公饕餮在暴打妻子后，得知夜光杯的主人竟然是被朝廷通缉了多年的王，马上跑去报告。总督派出去捕杀王的兵马迅速遍布城乡。大家都在猜测总督会以什么样的方式处死当年的传说。

王对总督露出不可捉摸的笑意。几乎是一眨眼，殿内堆积如山的食物已消失在它的嘴里。总督只喊出这一声，一股无法抗拒的引力就把它重重地抛向这张嘴。总督不见了，皇帝不见了，金銮宝殿不见了，广场不见了……所有的物质皆以不可阻挡的态势朝着它那张越来越大的嘴进军——王的身体在一点点消融，在王的嘴的正中央出现一个体积趋于零、密度趋向无限大的"点"。这个点在迅速坍塌收缩，连光线也无法逃脱。而任何物质一旦掉入这个点里，就再也不可能逃出。

几分钟后，本城不见了。邻国的子民们，望着浮在空中那张能够把整个世界都吃下去的嘴，目瞪口呆。当这张嘴朝它们越来越近时，它们发出惊恐的喊叫，四下溃逃，但那张嘴，突然掉转方向，把锋利的牙齿朝向自己的嘴。很快，它就把自己的嘴吞了下去。天空中出现一个小小的黑点，一晃，宛若一只小鸟飞过，高高的苍穹瞬间又恢复了昔日的庄严神圣。

稀　城

　　稀城人认为月球上的黑影是由大群大群的、随着季节迁徙的鸟类形成的。

　　旅人没有反驳这种说法，凝视着眼前古老且神秘的图案，有点透不过气来。图案的中央是一个裸体女子，他认得她，她叫嬺。那是一个阴森森的冬天，虽然没有雪，但寒意已抹平了所有的河流。因为寒冷与饥饿，旅人晕倒在稀城一条河边，是嬺吩咐仆人把他扛上驼背。嬺的家族为城内巨富。在她为这个异乡客准备的卧室里，旅人看到了用白银造的神像、金缕丝线编织而成的壁画、沉香、金如意，来自雨林深处的紫檀木。

　　嬺的脖子比象牙还白，她的面容美丽绝伦，永远新鲜。旅人不明白她为什么就愿意被藤蔓捆住四肢，嘴角却有欢愉。他喃喃自语：

　　嬺，你可知道，当鸟影彻底覆盖月球，此时站在祭台中央腰间仅系了一块鹿皮的中年男子，将用最锋利的刀刃割断你的喉咙，剔出你的骨与血肉，以供众人分享？嬺，你知道的，尽管我再三向你陈述，这样的死毫无意义，阴影不过是圆形废墟与岩石灰烬，你还是微笑着拒绝了我，拒绝了让侍女替代你的建议（这是我的愚蠢）。

　　你说："这是荣誉。"

你说："只有最纯洁的处女才有资格走上祭台。"

你说："她们，也包括即将死去的我，会成为那些鸟中的一只，飞到月亮上。"

你说："我们的名字都是地里的庄稼，被光阴之刃一茬茬收割了去。并不会因为某根麦穗特别粗大，它就不再是麦穗。我们都是鸟的食物，要懂得这点，我们才能理解真正的谦卑，理解那羊的门。所谓碧血照丹青，不过是癔者的呓语。"

嫗，你的智慧与勇气是我所不能理解的。我只能抄录下你的话，在纸、镜子与一切可书写处，一遍遍不厌其烦地拼写，试图找出你的灵魂以及你是谁。这些句子有的是宋体，有的是楷体，有的是隶书，有的是魏碑，还有狂草与王羲之的那种行书。我相信这样的书写能把另一个世界的物质悄悄转移到纸张上来。但当我抄完最后一个句子，我手上出现一副扑克牌，并不是完整的，不清楚具体遗失了哪张牌，或许是红桃Q，或许是梅花4。我摊开牌，是一张陌生女人的脸；我又摊开一张，是另外一个陌生女人的脸。我不清楚她们与你有什么样的联系，不得不把这些牌全部摊在桌面。我还是无法穷尽其中可能，更没有找到你的容颜（你的脸庞是对世界无限奇妙性的诗意概括）。

耳边响起低沉的隆隆声，像是海螺中的海浪声一样。水从祭台下方涌出，被月亮照着，是那样惊心动魄。一些血，不知从哪里滴下的，在水里，宛若活物，有鳞甲与腮，慢慢游动。嫗，离开稀城的三日（相当于人间三年），我已经明白"世界需要暴力 [1] 实现它的

---

[1] 暴力不止是血浆流溢的瞬间，它还是人类与生俱来的现象，是最自然的形态，是深入人之骨髓的本能。它有两种：身体暴力与思想暴力。前者作用于肉体，后者追捕灵魂。我们津津乐道的秩序、规则等，都是暴力通过权力制定并灌输的。死，是对生的暴力；昼，是对夜的暴力。暴力支配万物枯荣。

意图，那种对复杂性的追求，对熵的最终渴望"，明白了"人，作为彰显宇宙那一小部分真相的凝结，必杀戮，必掠夺，必以仇人之血濯洗刀锋"，但我还是怨恨——并非怨恨你，而是怨恨自己的无能，我若是那伟大的王，是让整个欧洲战栗的成吉思汗，我会灭绝稀城，灭绝其语言、文字、建筑、绘画、宗教①、习俗，以及所有的男女老少。若你求我赦免，我会赦免，但将用长鞭抽打你的胸部、小腹、臀。若你不开口哀求，我将不赦一人，不取一物。

婳，你要知道我的恨。

婳，你要知道你的美丽正是你的罪②。

婳，今夜，我并未带来弯刀、弓箭、咆哮的战马、云梯、抛石车，以及十万铁甲。

婳，我只带来了我自己。

当那中年男子举起利刃，我将摒出眼球，俯于你双足之下。唯有如此，我才能摆脱自我的折磨，唯祈愿若有来世，你是猎人，我便是匍匐在你脚下的驯鹿；你是渔夫，我便是把腮帮穿透于渔钩上的鲑鱼③。

---

① 为什么有宗教？因为人是要死的。所有的宗教，都是在谈人死后怎么办的事。

② 人有罪，必受罚，不可以悔改而让众生有侥幸之心。所谓天地不仁，即是大仁。人是熵，且不言其善恶，至少趋利避害。明确无误的死，并不能真正减少犯罪，但应该是社会正义的一部分。

③ 你说我还能怎样爱你呢？当我的世界变得越来越孤独。我是多么渴望《日瓦戈医生》里的那个结尾。在熙熙攘攘的人流中，我看见了一个酷似你的人影，便追上去，突然心脏病发倒毙街头，至死也不知道那个女人究竟是不是你。亲爱的，我不认为自己是日瓦戈医生，也不以为自己是帕斯捷尔纳克，我只是这样想念着你。

罕　城

罕城仿佛是土里长出的，巨大，荒芜，看上去接近永恒。

旅人来到罕城，是因为一个男人。他被人谋杀了，凶手是他的妻子与妻子的情人。他死不瞑目，想知道为什么。这不困难，旅人让他回到过去（那时他还是一个少年，因为舞弊被教师斥骂，辍学，就做了小偷，摸走一个中年男人的钱包。男人丢钱后，撞车自杀①。他很沮丧，改邪归正，从做小生意开始，发家致富，后来遇上他的妻），命运像蜘蛛结的网，像漂浮的叶子，像一根长长的绳索，但他显然不能明白这三个比喻的真谛，求旅人给他机会补偿遗憾。这也不困难。时间②并非箭头，它同时存在于过去、现在、

---

① 人有求生之心，也有趋死之念。生死两端都是谜一样的没有丝毫光亮透出的夜穹（或者深渊）。"我已不再渴望生活"，并不全然因为现实问题。自杀者来到悬崖边，在隔绝一切的暗中，隐隐约约地听到悬崖下的潮水，那是哲学的天籁。

② 时间是一位伟大的独裁者，其指纹永远处在互相靠拢、分开、交错、碰撞、吞噬、旋转的状态里，一大蓬，乱糟糟的，却拥有不容置疑的权力。要理解它，可能要费点劲儿。这主要是因为我们所处的空间造成的。我们无法同时处在不同的空间来观察时间，而事实上空间也有无数，平行或交错，如云蒸霞蔚，并朝生暮死。它是一纵，时间是一横，两者笔直交集，便是此刻。若它发生一点儿变形，又或时间略微有些扭曲，那此刻或许有你没我或许我没你又或许我们皆不存在又或许我正是你窗外路灯下那位衣着窘迫的中年男人，而你却是那位从我眼前奔过的雌鹿一样的少女。

将来。旅人把他带到镜前。他又回到教室里，没有舞弊，考上大学，做了医生。他抓住小偷的手，把钱包送还中年男人。但他还是遇上了他的妻……不管中间发生了什么，过程多么匪夷所思，终点仍然是他被她杀死。

他失去控制，号啕痛哭。眼泪跌在地上，却不溅开，像晶莹透明的小球，一下一下地跳。

"知道这些直径半厘米的球体的秘密吗？"旅人轻声问道。

他摇头，注视着它们，脸上的泪水犹在流淌，汇聚于下颌，形成泪滴，坠着，黏度极大，所以拉长。最后终于承受不了这重，轻轻一颤，堕在岩石地板上。

"你能数得出这里有多少颗小球？"

十颗？一百零七颗？三十三颗？十万四千零一颗？

"万物之和必然会带大于或小于其数学概念上的整体范畴，没有精确的'等于'。不管杯子的大小形状，也无论给杯子斟水的那只手多么稳健，装在杯子里的水一定不会与杯口完全绝对地持平，它会少那么一丁点儿又或者溢出那么一丁点儿，尽管这一丁点儿是肉眼难以觉察常为人所忽略不计，但它的状态确是万物存在的真相。数字可以抽取出事物的某部分本质进行归纳总结，在此过程中，当会丧失或增加许多不可控制的衍生物。这即是纯粹意义上的'阿莱夫'，是我们所生活的罕城。它永远在，永远在变。"

旅人所说的并非他所能理解的，他不吭声，目光转移到镜中[①]一个突然出现的形象，那是他的妻。

一个漂亮女人，黑亮的杏眼，白皙的脸。她在说话，面无表情。她那丰满、鲜红的嘴巴像一朵受了伤的玫瑰。小球在她脚下滚来滚去，她反复地说着

---

① 镜子，我平静地注视着你，注视着你眸子里的那个疯狂的傻逼。我喜欢这样，这是一个有趣的三角形。

三个字，"因为爱"。爱是什么？爱是把最好的东西给对方。人身体里有两种爱，一是上帝之爱，不求回报；二是世俗之爱[①]，是人的艺术，是一种本需要持之以恒地学习才可能掌握的能力。它有一个反馈机制，我给了你，你也要懂得给我，要不爱会枯竭。但愚蠢的人把爱变成了一个愚蠢的，要多愚蠢就有多愚蠢的字眼。

现在，爱，是人之罪。

你明白吗？你不会明白的。

旅人看着这个不幸的男人，犹如一头老虎，看着自己镜中金黄的脸庞。旅人用中指擦去他眼睛里的悲伤，现在，他能看见隐藏在她体内的泪水——是那么多，就好像她是泪水做的。

"你原谅她吗？"旅人问。

他的脚一寸一寸地朝着镜里挪去，"这得到的，并非我所有；这失去的，是归还上帝。只有这疲倦的意志是属于我的"。

这是他的回答吗？旅人来到罕城最高的建筑之上。这座圆形的白色之塔有着异乎寻常的巨大与庄严，并提供了"轻"与另一种不可思议的美。此刻，夜幕仿佛秋虫，于十万英尺的高空下不断发出啾然之声，而夜幕中的罕城则是一团燃烧的火。

> 活着的人啊，我要你们信我，犹如信仰上帝
>
> 而我所唯一能赐予你们的，不是流着蜂蜜的天堂
>
> 而是无尽的，且每刻都在增加的痛苦

---

① 爱是一种能力，还是一种需要光阴才能积聚起来的艺术，而非机械的得到与付出。像工匠凿石，老者击壤……这话多普通啊！可要真正理解它，心中恐怕得有千沟万壑——事实上，沟壑里尸骨累累。

旅人书

物　城

　　物城有各式各样的桥。旅人站在桥下。他已忘掉了岁月、季节、来到物城是何年何月何日，以及种种计时器的模样，但他仍然记得那个黄昏。夕阳映在水中，燕子低飞过桥头。

　　她说："告诉我，你会永远记住那只燕子吗？不是随便什么燕子，不是那儿的那些燕子，而是迅速飞过的那只燕子？"

　　他说："当然。"

　　他们都热泪盈眶，几天后她离开了。他用猎枪找到那只燕子。它的尖喙上衔着一张泛黄的纸页，上面绘有一种我从未见过的生物，容貌绝美。

　　一位眼袋深陷的老妇人走过来，指着那个迷人的生物说："这是真的，鲛人的美貌异乎寻常，嘴唇是珊瑚色的，睫毛好像矢车菊花瓣，洁白如银的身子随时随刻散发着玫瑰和百合花的芬芳。"

　　为了寻找鲛人，旅人来到物城。物城什么都有，漆成白色的砖块、牛粪、猴子、阳台、青翠的小岛、害羞的小精灵、水瓶、人头马、玻璃球、琥珀项链、会喷火的巨型蜥蜴、仕女水墨画、巨蟹、胸针、皮质手袋、珠宝、香料、售货摊……唯独没有鲛人。旅人只好不分黑夜白昼，潜入每个物城人的梦境，企图找出一点儿蛛丝马迹——这并非是愉快的过程，且身上只能穿条犊鼻短裤。旅人的鲁莽使他的脸庞高悬于城门之上，愤怒的物城人终于在今夜用淬了毒的匕首在他额头上刻上"疯子"两字。

"疯癫的诞生有很多种原因，虚妄的自恋、原罪感、某些阴影带来的自我惩罚①、被种种欲望愚弄最后只能诉之于疯癫以渴望逃避或是超越。但不管是什么原因，疯癫者的行径无疑是非人化的，不在公众的认知范围内，这让公众觉得害怕。因为，他们在疯癫者身上隐隐约约地看到了自己不可告人的秘密——这会让他们不断地质疑自身的意义——这是一个不好回答的问题。所以公众选择将疯癫唤醒，消灭一切非人行为。"

天空是一大块灰黑色的冰凌，有几粒寒星，也许不是星，是被子弹穿过的孔。

旅人低下头，他的鼻子与嘴都隐藏在乱七八糟的胡须中。他对着水面那张被羞辱的脸庞继续说道："疯癫是非理性的，故而如铁刷粗暴地劈头盖脸地直刷下来。唯有此，你我身上才能从上至下滴着血；唯有此，黏在我们身上的种种世俗可憎才可能被洗掉。然后剩下一个我，一个最真实、最完整、最纯粹、打不扁、捶不烂、煮不熟、敲不碎的我，或者说是一个形式上的我。这个我，与现实无关；这个我，是超越尘世的神。"

冰凉的水面出现一个幽深的洞，这是人所不能潜到的最深梦境。

旅人惊讶地看见洞里有两个女子在低声交谈。

---

① 为什么说他人即地狱？因为我们内心的脆弱，灵魂时刻被各种恐惧所包裹。他人，即自我的镜像。你要问他人要东西，但永无法把手掌穿透镜面。镜子是污秽的，它令影像繁殖，使众生迷惑于那无尽的脸庞中……能说什么呢？人是自我的囚徒，唯有疲惫不堪的工作才能暂时摆脱痛苦。

一个长发女子说："他说得真有趣，这是真话。[①]"另一个圆脸女子说道："世界在走向极端，而非均衡。它热衷于彻底对抗而非和谐或综合。这是一个不可逆转的过程，其惯性将无情地摧毁一切试图把它拉回去的力量，不管这种力量是发自于人们的内心还是来自于外太空。认识到这个被遮蔽的真相又无能承受的人，就会发疯。疯癫并不能把人打扮成神，它是一种逃避。"

旅人听见自己的声音正在向水的深处漂去，如同脱离了树林的果实。

"疯癫视谬误为真理，视死亡为生存，视我为女人。它是一面镜子，不反映任何现实，而是秘密地向自我观照的人提供自以为是的梦幻。在这里，现实种种不如意可通过他们自身的心像得到修正，这无疑是对现实世界的极大冒犯，当然要诉之以禁闭与惩罚，以提醒他们是人不是神。"

长发女子的泪水夺眶而出，"我爱[②]上他了。"

圆脸女子怔了，"你疯了？你是物城的公主。"

长发女子说道："是的，我疯了。你难道不觉得我们白天为人、晚上为鱼的生活不是一种逃避与自我的惩罚吗？你难道不觉得物城即是铁做的牢笼吗？我已经厌倦，厌倦物城的一切。"

---

① 我们都知道要说真话。但问题是，一些人发自肺腑的真话确实就是"门前有两棵树，一棵是枣树，另一颗还是枣树"。小孩子的真话讲得比谁都好。讲真话是最起码的。讲完后，最好能多想想自己的这些话，在所谓的"美"与"善"上又有什么样的呈现。不要觉得自己讲了"你以为的真话"，就是牛逼人物。求真，审美，趋于至善。讲真话，只是第一步。

② 爱是需要持之以恒的学习。婴儿出世，是不懂得爱的，所以使出吃奶的力气狠狠地咬住那个半球状的食物来源。爱，并非人最根本的天性，是五千年文明的结果——只有爱，才能让人类社会不会因为戾气而突然崩溃。十几岁的孩子，谈论爱情，严格意义上说，就像大多数普通人，谈论相对论、矩阵数列、量子力学。弗洛姆说，爱是人格。又，人圆佛即成，是名真现实。现实、虚实，真实。这三个台阶行过来，可以明白爱。

长发女子[1]摆动腰肢，朝着洞外游去。洞消失了，月光出来了，照着静悄悄的水面，照在她淡绿色的鳍、白色象牙般的脸庞以及像用银和珍珠做成的尾巴上。这是一个美得令人血液凝固的尤物，这也是一张她的脸庞。"鲛人！"旅人听见自己喉咙里有两个粗糙的词语滚过。

　　他没有再丝毫犹豫，从犊鼻短裤里摸出一把枪，扣下扳机，就像当年那样。

---

[1]　想起某个女子走路的样子，像一只色彩斑斓的猫，又疾又快，让人就想摆脱自己的肉体，以便跟上她的轻盈。

明　城

初次来到明城的旅人往往大吃一惊，尽管这里充斥着刻有文字的精美印章、粮食、金银珠宝、轰鸣的金属机械、丝绸、巨大的工厂，但在这个奇怪的地方，"给人希望的不是希望，而是绝望；给人快乐的不是快乐，而是痛苦"。生活在这里的人类似乎是一种残缺的物种，根本无法遏制暴力冲动，一有机会就掠夺。他们也曾建立起契约、禁忌和原则，但最后都被自己所砸碎，尽管这些契约、禁忌和原则其实质即是暴力的酬劳与利息。

就有一个旅人为此哀伤不已，她有着惊人美丽，让星辰也黯然失色。当月光照在她肌肤上，便化作滋润万物的清露。她决心向这些麻木、疯狂的人传播主的福音。因为，她是天使。

　　赞美主，唤醒黎明，晨光灿烂，照耀万灵，

　　赞美主，安排夜景，如垂帐幕，护我安寝。

这日，她的声音惹来了一个俊美男人的笑声。男人有着无可挑剔的脸庞。"很久以前，明城有两层，上面为天堂，下面为人间。这并不奇怪，很多城市也都是这种结构，如同扑克牌的正反两面。但某日，天堂的主管改小了天堂的门，宣布从即日起自己的名不再是'主管'，改称'主'，只有日日诵念主的名的人才能来到天堂。这种做法的结果不言而喻，明城就成了你现在看到的这样了。"他放下手中的酒杯，微笑着朝她摊开双手，"你整天背着一双翅膀累不累呀？"

这是撒旦啊，背弃了主的堕落者！该诅咒的魔鬼！

她行了主赐予她的能。撒旦不见了，像被大风吹走。恍恍惚惚中，她听见撒旦欢愉的笑声。她惊讶地看见一些蒲公英的种子（撒旦的话）竟然随风飘往她的灵魂深处，这让她惊恐。

明城到底有着什么样的历史？

年轻美貌的旅人坐在山坡上苦苦思索了三十六个昼夜，决定拔掉羽翅，这是她身体的一部分，巨大的疼痛像刀子。当她咬牙撕下最后一根羽毛，山坡下走来一个男人说，他将好好保管它，并在某日归还于她。她没有听懂，一直紧紧包裹着她的圣洁气息消失了，她已不再认得眼前的男人就是撒旦。她朝山下踽踽行去，涉进那无尽的时间长河，在河水中浣洗被血染红的纱裙。一队士兵发现了她，把她塞进一辆堆满黄金、珠玉与象牙的车辇，送到一个叫纣的男人身边。

所有在时间中曾出现过的城市朝她打开了已被焚毁的众多书籍，但它们已经不再是她所关心的。

她只是活着，在轮回中。她流了许多眼泪①，泪水改变了她的容颜。所以这一世，尽管她还算漂亮，但不再倾城倾国。因为漂亮，在十八岁那年，

---

① 我见过一些眼泪，还用容器盛起它们中的几滴。它们渐渐成了花朵，装饰着我到过的每个房间。最漂亮的是那枝玫瑰，但我最喜欢的却是它旁边那朵，在白色的墙壁前面，它是你嘴唇的形状，也是你遗忘在我这里的伤口。夜晚美妙如同音乐，我在午夜静听。

她被一伙流氓糟蹋，得了脏病，不得不远走他乡，来到明城嫁于一个小生意人为妻，生了五个孩子，又在街头开了一间服饰店，每天早出夜归辛苦劳作。

这日，店外来了一个男人，手里拿着一件羽衣。她认不出，那是她原来身体的一部分，以为是鹅毛，以一个妇人的品位，为它开出了一个她认为足够厚道的价钱。这男人比汤姆·克鲁斯还要英俊，若他肯为入幕之宾，她倒愿意把价钱再提高一点儿。这种渴念充盈于心头，她的招呼越为殷勤，还拿出了青瓷杯与平日舍不得喝的铁观音茶斟了两杯。

"主显示他的威能，并非仁慈。宇宙渴望复杂，这是它对自身的唯一要求。它并不在意道德、宗教①、科学、艺术，等等，它从来就不想变得更好，也不想避免更坏。若无'生、老、病、死、怨憎会、爱别离、五蕴炽盛、求不得'，何以彰显爱与恩慈？天地不仁以万物为刍狗。灾难与罪恶是人类所不能承受之重。对于混沌来说，却是一种必须的呈现，呈现并无善恶。那被割下头颅的身体，化作沃土。明城是梦，白驹过隙。你也是，我也是。"撒旦扔下羽衣，扬长而去。

她没听懂男人说的话，这可能是疯子，白长这样俊了。她心里还是怅然若失，就把羽衣带回家，晚上就着灯光反复地看，因为喜欢，忍不住把它套在身上。时间现出一圈圈涟漪，像有颗石头落于其中。在这奇异的一刹那，她明白了所有的因、所有的果，也看见了她真正的内心——现在这个灰头蓬面、肮脏的女子，就是当时那个圣洁的天使所渴望的。

---

① 世俗化的宗教就是一种伦理关系。我是说"世俗化的"。中国现在除了血缘关系，其他的伦理关系基本都被主义与权力资本给扯烂了。谈不上救国人，至少，它可以在某种程度上恢复秩序。

月　城

　　月城的历史①，仅百分之一可通过书籍得知，其余的百分之九十九即留存于旅人之间的口口相传中。这是一座音乐之城，是众生静默之所，位于荒原深处，四周皆是沼泽、藏身于沼泽中的凶鳄，以及被沼泽吞噬的那千姿百态的蒙难众生。

　　城高三万六千五百米，下部扁平，上部呈弧形凸起，整体形状犹若凤凰，有头、颈、肩、腰、尾、足。每至月圆夜，有数缕罡风从蟾宫飘落，挂于城之一侧，形成五弦，能各作金木水土火之声。此时若有飞鸟自空中掠过，视鸟之种类、体形与飞行的速度，弦不弹而自鸣，其音或虚幽奇古，或慷慨悲歌，实是不一而足。

　　见过月城的旅人，都说它包含了天地至理。但若进一步探询这"至理"究竟是什么东西，则无人能够说清。幸好，能对这个词语产生兴趣的旅人多半已成为那蒙难众生中的一员，活着的旅人更感兴趣的是：为什么月城高三万六千五百米，而不是三万六千五百六十九点一米等问题。

---

① 我们臧否历史人物，几千年来，遵循的是某种含糊不清的美学原则，而不是这个人是否推动过社会的进步，给老百姓带来福祉。

旅人书

没有我。

我在月城，在众多被毁坏的城堡、神像、雕塑与一堆堆圆形的坟茔上。

月光覆盖着我的眼睑，轻轻颤动。

要想重述月城的所有，是不可能的，那一个个扣人心弦的故事已坠入时间的深渊。但巨大的星辰[1]依然用某种神秘的笔触在夜空保存着曾经在月城栖居的人的形象，与他们的祈求、奉献与传说。这是一个半人半兽的具有动物和人类双重面目的族群，有着无与伦比的音乐天赋，只要他们一起开口歌唱，奇妙的嗓音所汇聚成的音浪会使聋者明目、哑巴说话、死者复活。当万千的旋律凝结成一个不可言说的透明的点，时间将改变流向，世界开始旋转，并上升，呈现出各种不可思议之状——就若拥有创造与毁灭之能的四臂湿婆从天而降，一手掌铜鼓，一手捏无畏印，一手持火焰，另一手指向苍生，跳起那传说中的舞[2]。

这种神秘的舞蹈于数千年前曾发生过一次，当无数火焰形成莲花，大

---

[1] 太阳，腹下有足，沿山冈蹿下。蹿上来的是月亮，一个光滑的蛋。敲破蛋壳，满天星辰。满天的星辰啊，沿着寂静不断向上，在我们头顶，在一个个弹孔里。

[2] 现代舞，有成千上百个定义或者说特征。大抵是：践行"身体从不说谎；一切从身体开始"观念的艺术；通往自由王国的门票；个性与原创；对人的心理活动的呈现，仪式感与有难度的技巧……一个问题，性，尤其是包含 SM 的性，是否可视为现代舞？在其中，当可窥见现代舞的上述特征，以及更多。性是紧张的艺术，也是放松的艺术。它是对现代舞的原点"身体"最诚实，最深刻，也最富有变化的表达。现代舞跳的是观念，靠的是技术。SM 不仅是观念（两性关系、暴力、权力的产生及其运转方面……），也是技术难度，且，似乎更具有自由的意味。"不存在普遍的规律，每个人都在创造自己的性。"《素女经》中的性，可穷尽。而日趋复杂的人类社会中的性，永无止境。

地猛地震动，河流迅速干涸，在地面行走的生灵尽数枯朽，连在空中盘旋的鸟都纷纷化为枯骨齑粉，也使月城人受创伤，如野草萎败，眼眶内流出黑色黏稠的血。

自那时起，月城每年举行盛典，择出其嗓音最悦耳者，用镶有黄金的匕首割去其舌。仪式在往后的日子被得到有效地传承，被以为庄严的祭祀与无比的荣耀。与之相伴随的是，月城人的繁衍能力也在逐渐丧失。当最后一个月城人跪在祭坛前，虔诚，或者说呆滞地，诵完一长串咒语，再用磨利的石块（而非朽坏的匕首）割去自己已然笨拙的舌头，"我"在最彻底、最静谧的沉思中醒了过来。尽管月光中仍然蕴藏着万物的种子，但月城已毁，不可避免。"我"的指甲在脱落，"我"的血肉在干瘪，"我"的灵魂如同遇见了火的蜡。

谁是生的祝福，谁是死的祷告？众多脸庞，犹如莲叶上滚落的水珠；

哀生之恍惚，颂死之庄重。水面涟漪，为我指尖螺旋纹路所驱使……

世界征服历史。月光缓慢地进入眼睑，成了我的左眼。

哪　城

　　旅人在汽车上坐直身。有时，离开一个城市去另一个城市就这样简单，像感冒了便打喷嚏一样。旅人脱去鞋袜，脚盘于腹下。眼前，树影幢幢，这辆由金属、橡胶所结构的长方体，在夏日温和的阳光下，仿佛是那根从花萼中伸出的漂亮舌头，在所能抵达的路的身体深处轻轻扫动。两只蝴蝶对这种类似于交媾的奔跑着了迷，贴着车厢飞。车厢有时飞得快，它们有时飞得慢，结果头撞在车厢的钢板上。旅人在纸厢上拈起它们，说，"中午好"。然后目送它们离开。它们表示谢意，嘤嘤地用翅翼扫过他的脸颊。

　　旅人吐出一口唾沫。

　　他要去哪城，但不知哪城在哪儿，它可能在水里、火里、阿訇的唱经声里、一块雕着护身符的宝石里。它可能在沙漠、草原、瀑布的后面、一个栖满蝙蝠的洞穴深处。据说哪城人禁食肉类，绝对素食，终生独身，反对两性间的肉体接触及性行为。又据说，这代表着一种绝对的、究竟的、最终的、无条件的、不可再分割的"绝对真理"。众所周知，真理不可被拒绝，哪怕是一双贴着"真理牌"的球鞋，你若嚣张地叫喊："管他什么真理不真理，老子就是不想买！"你就得被剥夺做人的权利——连过街的老鼠都羞于与你同道。所以旅人问车厢里的老鼠，说："你也要去哪城吗？"

这只迷人的老鼠大约有一两重，身体内 80% 的遗传物质和 99% 的基因和他一样。它是这样美！嘴巴尖尖，若羞涩的少女抿起的唇。眼睛晶亮，是一对红宝石。尾巴更漂亮到了极点，能让满清王爷后脑勺儿那辫子也羞愧难当。它的两对爪子宛若枝头初绽的梅花。

它朝旅人彬彬有礼地点头，"我喜欢真理，但我更喜欢自己判断什么是真理。所以对我来说，它们即是真理。"它凑过身，快乐地啃起我手掌上散落的牛肉屑。旅人被吓着了。一个鼠辈岂可如此？难道它的母亲没有从小教育它：哪城即是超凡、脱俗、崇高、神圣？难怪大家都说，老鼠都是异端！

旅人往前扑，扑得敏捷又果断。老鼠从他手指边滑开，脚下仿佛踩了滑轮，嘴里还高呼口号，"自由意志[①]高于一切。"

这个世界太荒谬了。老鼠也懂哲学？旅人决心与它讲道理。他说："你晓得自由意志？"它用鼠须擦嘴，"老鼠就不配拥有思考[②]的权利吗？"旅人说："如果你家孩子认为牛肉屑不是真理，用塑料绳上吊是属于自己的真理，咋办？"它翻起跟斗，"个体也许经常会因无知而选择谬误，但这好过别人替他做出判断。自由是有代价的。"旅人说："你眼睁睁地看着它吊死？"它龇出牙齿，"若真有这种事，更应该反思为何它想上吊？"

---

① 一个瓶子之所以美，不仅是物的形式上的转换（从泥土到瓷），更是因为这种形式包含着人的自由意志——尽管是有限的。是谁第一个把瓶子做成圆腹细颈？又是谁第二个把瓶子做成圆腹细颈？美是发明，并非发现；美是阐释，并非确凿无疑的真理；美是一个缓慢生成的过程，并非现成的属性。

② 思考固然有乐趣，但携来的更多的是痛苦。没有一点儿光，我又回到三万英尺的水底。没有五彩斑斓的热带鱼、巨大的鲸、接近透明的海水以及种种神奇的生物，只有黑，不是"我爸是李刚"等，而是我所不能理解的，就像人类肉眼所不能觉察到的暗物质。它被人们有意无意地忽略，却在不动声色中主宰着一切。

旅人语重心长，"要谴责社会？命苦不能怨社会。不是每个人都有能力教育自己的孩子，至少智障者不能。噢，一种思想是否荒谬，要看它的推论是否荒谬。"它冷笑起来，"公民的思想自由与对未成年人的保护，并不矛盾，你在偷换概念。诡辩者！"

它没再理他，是"对不可说者保持沉默"？它跳到车厢中央，对旅人试图加于它身上的暴力付之一笑，跳起露出肚脐眼的桑巴舞。当它前肢着地、后肢竖起，居然倒立起身的时候，出现一声奇异的响，像有道光突然从天而降，将它通体包裹，光芒迅速流转，扩展得极为迅速，一眨眼，放出百千万亿的毫光——就好像它是整个世界的中心。定睛再看去，这光分明就是二十六个英文字母、十个阿拉伯数字，与无数汉字。颜色有绿色、黄褐、棕褐、淡灰、明黄、大红、墨黑与深紫，以深浅不同的白色最多。它们并非只流向某处，似乎四面八方都是它们要去的方向。它们也并非是在做匀速运动，时快时慢，光线的明暗也变幻莫测。字母、数字与象形字也还是可以转化的，明明看到一个"B"流过去，等到再流回来，已是一个"叠"字，想目送这个"叠"字要流向何处，它又在眼皮底下变成一个"2"。不管这些字母、数字与汉字流速如何，它们始终没有发出一下碰撞，这完全不吻合科学[1]的道理。而且，每当它们流过十匝，星盘的上空便出现两个汉字，是篆体：哪城。当它们流过了一千零一匝时，一束光罩住了目瞪口呆的旅人。

在一片刺目的白光中，旅人终看清了哪城的所有：没有鸟叫、野兽奔跑、

---

[1] 对科学没有保留的崇拜，必然导致浅薄与无知。我们现在有手机、ipad，是否就比没有之前更幸福、更自由？科学解决人可以怎样活的问题，不意味着这是人类唯一的活法，更不能解决人为什么要活着的问题。我们一厢情愿地以为科学能给人指出光明灿烂的未来，是因为这是我们现在走的路。要知道，在科学的研究与发现中，人因为思维所获得的乐趣无与伦比，犹如性高潮——众所周知，在这种有规律的抽搐中，男人与女人的智商通常都会迅速降低。

互相斗殴的少年、可口可乐、《诗经》、牛、月亮的盈冲、四季、湖泊以及湖泊中的月亮……只有陶瓷碎片、古老的农具、被废弃的神庙、漫空黄沙、麻衣、秃鹫破碎的羽毛、一具具横躺竖卧的骨骼以及骨骼怀中被毁坏的众神头颅。

知　城

知城有个国王，他是他臣民的战利品，每日忧心国事，披肝沥胆。所谓"生前何必久睡，死后自会长眠"。为了能延长工作时间，他向巫师寻找帮助，巫师给了他一罐神奇的药。国王从此不再入睡，不分白昼与黑夜，皆端坐于书案前处理各种公务。但是有一天，他抬起头，就像一个耕作的农夫那样，几乎是在一瞬间，他感到了厌倦。堆在桌上的文件是那样多，且每时每刻都在增高，它们是一种能够无性繁殖的奇异生命体。

国王揽过镜子，镜子如实地呈现出一张衰老的面庞。国王忧心忡忡地搁下笔。事实上，他整天所做的工作无非是拿起笔在每页文件的最后签上名字。国王的脾气变坏了，一时玩心大发，在文件上画加菲猫、米老鼠、唐老鸭、小熊维尼等，可文件发下去后，并未如他想象中的那样引起骚动，像雪花飘入水里。训练有素的大臣们的脸上没有一丝异样表情，他们穿着与昨天一样的朝服，迈着与昨天一样的步幅，说着与昨天一样的话。国王掀翻了案牍，干血般的印玺滚出袖口。他愤怒地撕碎所有的文件，等他转过身，文件又重新出现。国王终于沮丧地发现，没有他的签名，甚至没有他，知城仍然能运转正常。推动知城转动的那个齿轮严丝合缝的庞大体系更是独立于他的意志之外。他不得不承认，他有太多能干的下属。国王是善良、理智的国王，他不会像万历皇帝那样与官僚阶层赌气而二十年不上朝，不会像夏桀商纣那样用大臣们的肉体来发泄心中的怒火，可他也不愿意做一个端坐于龙椅之上的抽象的人。当大家离开巍峨庙堂后，国王用手托住腮，"除了做国王，我还能做什么？"国王不知道自己还可以去干些什么，他的痛苦每刻都在加倍。

黑暗中生出各种细微之声。老鼠在嚼饼干屑、蜘蛛在结网、飞蛾在交媾、蚯蚓在伸腰、玫瑰花在开放……声音初始很轻极细，好像月光溜进窗棂，渐渐大起来，越来越大，变成了钱塘江潮。国王在一本封面泛黄的书①上读到过对这种潮水的种种令人目眩神迷的描述。国王闭上眼，感慨着，沉默着。当天上的星辰犹如被大风摇落的未熟果子，一道球形闪电从天而降。

国王被惊醒了，却见空中出现一个由细铁丝联结在一起的大小不一的金属块组成的圆盘。圆盘上还有许多把手，有的把手上写着：仁慈、伟大、权力、荣誉；有的把手上写着：熵、广义相对论、黎氏几何、量子力学；有的把手上写着：价值②与剩余价值、无产阶级、资本、凯恩斯主义；有的把手上写着：老虎、百合花瓣、翅膀……国王情不自禁地抓住写有"翅膀"的把手。世界变轻了，他马上飞起来，差点撞在金丝楠木柱上。还好，他很快就掌握了飞行的要领。国王飘出窗户，决定去看看隐藏在夜色里的知城。

---

① 打开这本书，随便从哪页进入，皆能进入梦境深处。它在一个二维平面构建了此处与彼岸。具有双重属性，即：它既是一个结构严谨的机械表，又是一堆异常凌乱、具有罕见美丽的书页。对沉溺于现实的人来说，它有一种异乎寻常的祛魅之力。词是诗余，现实也不过是"梦余"。

② 每个人体内有两套价值体系。一套是世俗的，另一套是神圣的。两者犬牙交错，互相博弈。文学是对这两套价值体系的书写，不仅仅是人性以及那贫乏的自我。文学更不仅止于此，除了对真理这种确切性的渴望，它还更渴望那些模糊的"没有用"的意义。这些东西，是科学基本无能为力的。

旅人书

接着，他又发现肩上这对翅膀竟然可以把他带入别人的梦里，这太神奇了。

小男孩梦里有一根可以次次考一百分的笔，小女孩的梦里有一个比天空还要大的嵌满葡萄干的奶油蛋糕，老妇人的梦里有一块可以把皱纹从脸上擦去的橡皮，老爷爷的梦里有一管烟草总也烧不完的烟斗。国王满意地顺着青灰色的月光从一户人家飘向另一户人家。在这趟奇异的旅程中，国王看见了魔裤，里面总有闪闪发光的金币；葫芦藤，梦的主人可以沿着它爬进天堂；想去哪儿就能马上到哪里的飞毯；能让主人的容貌变得漂亮的水晶鞋；一面可以偷窥世间美女沐浴的镜子……也有许多令人不那么愉快的东西，比如一个可以窃听任何人思想的铁盒子，一个专说谎话的发音管，一台把灵魂从肉体中抽走的机器，以及一架专门孵化美女的装置——国王在这个装置前停留相当长的一段时间，被那些乳房像青杏一样可口酸甜的处女所吸引。可惜梦的主人发现国王的踪迹，咆哮着吐出长长的獠牙。国王赶紧溜走，又得到一个教训：任何人在他自己的梦里都是拥有毋庸置疑权力的上帝。

国王来到王后住的地方。这是一个充斥着金银器皿香油花瓶的空间，四周是用金线银丝与丝绸混纺而成的帷幕，墙壁上挂满奇光异彩的镶嵌画，喷金熏笼于搁满象牙雕刻的几案上吐出阵阵龙涎清香。国王靠近王后的床，看见自己搁在银盘里的头颅。美丽的王后摇晃着妖娆的胴体与众人行淫，同时用手中寒光闪闪的利刃拨动银盘上的头颅，指甲上的蔻丹鲜艳欲滴。国王叹息一声，离开王后的梦，回到宝座上，发现上面有一本《一千零一夜》，这是一个迷人的书名，应该是那道球形闪电带来的另一个礼物，可惜当时他太急于体验翅膀所带来的惊喜，并未发觉它的存在。

国王打开书，一字一字地读起来。当天色亮起，他走出故事的迷宫，顺着湍急的词语之河，找到了属于他的山鲁佐德，或者说是一个隐藏在山鲁佐德那盈润的嘴唇以及梨形骨盆后面的存在。他脱下明黄色的王袍，摘下镶有璎络的王冠，取下代表着无上权威的戒指，捡了一匹粗糙的白布裹住身子，步出王宫，门在他身后缓缓关闭。知城朝着他一点点打开，不无羞涩，像一个女人朝着她心爱的男人打开新鲜柔嫩的身子。他成了一个传说中的旅人。

别　城

　　别城不大，穿城而过的河发大水时，龙王爷打个喷嚏即可淹没了它。来到别城的旅人多是穿城而过，少有逗留。但有一日，一个腊月天，一个脸庞黧黑的旅人来至别城，就停了下来。要描述这个旅人的模样并不困难，徐珂编的《清稗类钞》里有句话"发须白，足有疾，蹒跚行于市，落落不与群丐伍，不乞钱，残羹冷炙足矣，若与以钱物，受而谢。"

　　当然，由于时代不同的原因，这个旅人常于桥头坐看一本红色塑料皮封面的语录。有好事者询之，不语，只笑，牙齿漆黑，眼睛清亮。但，逢某些日子，必面对滔滔河水手舞足蹈大声背诵，背得还特别古怪，连标点符号都不放过。就有别城人说，这不是乞丐，怕是疯子。又说，疯子手中的家什怕是文物，能值不少钱。

　　有顽童不惧，与之嬉，乘其不备，夺其书，狂走高呼。他也不赶，一个人①坐着。过些时日，手中又出现一本语录，还是红色塑料皮封面的，开

---

　　① 一个人活着，一个人死去，一个人把手掌按在胸口，一个人任凭雨浇透全身。一个人把手中硬币递给乞者，一个人在台阶上摔倒，一个人玩着电子游戏，一个人敲响药房的门，一个人看着搞笑视频面无表情，一个人对着另一只枕头说晚安，一个人观看《新闻联播》，一个人想象着世界的尽头……一个人可以是一个时代。

本要略小一点儿。

他手中终于没了语录，这让他在相当长的一段时间内陷入令人惊惧的狂躁中。他大声呼喝，戟指朝向虚空，眼里有火，舌头像一条恶毒的蜥蜴弹动，至口干舌燥，即席地而坐，握拳击脸，伸指抠眼，直至鲜血淋漓，眉间却无痛楚之色。没人愿意再靠近他，别城人惯有的怜悯之心被他凶神恶煞的样子迅速掠走。真不知道他是靠什么熬过寒冷的冬天，也许是老鼠、鸟雀的尸体、饭店泔水桶里的食物。有人信誓旦旦，说大雪下得最暴厉的时候，亲眼见到他啃树皮，粗的树皮在他嘴就跟美味熏鱼块一样。

清明到来前的下午，他出现在别城桥头。正是春寒乍敛时，远处漫山如雪；近处鸟在叫，一声长、二声短。鸟的影子滑入河底。河面飘散开点点金色，那是超于语言、时空、死亡和信仰之上的阳光。一切恍惚都在消失殆尽。几个小女孩在桥头蹦蹦跳跳，容貌娟妍，其中一个大声地向同伴骄傲地宣称：自己的前生是一只白鹭。

也许真的有白鹭在他耳朵里叫了一声。他开始整段整段地背诵语录，间或还冒出一长段叽里咕噜的鸟语。开始还略有滞碍，渐渐若水流入水里。有英语老师路过，一旁听了半晌，下了结论，鸟语还是语录的句词段落，是英语，最纯正地道的伦敦口音。别城人肃然起敬，就有人开始在他脚前敬香，试图从他所吐露的只言片语中寻求某种带有预言性质的暗示，据说灵验无比。

这年7月，别城大雨，昼夜不止。

人心惶惶，皆恐堤坝尽毁。旅人于桥头独坐，任雨水浇透，眼见洪水漫上，几与桥面相平，他恸哭出声。他一哭，天晴了，红日破空，不过数时辰，水势不复狰狞。人们说他是神仙，来保别城平安的。谁也没有想到他在抹掉泪后，且行且歌，竟然往僻巷行去。行至一陋屋，推开破门，径直而入。

茅屋被雨水所浸，坍塌半边。屋内仅存一床，床头搁半碗冷米饭，上卧一老妪（那老妪是寡妇，独自抚养三子二女成人。那三子二女都是有福的人）。他像狗一样四肢落地，负起老妪上了街头，很快便没有了踪迹。

几天后，狂风从四方和上下刮来。当日头变黑像毛布，大水滔滔。

别城消失在一片汪洋中。

而在这片浩荡水声中，隐约可听到一个让人惶恐的声音——生命在他里头，这生命就是人的光。光照在黑暗里，黑暗却不接受光。

离　城

善良的离城人几乎具备了人类所有的美德。

遗憾的是，他们固执地认为艺术是一连串的高潮，犹如舞蹈。为此，他们的面部表情与肢体动作常像癌细胞一样不可控制，眼睛中时刻放射出神秘的光辉。他们确信，最高尚的美德和感情就是成为艺术本身。而毫无疑问，艺术是一种可以凌驾日常生活的特权，所以初到离城的旅人总不免为他们夸张的眼神而迷惑，尤其是女性，常被那些突然裸露的富有表演性与戏剧性的身体弄得面红耳赤。他们的裸体其实并不美，至少违背了在自然界普遍存在的黄金分割比例。腿太短、粗，头型太圆，与西红柿差不多。但不能说离城人关于艺术的看法全是错的，尽管他们总会惹来一大片哄笑声，而数个离城人出现在一起时则老被人们当成巡演的马戏团。

一个离城艺术家决心改变世界的偏见，怀着梦想，他来到离城之外。

他是画家，所绘荒村古渡、断涧寒流、怪岩丑树，无不令人身临其境。他于画布上绘的几只鱼虾曾招来冬日鸟雀的啄食。短短数年，他画秃的笔比传说中的怀素和尚还要多——为向古人致敬，他还去买了一大叠芭蕉叶，用特制的银丝金线在上面绘出一条会咆哮的龙。

他还是籍籍无名，自然也穷困潦倒。

这日，他蹲在废弃的旧工厂前抽烟。抽的是劣质烟，痰里有了大块的血。时间是下水道中带腥臭味的液黏滞体。他朝两条在没漆的野草与灌木丛中互相追逐的狗竖起中指。狗，不约而同地，龇出牙齿。他怒了，掐灭烟，也龇出牙——龇牙谁不会啊？离城人嘴里同样有圆锥状尖锐的犬齿。

狗当是恼了，两条狗。

黑狗尾巴笔直平举，狂嗥数声，鼻子上方出现一圈愤怒的皱褶；白狗低吠，四脚打直，抬头挺胸大步前进，肩膀到背部的毛根根竖起。这是挑战。他抄起木棍。蓦然，一个念头攫住他（这种奇异体验只堪用神启比喻），他模模糊糊地意识到，眼前这两条坏脾气的土狗当是解开他当下困境唯一的钥匙。他迟疑地放落木棍。或许应该说，木棍是被那些来自本能和冥想世界的事物牵引着搁下。他吃惊地看着自己，四周并没有改变，房子还是房子，土褐色的；天空还是天空，被几圈黄色光晕所覆盖；树也还是树，枝干羸弱的杨树下停着一辆黑色奥迪车。

他咳出一口血，鲜红的血与往日的黯淡不大一样。他吃惊，继而被激怒。上帝已经使离城以外的世界成为一个恒定的数学系统，一切皆可归于 0 与 1 的繁衍。那么，离城人的存在有什么意义？他牙齿里有了唾沫，眼球暴凸，泛红，双掌贴住地面，猛地用力一撑，扑向面露狐疑之色的狗，与它们斗作一团。他翻腾蹿跳，拼尽全力，用嘴与牙齿撕咬这两条胆敢前来挑衅自己的畜牲的身躯和头颅。咸的血沫渗出口腔，他的脸、脖子、胸脯、腿部溅满了鲜红的油画颜料一样的东西。大部分是他自己的，小部分是那两只动物的。他取得了胜利，狗逃跑了。他快步来到车窗摇下的奥迪车边，从一个面目苍白、尖叫着的女孩子手中夺过一架索尼 DV 摄像机。

这是一部好作品：《狂犬病》。

世界是一只犬，在穹隆下狂吠。犬吠声即是那无限扩张、连绵不断、永无尽头的旋律。他紧盯着屏幕上疾速晃动的影像。他终于想明白了几分钟前那个令他心醉神迷若昙花一现的念头到底包含什么，也想明白了梵·高、莫奈、毕加索、米开朗琪罗、宗教、政治、哲学、巫术、时尚、民俗、寓言神话、大众文化、日常经验、小便池、卫生纸、狗的尸体、腐烂的苹果、苍蝇、杜尚的"泉"、波伊斯的"与狼共舞"①、查普曼兄弟的"恶作剧"②、昆斯的"性表演"③、谢德庆的"自虐狂"④等所有此类事物之间隐秘的关系。

他开始鄙视弱者、愚昧者、样貌怪异者、普通人，也蔑视富人、权贵、调情者、小资女人。

---

① 约瑟夫·波伊斯（Joseph Beuys），德国著名艺术家，1974年，他在美国纽约完成了他一生中影响最大的作品——行为艺术《荒原狼：美国爱我，我爱美国》。他用毛毯裹着自己，与狼在笼子里一起不吃不喝地相处了5天。（摘自百度百科）

② 尽管在艺术圈里大多数怪异的行为和创作都可以被接纳，但来自英国的查普曼兄弟（Jake and Dinos Chapman）的每一次出招，还是令人们忍不住倒吸一口冷气。他们恶搞经典派大师们的传世名作，他们在希特勒的三流画作上进行再创作，还曾经冒充子虚乌有的俄罗斯的"地下艺术家"，拿整个英国艺术圈开涮……物理学家霍金就曾经成为他们雕塑作品《超级人物》中的主角，查普曼兄弟将坐在轮椅上的"霍金"放置在一个摇摇欲坠的岩石之上，将霍金崇高的智慧和脆弱的身体之间的矛盾拿来说事儿。（摘自网易）

③ 杰夫·昆斯（Jeff Koons），美国当代著名的波普艺术家。1991年，他与意大利著名艳星同时又是国会议员的"小白菜"乔林娜（Cicciolina）相遇并且结婚，后以他们夫妇的甜蜜爱情为题材制作了一系列影像和雕塑作品。其中以《天堂制作》系列影像作品引起的争议最大，见过他此幅作品的观众这样描述：只见一幅幅画家本人与妻子的做爱写真，被放大到骇人的尺寸，他们以不同姿态进行各种性交表演，并将其内容和器官局部放大，从视觉到意识上刺激和戏弄观众。并且说他的作品其内容之大胆和轻薄，超过了市面上的色情刊物和三级片。（摘自百度百科）

④ 谢德庆，华裔美籍艺术家，在美国一直从事行为艺术。主要有6件著名作品，分别是：1. 在笼子里待一年；2. 打卡一年（不分昼夜每小时一次）；3. 在户外待一年（不进入任何有遮掩的地方）；4. 和另一个艺术家用一根绳子拴在一起生活一年（两人必须在同一个空间，但互不触摸）；5. 不做艺术一年；6. 不发表艺术13年。（摘自王瑞芸著：《再读谢德庆》）

他推出一系列以狗为主题的现代①行为艺术。如《狗娘养的》，他打扮成一条浑身嵌满黑白圆点的幼犬，匍匐在乳头紫红的母狗怀里。而当他从舞台上走下后，他已经是一个无恶不作的人。

讲述那些恶行是不必要的。

因为它们就像传染病一样迅速，迅速地从世界各地来到了离城。

离城人先是震惊，接着思索、争论，最终他们还是一致认定：这是艺术的最高形式，是那最纯粹的神的脸庞。他们的声音以及随后的所作所为，又被路过的旅人带到了世界各地。很快，离城人不再为世人所嘲笑，也不再为世人所记起。

---

① 现实是我们想象的结果，一杯水的现实源自于我们对水的渴望。水停止了蒸发。
  从来没有这么多的现实，由想象分娩而出。你我的孤独，被喧嚣的社交媒体淹没。
  如被水淹没的岛屿，已难彼此凝视。
  水已凉成了冰，今天这个晚上。
  冰面上有一个梦幻国度。踩着溜冰鞋的上帝腾空而起，主啊，柔软的腰肢。
  我们在不同的时间尺度上，想象着你。
  我们在不同的屋子里，就你的容颜，尝试达成共识，尽可能心平气和。
  先要有碰撞，这是痛苦的。
  才可能会有光，光一闪而逝。
  我们向黑暗交出手指、手掌、手臂。此种痛苦有 n 次方，
  有部分的自我在丧失，且不可挽回。这是必要的。
  这个令所有人目瞪口呆的时刻，
  跳跃如雌鹿。
  你从一小块黑暗里面奔出，很快，无穷大。
  主啊，我们需要通过各自的不同，来理解生而为人的秘密。
  新的逻辑、新的形式、新的内容、新的实践、新的秩序——在摇头摆尾。
  在这个清晨，鱼群从岛屿底部的洞穴中游出，是一团强烈的银白色的飓风。
  主啊，让我们一起越过刀锋。
  不再为空中滴落的血悲恸。

苦 城

　　苦城，一个人类所有的恶的集合，塞满种种的罪、龌龊的欲望、废纸、扭曲的痛苦、老虎被剥下的皮毛、卑微、阴暗的火焰。

　　要描述苦城的形状是困难的，它并非直尺与圆规所能定义，完全迥异于传统[①]，不是球体、圆锥、圆柱体、长方体等，但又同时包括了这些普遍存在于自然界的图形。它或许应该是数的空间，是无穷小，也是无限大。这必然导致了两种针锋相对、又各自意味深长的看法：

　　　　苦城不是一种固定不变的存在，它被不断产生出的种种恶阐释，
　　这是一个没有止境的过程；又或者，苦城本身即是一个已经完成构
　　造了的东西，所有的恶只在它的内部发生反应，并不会随着时间溢
　　出苦城。

[①] 我们活在极深的误会中，我们对自身真正的传统几乎一无所知。我们被一些词语驱赶，如同驯服的羊。那折断的河流、被遗忘的贫穷、茫然的眼神……早已勾勒出这些词语的轮廓——它们有利爪、尖齿与饕餮之胃。它们是我们的敌人，是人的对立面。

疲惫的旅人来到苦城，凝视着宛若人体的头、手、躯干、足的种种建筑物。它们随着日月的穿梭不断扭曲变形，用一个个匪夷所思如同梦魇（多为《圣经》里的地狱）的场景，阐述着"苦城人"这种生物内心最深刻的绝望。苦城人的脸庞像是受过酷刑一般，线条扭曲，额头上明明白白地写着滑稽、荒谬与愚蠢。这"滑稽、荒谬与愚蠢"并非无害，只是惹人发笑的。苦城人有着动物鬃毛般凶恶的头发、铁钉状冷酷的手指脚趾、被欲火或疯狂折磨成畸形的躯干，以及极度空虚的双眼。哪怕是被他们看上一眼，那也是可怕的，就仿佛被恶狗咬了一口。但老实说，他们又实在是微不足道的，如被随意摆布的木偶、被随时取代的螺丝钉、被随便抛弃的垃圾，更糟糕的是，他们并不知道是在被谁摆布、被谁取代、被谁抛弃。这让他们的日常行为令人费解——时刻不忘羞辱别人，也不忘羞辱自己，甚至把"烦琐无趣的公文、添加了三聚氰胺的毒奶粉、冗长沉闷的新闻报道、拙劣的谎言、用苏丹红造了咸鸭蛋、矫情与恶俗"等当成了生命的全部。

万物如同被棱镜分解的光，如涡流、被鞭子抽赶的马、腐烂的鱼块。

旅人叹息着低下头，捡起地上一个失去双臂的女体雕塑。她怀孕的腹部是一个装满液体的陶瓷器皿，乳房是两个涂黑油漆的小玻璃罐，左脚是削圆的木头，右脚是根废锌铁管，恐怖狰狞的面容由橡皮泥捏成……它是混乱的，恶毒的，与事物的本质毫无关系。它没有逻辑，没有道德，乃至没有真理。但，这些都是显而易见的。真正令旅人诧异的是，在雕塑菱形身体的背部，有一行风格迥异的工楷小字：

熵，一个源于热力学第二定律的词汇。因为它，所有曾撼动人心的影像与文字，都不可避免地沦为陈词滥调。这过程不可逆，仿佛熵增。"世界是一盆大火，万物焚身于其中。"一切都无可挽回地趋向极端，趋向对抗，而最终的结果是：热寂，或者说审判日。

"如果说苦城是恶的集合[①]，还不如说它是熵，是混乱和无序的度量。可这没有什么不好，至少它不是空洞的，不是教条、乏味与死气沉沉的总和。"旅人皱起眉头，想了想，还是没抛下这个让他甚感不安的雕塑，把它揣入怀中，起身准备离开。一个哭泣的小女孩出现在他的面前，把生锈的匕首[②]直接捅入他腹中，并在其中转了两转。

[①] 中国当下最缺的是什么？要根据中国人的体质对症下药，是一个仁字。什么是仁？己所不欲，勿施于人。仁，要注入现代性，克服传统病。不仅仅是民主——民主很多时候就是两只狼和一只羊投票决定午饭吃什么。民生第一。世界没有我们想象的那样在意效率。

[②] 他死了，是不死的幽灵，是完美的匕首，驱散所有的孤独。一首哀歌为众城装上琴键，大地，这架迟早要被毁坏的钢琴。我顺着你的身影飘落，仿佛是被收割。坚硬的铁，给出了说法：暴力是这个宇宙最后的意图。他们在几分钟后忘掉了他的脸庞。

犹　城

犹城很大，犹城人的祖先按天上星辰的位置建造了此城。

犹城人长得不错，但头部往往占据了身体的一半重量，行走在路上，有时失去重心，便犹如一个到处乱滚的屎壳郎球。有犹城人打算去河岸那边，最后却滚去了离河岸有几百公里的田野上。这让所有的犹城人都变得心平气和，愉快地享受着莫名其妙的人生。

但犹城人有一项本领：当事情变得危急，比如一只大鸟把他们当作美味俯冲而下时，在那最惊险的一刻，他们能够迅速隐身。据说在几千年前，有个犹城人把这种本能修炼成一种可以随时使用的法术，又因为他的年轻，世界各地一时多出了许多妇人无端怀孕的故事，如姜嫄育后稷、安妃有感而怀诞神农、丽妲孵下两个大蛋；马利亚，一个处女甚至在马槽里生下那个著名的拿撒勒人……这些已被称之为神迹，被各种语言所记载。

可惜这个被时间遗忘了名字的犹城人并未公布他的发现或发明，只在犹城古老的广场石柱上留下几行字，"我是道路、真理与生命。"一些犹城人对此不无怨言，否则犹城人的数量早已多如海中沙——当所有的人都是犹城人，犹城人关于美的标准毫无疑问是对美最深刻的阐释。

这天，一个犹城人在恹恹的午睡中，梦见：

被铭刻于青铜器上的寂静、死去之人的脸（向日葵一样灿烂）、到处泛滥的贫穷、蓝色的墙壁、水一样的旋律、刀、诅咒、爱人的手指、一只倒毙在溪流尽头的蓝虎、抹香鲸。抹香鲸庞大的身体上有一些奇怪的装饰着花纹的文字……

他辨认了许久，直至从梦中惊醒。

这些文字是可以被理解的吗？四周被一层淡金色的光芒所笼罩，天上的阳光真好，好得犹城都仿佛是不真实的。喷泉、竹林、鹅卵石铺成的小径、绿茵茵的草，在水里优哉游哉的锦鲤……"关于世界的叙述不计其数。"他不无自嘲地想起了雕塑、舞蹈、电影、歌剧以及他自身的职业，想起了顺序、角度和节奏。然后，他拿起笔，把眼中所见、脑中所思皆勾勒于画布上。画得很专注，在画鸽子时，每一笔都恍若一根羽毛飘落——画得真好，假如倾耳去听，都能听见这只鸽子的咕咕叫声。他露出满意的神情，继续勾勒万物（宇宙[①]何以生成天地万有物？），他的视线从室外转入屋内，天花板、水晶吊灯、墙壁、电器插座、窗帘、熨衣机、红木衣柜、镜子、液晶电视。他的目光情不自禁跳过在厨房系着围裙的妻子，落到书房那件明代玉玺上，笔下生出几分古意。

他的妻子已忙完了手头上的事，坐在屋内。也不知道过了多久，她决定走到他的画布上。这不容易。她褪下围裙，挑挑拣拣许久，换上一袭红

---

① 强人择原理："我们看到的宇宙之所以这个样子，乃是因为我们的存在。"但，我们的存在好像也不必一个这样大的，且在不停膨胀的宇宙作为被观测的对象。它似乎可以更小一点儿。"为了取得进化时间，宇宙必须像它现在那样大。"万能的上帝也不能摆脱时间的束缚吗？

缎旗袍。旗袍的颜色华丽而明媚，领口到前胸斜开着三个做工精细的蝴蝶盘扣，但，她觉察到旗袍有一股很浓烈的樟脑丸味。他是最讨厌这种味道的。女人思虑半刻，换过一身职业套裙——当年，她穿着这套衣裳以一副干练的形象征服了他。确实，职业套裙比古典旗袍更适合她，她望着镜中头发略有点乱的自己，心中涌现出久违的惊喜。这种奇妙的感觉，犹如热流注入四肢百骸，她忍不住一个健步跨入他的画中。

男人注意到画布上这张略带羞涩的脸庞，嘴角翘起笑意，指尖去捭女人眼角的纹路，是鱼尾纹，捭不落的。男人蹙起眉毛，在她手腕上添加了一个造型古朴的藏银手镯。很快，他发现，她的这身衣着打扮与他所渴望在画卷上表现的完全格格不入。他拿起橡皮擦，擦去妻子身上的职业套裙。赤裸的，应该最美，如同《泉》，他甚至想起了当年第一次在画布上目睹她秀美裸体时的冲动。那时，还是少女的她有着鸽子一样的白皙肤色。嗯，还有，玲珑的腰，平坦的腹部，微翘的臀……他擦得很小心，然而几分钟后出现在画布上的却是一个腰部臃肿、乳房下垂的妇人。他有点不知所措，咬着嘴唇，没看妻子的眼睛，也没再犹豫，用橡皮擦奋力把她从画中彻底擦去。

阳光叫了两声。他的眉毛跳了跳，意识到什么。房间里空无一人，静得让人心慌，又有莫明的欣喜。他吁出一口气，似乎明白了这么久一直困扰着他的是什么。他决定出门去喝杯酒庆祝。酒吧里新来的调酒女郎的眼眸会说最甜蜜的情话。

路并不远，绕过一个十字路口就到了。

他快步走着，当快要与一辆卡车擦身而过时，像有人推了他一下，他猛地失去重心，滚落在车胎下。血如泉水涌出，他那迅速隐去的身体在血泊中一点点重现，如同一棵突然被伐断的树。

"摆脱肉体，摆脱根深蒂固的自我。[1]"他喃喃说道，看见妻子浮在空中那双几乎包含了人类一切感情的眼睛，蓦然想起中午那些以云层的方式覆盖了鲸身的文字，并在这一刻真正理解了它们。然后，一个路过的旅人看见他那断成两截的身子又重新消失在空气中，像被融化的冰。

---

[1] 对生活的理解更深的，不是终生浸泡其中的，而是那些能在一些特殊的时刻离开它的人。在某个奇异的维度，他们打量着眼前这个没有形状的黏稠之物，舌头不由自主地跳动起来。他们中的一个突然大叫：看，不是所有的树都凭借泥土而生。至少是这棵树，因为语言，已繁殖至无穷数。这很有趣，这个无穷数与所谓根深蒂固的自我之间的冲突。

为　城

　　为城是一个类似于蜂巢的建筑，六角形，没有街道、广场、邮局、超市、医院等公共设施，只有密密麻麻的房子相互平行悬挂，并与地面垂直。这无疑是一个鬼斧神工的设计，但为城人却从不相见，彼此间的联系都通过手机完成。每个为城人都拥有一个或数个，能够处理图像、音乐[①]、视频流等多种媒体形式，提供包括网页浏览、电话会议、电子商务等多种信息服务的智能手机。他们用手机看病、买股票、购物、玩游戏、下载音乐、讨论天气、对为城大小事务发表评论。这听上去有点匪夷所思，但事实就是这样。订购的折叠小刀、丰盛的晚宴、衣物以及银行账单、缴款通知等，一切必须由本人签名或收货的物品，通过红橙黄绿蓝靛紫七种不同颜色的管道分别送至房子里——在这个时候，天花板（墙壁）会悄无声息地缩入两侧，露出一个洞。

　　爱情，或者说性爱也不例外。两个人在屏幕上两情相悦了，便打开手机里的性爱模式，以 3D 影像的方式携手进入一个异象纷呈的空间：茫茫

---

① 　一个长腿女子走过来，她的身体里满是音乐。隔着喧嚣人群，我朝着她大喊大叫，想提醒她莫虚掷了这些世上最美的声响。她含笑把手指竖起在嘴唇上，迅速消失在街道那头。

太空、长城之巅、金字塔、尼罗河的河底、日式旅馆、希腊小岛、车如流水的旧金山金门大桥（全世界的人民都将为他们的交媾动作喝彩），甚至是侏罗纪公园。毫无疑问，这意味着一个或数个完美的高潮。功能强大的智能手机，还将在这时发射出一种针对人体敏感部位设置的电波，它会轻舔、吸吮，会沿着科学家根据个体差异所开发的性爱地图，把灵魂从肉体中撩飞。

没有哪位为城人喜欢真实的身体接触。见过大海的人还会痴迷于溪流吗？繁衍也不是问题。想要孩子了，就把精子或卵子通过钢管送至为城的生育中心。十个月后，这些从人造子宫里培养出来的婴儿将各自拥有自己的房间。为城政府把他们抚养至十八岁，并给予合适的教育。父母想看孩子了，打开手机里的亲情模式，登录孩子的房间，拥抱他，教育他，或带他去旅游。

初次来到为城的旅人总误以为自己是来到一部科幻电影里。他们感慨为城科技之发达，也无法理解一个人的一生竟然只是一个巴掌大小的房间。他们带着一颗迷惑不解的心，在一叠厚厚的《为城旅游协议》上签上自己的名字，通过由电子眼把守的海关，沿着狭窄、曲折的通道，打量着这些外表一模一样的屋子。所有的屋子都没有门窗，由一种贴有银膜的单向玻璃隔开。他们看得见屋子里所有的一切，知道屋子里的那个被喜怒哀乐弄得心神不宁的为城人不仅看不见他们，还根本意识不到他们的存在。他们看见了马桶、床、沙发、电脑、玻璃瓶、衣橱，以及各种金属零件、生产设备；看见了自慰的少女、呕吐的老妇、撰写报表的中年人、瞪着天花板咽气的老者、通过买卖股票攒下一笔庞大财富的稚气未脱的少年（他坐的马桶上镶满钻石与黄金）、研究手机开发的青年；看见了众多已在为城以外消失的语言、文字与书籍；也看见了警察、强盗、绅士、医生、税务稽核员、小偷。

曾有旅人违背协议，敲打玻璃，试图与这些足不出户的人交流，但马上被电流击倒，并随即被机械手臂扔进一个黑色管道，驱逐出境；曾有旅人突然歇斯底里叫喊出声，但马上被电流击倒，并随即被机械手臂扔进一个黑色管道，驱逐出境；曾有旅人交头接耳，但马上被电流击倒，并随即被机械手臂扔进一个黑色管道，驱逐出境。所有曾被驱逐的人，都不可再来为城。

来到为城，就得遵守为城的规矩。

这是《为城旅游协议》的第一句话。这句话曾在为城以外的世界掀起轩然大波。"人权大，还是主权大？"一些绿色和平组织声称要动员武装部队来解放这些被禁闭的人。也有鲁莽的人真的朝这幢庞大的通体淡黄色的建筑发射枪弹。但没有用的，所有的攻击统统无效。子弹迅速被构成为城的一种奇异物质所吞噬，很快就成了它的一部分。为城是有生命的？是生命进化史上的最终形式？又或者说是谁设计了它，并制定了这些人力不可逾越的规则？

没有人知道答案，为城就这样存在了五千年，而且看上去还会继续这样存在下去，并且每天都比已过去的时刻更为坚固。

仙　城

　　受命去构建仙城的工程师激动不已。众所周知，世界上的万物都将按其原有比例被复制于城中：万里长城、金字塔、宙斯神像、摩索拉斯陵墓、阿耳忒弥斯神庙、早已成为传说的亚历山大灯塔与巴比伦空中花园，以及直往天际的迪拜塔、像一堆银色矩形的纽约新当代艺术博物馆、中国的"鸟巢"等。

　　仙城是过去的总和，是人们所了解的各种艺术形式的总和。

　　手握铅笔的工程师在短暂的狂喜后，陷入深思。

　　复制，这种来自流水线上的节奏必将摧毁艺术的神性，抹掉那些"凝固的音乐""立体的画""无形的诗"和"石头写成的史书"中的唯一性，使上帝之子的脸庞与芸芸众生毫无区别，而神性被剥夺就将导致——天堂消失。艺术不再是"此处"抵达"彼岸"的船与桥梁。挂着艺术品招牌的被"生产"出来的充斥街头巷尾廉价的消费品只是所谓现实世界的狗，时不时冲着匆匆旅人狂吠几声。换言之，仙城是淫秽的。因为它将唤起的并非是多种意图、内心的水、有节制的美、神秘的超验价值、老虎与玫瑰，它所能提供的乐趣只有一种，却可以用刺激性、混乱性、商品性等概念来界定，这与色情作品一致。

究竟是谁下达了修筑仙城的命令？

工程师没再思索下去，各种急需他重新编排、组合和移动的建筑材料已经堆积如山，他接受了自己的命运（那个由形状、块面、线条和色彩组合的不可言说），如同狗接受了骨头。

树丛与树丛之间的空，微微地漾动，好像蚕吐出的丝缠绕于他的手指。复制在技术上不是难题。复制连绵无尽的墙垣与山体是容易的；复制墙垣上的苔藓、蝼蚁与路旁红、黄、绿、黑、灰、白杂色相间的山峦是容易的；复制冷风、薄雾、盔甲、夕阳、沟壑、倒毙的马、静谧的村落、道路、漫无尽头的艰苦工作给人带来的虚无感[1]和绝望感是容易的；复制那些像孩子一样容易充满希望又容易失望的建造墙垣的人群与下达修建墙垣的那个威严、疲倦、虚弱的声音同样是容易的，甚至说复制孟姜氏凄凉的恸哭声和她夫婿的尸骨也是容易的。

困难的是，如何复制那块屡被毁坏又屡次被砌进墙垣同一位置的石头？

它曾经是石灰岩、花岗岩、玄武岩、大理岩，是一方青石、一根骨头、一块褐色的金刚石、一件鱼化石；曾经瘦骨嶙峋，曾经打磨精细，曾经有过箭矢留下的凹痕，曾经被秦朝勇士用来支撑被砍断的腿，曾经被辫子军的大刀砍出数点火星，曾经长久地泡在牛羊的尿溺粪便中。

坡地慢慢地，慢慢地矮下去，变得像一张摊开的报纸那样平坦，接着在夜色中隆起，好像是少女正在发育的蓓蕾。疲惫的建筑师躺下身，满天的星斗照耀着他衰老的脸庞。仙城在他身下，如同亘古夜幕下苍老的浮云，

---

[1] 我现在是越活越傻了，很伤感啊！权谋厚黑诡计之类的书，有段时间看了一些，却如风过耳，理论上的中等个儿，行动上的极矮侏儒。白昼，偶尔也想在脑门儿凿出几个窟窿，证明自己的智力与情商不至于太差；偏偏到夜里睡下，一种虚无观就覆盖全身，觉得房间里的每种器物皆有鼻子有眼，还有嘴。天真汉，愚蠢人。

遥远而又神秘 [1]。

所有的困难最终都得到了克服。他心满意足地微眯起眼，想起焦裕禄、孔繁森、三过家门而不入的大禹、鲁班、不肯过江东的项羽、张国荣扮演的程蝶衣、《满城尽带黄金甲》、mp4、手机、海子的诗、杜甫……他突然看见墙垣下的一组雕塑，是一个女人牵着一个孩子。生动准确的线条，精妙地把握住感人的瞬间动态，孩子的眼里有盈盈泪光。他辨认了许久，终于发现，她是他的妻，那孩子是他的儿子。这组雕塑做得太好了，他感到胃疼，为自己当初的设计忍不住低声赞叹。月光泼下，泼湿他的衣裳、他的脸与他的眼。他情不自禁地起身去摸孩子的额头，一阵毛骨悚然的感觉像毒蛇袭击了他。他尖叫起来，所有的动作猛然地戛然而止。

翌日清晨，一辆卡车在他身边停下，一大桶水泥倒在他身上。

他成为了这组雕塑的一部分，成了仙城的一部分，并在以后漫长的日子里，被无数来到仙城的旅人啧啧称赞。

---

① 此种感觉不可言说，此种感觉常使我不得不一遍遍地抬起头颅，像抬起一个沉重的灰瓮。头顶上有云，如此苍白，如众神的脸庞，变幻无常，至高无上。我不得不泪流满脸，却不知自己在为什么而哭泣。我老了，如破碎的词语，被虫蛀的腐木、绝症患者脸颊上的那抹酡红、孩子手中已损坏的玩具。

人　城

　　人城，众神迷失的城邦。它是人类史上最富有哲学意味的建筑，具有最强烈的撼动人心的视觉效果，有着美如花朵独一无二的轮廓，却在漫长的岁月中逐渐枯萎——虽然最初它的出现是"所有的存在"为了摆脱懵懂，克服对未知的恐惧，避开猛禽恶兽的爪牙。

　　就像是被牧人圈养的羔羊，有着苍白精致小脸的人城人被由"绝望的箴言、连绵不绝的阿拉伯数字、危险与失败，以及所谓的荣耀"所一层层夯实的巨大墙垣所圈养。

　　墙，在某个时辰之后，必然通往了人城人的内心，使那位于胸腔内的原本幽美恬静之物不再轻盈，不再为蓝天白云所眷顾，不再有大片绿色的植物、朝霞、月光、海草、贝壳，而变得愚蠢（且自以为聪明至极）。被众多似是而非的逻辑所支配的，里面更充斥形形色色的墙体——每堵墙都是垂直的平面，冷漠地拒绝墙壁外面的所有。它们只肯与出身于同一血缘的墙在一起围合空间，构成封闭的圈子。

　　疲惫的旅人望着被幽闭或者说自我幽闭于其中的人们感到眩晕和迷茫。

这是一个年轻的女性^①，阳光擦亮了她的脸。她的乳房真美，乳房的半径和是胸围一半，乳房高度是半径的四分之一，呈饱满的球形。其垂直范围在第二根肋骨到第六根肋骨间，水平范围在胸骨旁线至腋前线，垂直高度为4cm。

我在墙的里面，注视着来来往往的旅人与他们所带来的种种奇闻趣事，然后列出一组组数学公式（据说在不计其数的数学公式中，有一个特别伟大的，它蕴含着人类所有的凄美的爱情^②故事。我希望能够找到它），每天忙忙碌碌地计算着，偶尔也阅读一些小说。我很喜欢法国人马塞尔·埃梅写的《穿墙过壁》，喜欢那个戴一副夹鼻眼镜，蓄一小撮山羊胡子的迪蒂约尔，就在闲暇时跑去与他聊天——他一直待在诺尔万街头那堵灰色的石墙内。我们聊天的话题并不仅仅局限于墙，比如，中国的长城、德国的柏林墙、以色列的哭墙、西藏的骷髅墙、东京街头画满各种涂鸦的墙……事实上，因为世上最坚固的墙壁在他眼里不过是一层薄薄的屏风，所以我们很少讨论墙，话题一般针对墙的外面。偶尔也调侃一下那些含眉涩眼，口噙着一枝红杏出墙去的女士们。这时候，迪蒂约尔就不可避免地要说起他那个幽闭的美人，说他的手指至今仍能回味起她嘴唇上的蜜。

这让我有点嫉妒，就与他讲佛的"白骨观"，红颜骷髅，五蕴皆空。他只是笑。我搬出俄狄浦斯，说："我们眼中所见、鼻中所嗅、耳中所闻无一不是虚幻，俄狄浦斯刺瞎双眼并不像传统解读上所说是无法直面罪恶

① 一个人，对着椅子饮酒。想象它是一个女人，都有光滑曲线。屋外的雨点敲疼了天空，"罗莎"登陆浙江，最大风力十二级。南京的下午，光阴若杯子，斟满了我对她的思念，我的爱人啊，我要把你一饮而尽，从此不再醒来。

② 一些女人，她们是 3 的倍数。我常忘掉有关她们的种种，最简洁的文字、最繁杂的花，以及拥抱与吻。在洒满阳光的午后，当我的脸像向日葵转动的时候，我突然想起关于 3 的一切：奇数、一首歌的名字、嘴唇的隐喻、婚姻关系中的第三者、锂的原子序数……以及离开。

旅人书

和悲惨，而是为了回到内心，仰观神圣。你丫在墙里住了这么多年，咋还没有回到内心得道成圣？"迪蒂约尔问我："有没有听过孟姜女？"我当然听过。只要是人城人，谁会不知道孟姜女？她神奇的眼泪，曾经让人城一堵最有名的墙差点为之崩溃，那是奇迹。幸好死亡很快剥去了她的骨架与血肉。我说："你提这茬儿是什么意思？"迪蒂约尔说："我昨天看见她。用你们东方佛教轮回的观点说，我看见这世的她。她还是一个大美人。"

迪蒂约尔谨慎地选择着词语，说："她蹲在这里哭。她的眼泪确实拥有可怕的力量，墙摇摇欲坠，吓得我赶紧扔出几枚金币。"迪蒂约尔的脸上露出不怀好意的笑容，继续说道："她捡起金币，就不再哭了。她把手掌贴在墙壁上，希望里面能再多滚出几枚金币①。我当然满足了她。"迪蒂约尔竖起中指，朝墙壁上一幅浮雕指去，"看，她现在就在那儿。"

---

① 就生活而言，拜金女比女文青更靠谱。她遵从世俗理性，其行为可以预计。女文青嘛，就是一团连自己也不晓得要如何折腾的激情。为什么这么多人喜欢女文青？因为这种非理性是对强大的现实不服从，是艺术。艺术是最奢侈的。

捧 城

捧城人都知道霍姆斯马车。

这是一个古老的假设，是一架本该只有上帝造得出的马车。当马车的轮子正常地转过最后一圈，其车轮、车轴、车身、底盘、弹簧……在最后时刻同时解体报废。没有哪个部件比其他部件享有更长的寿命，每个零件体现的都是"充分均衡"的某一部分。这种马车是对"整体"概念最狂热的描述，它大过"一的一切"以及"一切的一"，所以它能掠过沼泽、穿过浓雾、跃过悬崖，像长腿鹭鸶、像孤独的绕着月亮飞的信鸽、像咆哮的猛虎。

捧城的王站在高高的城楼上，对着所有人喋喋不休这种马车的神奇，好像有巨大的浪在他瘦小干瘪的胸腔内不断拍响。光照在他身上，照出了暗（是一架马车的形状）。王的眼里跳动着宝石蓝的火，忧伤地说道："若见不到这种马车，我会死的①。"

---

① 推动社会变革的力量，大部分并非是源于良知，而是野心与无知。极权主义是人对自身最深的厌憎。它源于人对个体懦弱的恐惧，必然伴随着整个人类文明史。它最具有吸引力的并非是权力，而是梦，一个可以挣脱现实束缚的梦。一旦人在精神上无家可归，极权主义便随时可能成为神话。它是人类最可怖也最有魅力的创造。

热泪盈眶的捧城人拍打胸脯，跳起一种奇怪的舞蹈。他们异口同声下定决心，要为这种马车奋斗终身。他们把头发绑在梁上，拿锥子扎大腿，只吃猪的苦胆，实在困了，在蒺藜铺的床上打一个短暂的盹儿。为有牺牲多壮志，敢叫日月换新天。他们三过家门不入，甚至甘愿戴绿帽子。在戴第一顶绿帽子时，他们有点难为情。绿帽子戴多了，他们从中找到幽默与骄傲。他们在生产马车的车间里一问一答。问的人说："昨天我戴了一顶款式特别好的，是协助王治理捧城的丞相。"答的人说："我戴的款式不咋的，都是铁甲武士的。不过，戴了三顶。款式不好，还好有一个数量。"

他们哈哈大笑，隐隐约约觉得家里那个胸口有两个半球体的哺乳动物的通奸行为，也算是为霍姆斯马车"曲线献身"，这令他们不约而同地干劲百倍，发誓要为早日变成一个符合霍姆斯马车需要的"纯粹的人"而努力！

纯粹的人，比螺丝钉还神奇。他们骑着银马，放牧世界。

啊，这一小撮高尚的人，这一小撮有道德的人，这一小撮推动历史的人……

悬于各种物体之上的高音喇叭播放着关于"纯粹的人"的诗歌。句子与字词在空中飞来飞去，变成大头金蝇、丝光绿蝇、丽蝇、伏蝇、麻蝇。这些苍蝇不仅可以充当食物与蛋白质，因为它们嘴里吐出的奇妙的嗉囊液，他们的身体还将因此逐渐透明，成为真正"纯粹的人"。

这是预言，也是事实。每天，都有捧城人的手掌、胳膊，乃至于五脏六腑都变得比昨天更透明一点儿。毫无疑问，一个伟大的时代即将来临。

当最后一只苍蝇被捧城人吞入嘴里，突然，霍姆斯马车平空出现。在这动人的一刻，所有的捧城人都在瞬间进化成一种晶莹剔透的类似冰雕的人体。没有亲身目睹过的旅人无法想象这种壮丽。世界在这一瞬间停止了流动，像是也难以置信眼前的奇迹。数以亿万计的千姿百态的旋涡，从那辆神奇的包含了世间所有色彩的马车内部喷射而出，它们构成了湖泊、森林、诸神的脸庞、得救之义人所要居住之处、翅膀上的羽毛、不朽坏的宫殿等等不可思议的存在。

万千旋涡眨眼间便汇成一个唯一的旋涡，霍姆斯马车即在旋涡的中央，一根根闪耀着各色光芒的丝线自其中吐出。这些"纯粹的人"情不自禁地喊出声：看哪，霍姆斯……声音顿住了，往地上掉，仿佛是烈日下的雪花。当这些好看的丝线飘落到他们身上时，他们不见了。马车发出一声轻啸，像一头吃饱了的兽，开始奔跑。

这有几种可能。作为霍姆斯马车一部分的他们意识到自己的声音将损坏这驾马车，所以主动地闭上嘴。或者，他们已经丧失了语言的能力，从那一刻起，他们只能称之为它们，仅作为霍姆斯马车一部分而存在。又或者，它们仅仅是霍姆斯马车的食物。

车轮滚滚，这驾完美的马车就这样从捧城奔到旅人面前。

旅人书

玉　城

据说玉城在一只大鸟腹内。鸟有九首十八睛，浑身漆黑，双翼展开，如天上滚过的阵阵冬雷，见者不祥。唯月圆之日，悍不畏死的勇者才有机会在靠近它所栖身的一株名叫"坦"的大树。那树高九万零一里，周身布满苔藓、生锈的铁钉、野兽的尸骨、陨石撞出的凹痕，以及各种暗藏杀机的藤蔓——也许不是藤，是有着血盆大口的青色巨蟒。

旅人不知道她为什么要去玉城。

他费尽周折地从世界各地的图书馆里，找来所有关于玉城的神话、传说、习俗，耐心地把书页一张张摊开在她面前，街道、百货商场、橱窗、金黄色的麦当劳店牌、夜穹中通体发光的广告艇、烟蒂、自动取款机、可口可乐、毒药香水、公交车、妖艳女子、避孕套、拿砍刀的黑衣人、奥迪车、大腹便便的官员……"最早，玉城是神的恩赐，是神按造星辰的位置来建造的，但那些生活于其中的生物僭越了神所创造的道德与秩序①，为追求所

---

① 如果说宇宙是混沌的，究竟是什么一种力量使其有自混沌中产生秩序的强烈愿望，并且最终让秩序得以彰显？这是悖论，一个二律背反。秩序，还包括了一个奇异的特性，即：可预见性。这意味着可以根据其只鳞片爪，推测它的其他部分，继而绘出一张完整的图画。换言之，"世界就像一部影片：正在放映的影片是现在，已放映过的构成过去，尚未放映的构成未来"。

谓的高潮，把它弄成一个由钢筋、谎言、水泥、阴谋、金属、狡诈、玻璃，以及无所不在的罪恶所构造的自慰工具。"旅人观察着她那张接近透明的脸庞与鲜红的嘴唇，小声地说道，"你嗅到了这些书页上经久不散的刺鼻气味吗？那是他们的灵魂所留下的腐烂气息。"

她没说话，看着他，目光犹如缓缓降临之黄昏，是那样寂静。当月亮升起的时候，她慢慢地放下手中的苹果与小刀。一滴血从她指尖滴落，带着奇异的金属声，在地面上勾勒出一朵玫瑰的图案。她近乎于喃喃自语地说道："你忘了说一点，那里有爱①。"

"爱是谎言！"旅人咆哮起来。

她嫣然一笑，"这世上是没有谎言的，所有的谎言说出来后，迟早有一天会变成现实。"

"你会被那只可怖的大鸟撕去双翼。你是炽天使，你唯一的使命就是歌颂神。只有神，才有爱。"旅人呻吟道。

"你刚才说了，爱是谎言。"她露出俏皮的笑容，接着幽幽一叹，"天使做久了，也很腻的呀！"她光滑的额头上出现一道月牙似的伤口，金黄色的血自那里飘落，有的像沙砾，有的像鸟能在空中飞翔很长一段时间，有的翕张双鳃又像是一尾尾淘气的鱼。旅人听见黑暗中传来一个沙哑的饱含愤怒的声音，也看见她的心脏如同果实的核，被一件看不见的钝物猛然敲碎。她的身子好像融化的烛，迅速稀薄，很快，薄如一片小小的蝉翼。旅人想抓住它，它径自飞起，沿着他的脸庞轻轻下滑，滑至嘴唇，化作一行我从未见过的字符（可我不知为何就明白了它的意思）——"记得呀，

① 世界越残酷，越发现：爱，确实是一种伟大的艺术，是塑造人心的力量。它是形而下的笔墨油彩，更是笔墨与油彩所形成的灵魂。爱，只有在哲学宫殿的深处，才能获得最深沉的回响。尘间，那些被舌头轻率地搅拌出来的爱，最后只会让他们彼此憎恨。爱，是需要学习与足够的悟性，才能掌握的能力，就像禅。

把我带到玉城去"。她不见了。

他的嘴唇上有一点儿咸味，他的脸湿漉漉的。

几天后，旅人踏上了寻找玉城的旅程。但说老实话，直至今日，尽管他已经在"坦"的最顶端等待了九十三个寒暑，他仍未见到那只大鸟的一根碎羽乃至于一丁点儿排泄物。不过，这并不重要。在这个漫长的且注定徒劳一场的过程中，他终于明白了她所真正渴望的：重要的并不是玉城本身。

露　城

　　露城的形状与尼罗河畔的金字塔差不多，皆由宽大的青石砌成。城分三层，底层宽千里，到处是杂乱无章、迷宫般的建筑，蹲在街角用手抓着冷窝头干咽的人；中层宽百里，房子如火柴盒一样沉闷乏味，被整齐地堆放。在路上匆匆走动的人形状基本相似，偶尔有人抬头看几秒钟阴沉的上空；高层宽十里。这里的房子精美无比，犹如音乐，连墙壁外面都装饰着让人目眩神迷的青铜雕塑、白银窗棂、水晶与瑰丽的宝石。应该说，这种建筑结构在旅人眼里并不稀奇。它是"不平等[①]"的最通俗的呈现，而人类这种两足无羽生物所追求的即是：不平等。一切权力皆来自于不平等，一切人类所谓的美德皆是对不平等的服从[②]。这种渴望"我比你好"的驱动力让被

[①]　消费者对雷达表等奢侈品的购买，并不是因为雷达表走时更精确，而是别人买不起。其所消费的，即是与他人的不同。又或者说，不平等是此世界的本质属性。"传统的社会学家和经济学家喜欢用高斯正态分布来描写随机事件。他们忘了，每个个体都是一只黑天鹅"。人人平等这个口号的毒性、成瘾性并不比海洛因差，但人为什么会有这种古怪的念头，明知不现实，偏偏朝思暮想？是因为修辞。人是对世界的修辞。

[②]　为什么几乎所有的宗教都有一个基本要义："服从"——甚至可以说是"服从即人唯一的美德"，哪怕它们在更多方面互相抵牾，曾经血流成河。服从使世界从混沌中显现，对世俗生活而言，还意味着秩序及相应的伦理善恶。我好奇的不是服从本身，而是它们为何在这点趋于一致？

封闭的世界流动（有时流得快，有时流得慢），继而呈现出种种匪夷所思的复杂性[①]，所有的词语因此得以诞生，所以它遍布人迹所至处。

在漫长的旅途中，旅人把玩过这种城的各种材质的模型。它们是混乱的、是道德的堕落、对天堂的向往、欺诈、肉体不死、"人惧怕时间，而时间惧怕金字塔"和个体的异化。它同时是明确的、对梦想的渴望、勇气与灵魂的结合、四季更替、永恒的崇拜……很难理解这些在脑海里不断闪现的词汇，也许它们是另外一个世界在这个世界里的闪现。或许是深刻的，但是没有意义的。

但令旅人诧异的是，露城显然与他原来所见过的金字塔城不一样，这种区别不仅体现于"三个阶层各自内部本身相对、动态地平等"，更重要的是，每隔七年，露城便会倾斜，像古人计算时间的沙漏，逐渐颠倒，成一个倒金字塔，再恢复原状。这段时间通常要持续数月。原本住在顶层穿绫罗绸缎的上等人，就像水，突然从高处跌到低处。底层一小撮的胆大妄为者，在经过一番激烈的斗争后，一些幸运者一跃而上，来到顶层，并建立起新的对"青铜雕塑等"的阐释文本。

这个循环过程周而复始，其中又充满不可思议的暴力、想象力与美，这也相应孕育出一幕幕让世界赞叹不已的悲剧与各种艺术形式。旅人的视线没有再停留在"不幸，并没有底线。否极泰来，只是书上的一个成语罢了"这种句子上，他掏出笔，把这个城描绘下来。

---

① 答案（真理）可能是相似的，乏味的，但通往答案的路径一定是迥异，妙趣横生的。时间与空间是如此错综复杂，如热带雨林、小径分岔的花园、《盗梦空间》、基于最大熵概念的随机变量统计模型……这种复杂性简直就是刚烤出炉的面包啊！

残　城

　　没有哪个旅人喜欢残城。那里是一个秩序森然的盒子，在一种怪鸟的翅膀上。要想进去，得接受各种检查，不仅是检查身体所隐藏的细节，在过去了的相当长的一段时间内，还要检查大脑，只有额头盖有公章的才被允许进入。它是身份的彰显，是地位的明确，是权利的意志。它用不容置疑的口吻把人划分出上等人、中等人、下等人，并严禁下等人的靠近。但不管是傲慢的上等人、拘谨的中等人，都无条件地必须服从它发布的每条指令（包括被绳子捆绑在座位上），忍受某种程度上的人身自由的被剥夺，承认自身不过是它的零件，它才会提供给这些吃饱了饭的人如下物品：

　　速度、梦、夜幕下被火焰包裹着的地球、云层、与一句格言——任何一桩小小的事故，哪怕是一颗螺丝钉未被拧紧；任何一次小小的意外，哪怕是一只飞鸟的迎面撞击，也将导致不可挽回的灾难。

　　残城还是一个奇怪的"罐头"，塞满金属、装腔作势、皮革、充满谎言的报刊、人的臭味、玻璃等。来到残城的人的情感极易产生某种发酵现象：

内心似乎有种东西在不断增长——这种增长实际上并未发生。他们当然没有意识到这点，透过镶嵌在城堡外面的双层玻璃，他们俯瞰山峰峡谷河流平原城市广场，以及那越来越渺小的人，发现所有熟悉的景象都在迅速破碎，并且彼此孤立，然后消失。这是一种陌生的体验，可怕的幻觉。他们注视着道路的尽头，就像已经身处宇宙尽头，逐渐失重的肉体被巨大的恐惧攫住——也许在下一刻他们会与残城一同被喜怒无常的神，从高处掷下。

活着，就是为了如何去死？

光照在他们的面孔和裸露的肩膀上。他们在初进残城时意识到这个基本的哲学问题，忐忑地意识到人的本质，不再说"我不是随便的人，但随便起来就不是人"等俏皮话，犹犹豫豫地拿起纸与铅笔，在颠簸的气流中写道："亲爱的，我想你。若有下辈子，我一定不包二奶、不养小蜜、每晚准时回家吃你煮的菜。"

这是矫情的承诺，所以当他们走出残城，便马上撕掉这张可笑的纸条，并为刚才的行为深感羞耻。他们走得如此匆忙，把自己的影子都踩疼了。那些突如其来的震慑、破碎零散的思绪残片逐一沉入了大脑深处，就仿佛石头沉入水中。

万物转瞬即逝。当他们再次来到残城时，"一种能够建立自身在时间中的一致性的东西"帮助他们不无惊讶地发现残城与初见时已经大不一样。那些曾经触动内心的痕迹尽管还在，但某种神秘的东西好像已从它们体内遁走，整个残城不再与诗有关，不再与"人的内在思想、潜意识动机、隐藏的恐惧和渴望、欢乐、痛苦、个性"有关，反而更像一个兜售虚荣与偏见的 T 形台。他们皱了一下眉头，很快便适应并喜爱上了这种氛围，并以为自己在这里是自由 ① 的。他们打量着那些波涛汹涌的胸与臀，吩咐美貌的残城姑娘取来水、可乐、咖啡、杯子、果汁、毛毯。他们指手画脚，对长得不那么漂亮的女孩幽默地说道："长得丑不是你的错，出来吓人就不对了。"

---

① 白昼的现实与夜晚的梦境，这是每个人都要，也都能拥有的。它们的缠绕（是 DNA 的双螺旋结构吗），使"1+1 大于 2"。即：两根绳子，原来各能拉起 5 斤的重量，以某种奇异的方式拧合，就能拉起 15 斤的重量。这个"大于 2"的东西似乎就是人们所苦苦寻觅的自由意志。自由，可能并非宽容（必迷失于人性这座幽暗森林），或不宽容（律法是悬于每个人头顶的绞索）的结果，而应该是蔑视现实的能力，即，它并非我们在尘世中能看见摸着或浸身于其间的实在之物，是一个虚构的，对自身的祝福。当然，哲学上的自由与世俗生活的自由，含义与范畴不一。就后者而言，人的自由，不在于你能干什么，而在于你清楚哪些事不能干。

旅人书

梦 城

一个因为饥渴与寒冷已经奄奄一息的旅人，在一个山洞底部的石壁上找到了如下文字：

我梦见了梦城，大雨如注，命运的穹隆在白昼闪光。当闪电刺穿窗户，我成了哑巴。而我本来是一个多么能说会道的人啊！我能用十分钟的时间说服某人，让他相信自己是一条狗、一尾鱼、一只鸡、一头牛。我还能用十分钟零九秒的时间，说服一束被遗弃的玫瑰、一丛被烈火焚烧的灌木、一张被撕碎的照片……让它们相信自己在天堂，相信自己会在时间之洪流中恒久长远。不要问我是如何办到的。不要问一个魔法师用什么方法把长城从人们面前抹去的。但，总有愚蠢的人总是躲在暗处研究我的嘴型，想在上面舀出一小勺"般若婆罗蜜多"，而另一些聪明人在我随口喷出的并不包含任何意义的唾沫星子里意识到巨大商机。他们兴高采烈地拈起它们（就像拈起自己的眼睛），用透明的胶囊壳裹了，小心地置入指甲盖儿大小的沉香木匣内，出售给那些笨嘴拙舌的人——每盒一粒，售价高达六十欧元。

这些湿的球状体冒出男人喉咙，在经过碰撞、发酵、勾兑后，变成一种奇异的透明液体，能让任何一位嗅到它的雌性绯红了脸庞，忘掉羞耻，打开身体。幸好上帝充分考虑到物种平衡的奥秘，聪明人只是一小撮。他们没有把我的唾沫星子的秘密公之于世（可恶的是，他们甚至也没有通知我本人）。不过，还是有一个胆大包天的贪婪之徒在暗夜里潜入我的住所，想用老虎钳拔掉我的牙齿，直接在我口腔中舀取财富。他忘掉了我的牙齿外面还裹有两片薄唇，它们如同牛皮糖、铬、钛合金与星光的混合体，让最瞒颟的人也忍不住热泪长流，以为目睹了神迹。

当他把我的嘴拧成一个尖尖的鸟喙后，我咯咯乐了，唾沫星子喷了他一脸，这家伙马上伸长舌头去舔自己的鼻子、眼睛、颧骨、额头，最后把脸舔成一只燕窝，结果被一小群随后赶来的聪明人把他的脸分而食之了——吃燕窝本来大有讲究，要蒸洗、浸泡，用尖头摄子除、择净，再放入汤内用文火炖烂，又或者加冰糖、鲜椰汁与菊花、白莲同炖。但，大家都怕别人来抢自己手中的，心里又想再去抢别人手中的，就赶紧把刚抢到手的鼻子、眼球、睫毛咽到肚里，再互相尴尬地笑，不约而同地吹一声口哨，就消失了。留下瞠目结舌的我开始思考自己是不是在逐梦人的梦境深处。

只有逐梦人[①]才能来到梦城，在那里，他们的无名指上会再长出一根小指头，能弹奏出不属于这个世界的天籁。他们的两个鼻孔会

[①] 每天早上醒来，我都如堕梦境，而在每个夜晚，我都要改变：年龄、容貌、身份，乃至于性别。逐梦人注定迷失于他者的梦境深处。我的身体或许是盐，让我更渴。

变成一个，这意味着他们将不再受历史与现实①的束缚。事实上，当他们来到梦城，他们的身体就成了风、火、水、土，能随心所欲地变幻，这种变幻的数量比著名的孙大圣还多一种，即变成逐梦人本身（这让任何一种生物都无法在他们面前保持矜持与伪装）。

唯一能伤害他们的，就是他们自己。因为唾液的流失，他们的身体会在不自觉中脱水，意识随之变得混乱、模糊，不复再有果断与敏锐，这导致他们在梦境中追逐猎物时，经常迷失于他人的梦中，以至于最后死在别人的梦中。

"阿捷赫公主有七张脸，每张脸上的左右眼睑上都写着一个字母。只有那些敢把每个字母咀嚼三千七百五十遍的男人，才能把阿捷赫公主的性别从魔鬼那儿夺回来。"

我喃喃说道，我可能还说了其他一些话。那个失去五官的人猛地匍匐于我脚下，热泪长流地亲吻我鞋边的尘土。他失去瞳仁的眼窝里涌出黑色的液体。这些液体一经与泥土接触，就长出蝙蝠一样的翅翼，急速地绕过窗棂，飞入蓝色的宛若一汪泉水的夜穹。

蓝色是大气层的光学厚度，是视网膜。

夜穹的静谧被打破，好像神在那儿低头叫我的名。我拉起这个失去了嘴唇的人，与其促膝长谈。三分钟后，我终于意识到自己的口水的价值。我是多么懊恼！舌头在口腔里舞动几下，迟缓地落下，像一条垂头丧气的鱼，心甘情愿地放下尾巴，接受了案板与刀。

梦城，镜子在叫我的名字。因为甜言蜜语的侵蚀，镜中人的灵

---

① 作家之所以是作家，并非是因为他对现实描摹的逼真程度，而是他能够在"人所皆知的现实"里，选择这些（而不是那些），按照上帝的逻辑，创造出另一个"让我们愿意去相信的现实"。创造，就像像奇点爆炸——虽然我们都未见过那个时刻。

魂如同埃及金字塔里的木乃伊。我凝视着他，以及屋檐边垂下的每一滴水。我抓住他的手，这只即将不复存在的手。屋外，水追赶着水，流入下水道（所有的下水道皆通往人类内心的最暗处）；屋外，一个穿绿裙子的长腿女孩，像一匹健壮的雌鹿，迅速奔过。我触摸着膝下的一层层苔藓，哑然失笑。

主啊，现在我竟然可以把您的恩赐，全部归还于您，也包括梦城。

旅人忘却了几乎就要夺去他性命的寒冷与饥渴，久久地打量着石壁上的字迹。有些字模糊，有些字清晰，但不知为何，他却能一一辨认出它们，这些横折竖撇捺，像出自他的手笔。他不无疑惑地伸出手掌，不由自主地把自己的影子，以及自己，依次踩在脚下。他并没有发现：那条被遗弃的影子仿佛是一道狭长的不断扭曲着的黑色裂缝①。

当火把熄灭的一刻，他的喉咙里传出一声歇斯底里的喊叫。他掉下去，掉进那道黑色裂缝。

几分钟后，他出现在山洞外，头顶的星辰正犹如疯狂的雨水。

---

① 不要动辄想着去克服所谓"人性的弱点"，坦然接受自己身上的一些毛病，与之做朋友，就像与疾病做朋友一样。这样做有什么好处呢？也许什么好处也没有。但，也许你会发现一些令你惊讶的事实。又或者，人所谓的弱点，比如自私（这词儿听上去太讨厌）了，但它是自由主义与契约社会的伦理基础。没有"弱点"，就没有"人"。许多人说的弱点，其实是局限，是中性词，比如自私。

惊　城

　　惊城，由七十八张一套的塔罗牌构成。二十二张的图画牌描绘了万物的由来，五十六张的数字牌叙述着每天将要发生的事。据说，它是对"人的基本类型或境遇"的确认，并解开生命所提出的各种课题。

　　旅人来到城里，试图找到相关的预兆或警示，但无一例外地被内心隐藏的恐惧攫住，而把命运旅程当成了一种试错的游戏。游戏的结果可想而知，除了更多的沮丧、焦虑，不会再有别的什么。

　　时间是残酷的，从天空里落下来，不停地落，最后紧贴地面，犹如冷血的蛇紧盯着猎物。旅人匆匆行走，一遍遍地行走在泥泞之中。他发现：自己的影子与身边以圆圈的方式摊开的建筑一样，同时蕴藏着正、反两种意义。这让旅人忽而一喜，忽而一悲。他看见这一刻他砍落了一个武士的头颅，而在同一时刻，他也看见，自己的头颅正悬挂在一个武士的腰间。

　　黄昏发出短促尖利的叫喊，一闪即逝，犹如死者被打扰的灵魂。干瘪枯瘦的老者坐在阴影里摇晃着手指，一言不发。这根手指是老者的全部，是世界。每次摇动都是改变、平衡及和谐——万物非增即减，非左即右，始终处于变化之中，但是一个恒定的值。

旅人望了一眼这个通往自身"最不愿承认的欲望和要求"的源头，加快了脚步。月亮、塔、悬吊者、恶鬼、魔术师、女祭司、国王、力量、命运之轮、正义、节欲、审判……被四种花色包围的影像，跟随着旅人的脚步生出种种变化。只有一小部分变化才能获得词语的命名，找到某种形式，被光与暗迅速砌成惊城里的某幢建筑，或者是向上蒸发，形成一团嵌在夜空里的模糊的光、一张坚韧异常的密网、一头在穹形屋顶上散步的豹子。大部分的变化被遍布街头的各种仪式与禁忌（这是一个不断"暗示、隐喻、阐释"的过程）所消耗，最后什么也没有剩下——没有真理，也没有谬误；没有厌倦，也没有激情①；没有欢乐与痛苦、胜利与失败、希望与幻灭、冲突与和平；没有母亲、小丑、柔情似水的女子、国王、勇士、隐者——只是"没有"。

黑暗的光芒笼罩在惊城上空。极少数幸运的旅人凭借一份偶然得到的惊城地图，绕过建筑的死角，未被那团光所诱惑，也突破网的封锁，避过

---

① 哲学上有句话，人是一团无用的激情。若连激情都没有了，你说你是什么？"神马都是浮云，但没有浮云，神马又是什么？"激情是自我认知的根源所在。激情犹如飓风，这是一个我们都知道的比喻。飓风来临，把植根于日常的人连根拔起，世界再也不是他所熟悉的那个。他在空中，飘飘荡荡，如风筝，所见万物颠倒，也真正品咂到轻盈的滋味。他成了一个诗人。很快，他摔落地面，泯然众人。这又有什么关系呢？所谓泯然不过是入廛垂手。他这一生，不再仅仅只是地面上的。

旅人书

豹子①的捕杀，用了数十个昼夜，走出这块众神遗弃之地。但糟糕的是，不知是何缘故，他们的性格在悄悄地发生着变化。勇敢的变得懦弱，善良的变得凶恶，风趣幽默的变得木讷笨拙，吃斋的也开始无肉不欢……这让曾经熟悉他们的人（父母妻儿、亲朋好友）深感诧异与不安。经过一段时间小心翼翼的相处后，这些人听到一个极可怕的流言：惊城有一种可怖兽。它们跟人的眼泪②差不多大小，是黏液状的，会随着风声钻入所有来到惊城的旅人的眼眶、鼻孔、口腔、耳朵，然后在人的体内生活下来，一点点地吃掉人的肌肉、骨骼、内脏等，并最终披上人的皮，来到人类的世界。

恐慌拥有各种动物的面貌。旅人不得不赌咒发誓，"我还是我呀！"他们嚷道。可这是没有用的。除非他拿刀子把自己胸腔里的那颗心脏剜出来——如果马上死去，说明他的确还是人类。但就算他这样做了，也不能为其他到过惊城的旅人做出证明。

---

① 我如今喜欢的是字词与孤寂，没有生气的镜子泛出蓝色的幽光……而这一切构成了一只死去豹子的皮毛，诸神在上。

不管岩石变幻了多少张面孔，我依然能感受到那些被埋藏的热量，生者称它为灵魂，而我触摸它如触摸导盲犬，温热湿润的鼻翼。活着的人啊，你们知道我是什么了吧！

我如今喜欢的，已经与"我"毫无关系——"我"，一个伤感的回忆与片段，或者说不太愉快的事实。

从楼顶一跃而下，夜晚在肩头扇动翅膀。一群天真而又愚蠢的房子发出，一阵阵咕咕的叫声。穿过静止的平面，在一个屏声静息的时刻，藏身于豹子的皮毛深处。豹子慢慢地活了过来。

② 我有你的眼泪。我以为这些碳水化合物早被光阴蒸发殆尽，它们还在我枕边，好像盐粒。/ 亲爱的你可还会想起你的眼泪？是否像孩子想起童年的玩具？

魂　城

　　许多人皈依宗教，并非是为了寻求道德指引，而是渴望了解魂城与自身的来龙去脉。魂城，永恒的、不朽的存在。整个宇宙即是它的波动，它是众妙之门，是一切事物的总和，也是众神的命名处——据说，人，若到了这城，即为神。

　　雪停了，马路上裹着一层厚厚的尸布，疲倦的旅人站在门边抖搂掉胡须上的冰碴。门上有一把生满锈迹的黄铜把手，锈是绿的，一丛一丛，像《万物简史》上所描绘的那些覆盖在南极洲旷野里岩石上的苔藓。竖起耳朵，还能听见它们的微弱嘶哑的声音。

　　墙是一堵不可逾越的障碍，门是一种包含障碍在内的灵活。从穴洞中进出的是动物，从门中走出的是文明。文明的发达程度即体现在这种灵活性上。门，这种建筑形式，其本质是社会关系。同时，它隐蔽内心。门里是独享的秘密，门外是公众所需的阅读①，这种遮蔽给人提供想象。偶尔，

---

①　我们为什么要阅读？因为它帮助你发现孤独——抓住它，你才可能真正理解"这个黄昏，抑或是那个吻"的意义。它们必定不是通常说的那样。这是一个有关于自我认知、自我觉醒与自我"溢出"的旅程，它还将赠送出一份妙趣横生的特殊礼物：一个一辈子的，不被距离、时间、生硬的现实所改变的朋友。

它打开自己，让想象成为现实，让人们理解现实与想象之间的差距。门，在这里不是量词，不是一门炮；不是动词，如门皂、门吏；不是生物学上的分类类群中的一个等级；不是稽查、征税的关卡；不是水路、陆路必经的出入口；不是诀窍；不是家族；不是学术思想或宗教的派别；不是帮派；不是一种具有一个或多个输入端但只有一个输出端的开关电路系统；不是中医理论里的经气循环出入处、针孔、境界等。它是木门，是推拉门，是外门，未有高巍门楼相掩，也不见精雕细刻的徽式门楣，只是普普通通地站在这里，其主要功能当是避禽兽、遮风雨，兼有分隔、交通、采光、通风和装饰作用。

这样一扇门的后面就是魂城吗？一个姑娘走进屠格涅夫笔下的《门》，迎接那不可知的命运；一个敲钟人把女孩抱进巴黎圣母院，向世界关上门；一位叫 K 的先生想进城堡，终不得其门以入；一个叫雷蓓卡的寡妇躲在《百年孤独》那扇门后遗忘了人类，也被人类遗忘；一个叫李世民的在玄武门前谋杀了哥哥和弟弟，成为千古一帝；一个叫牛顿的科学家在墙壁上开了两个大小不一的门；一个叫杨修的在门边玩文字游戏，结果被砍了脑袋；一个落魄画家在墙壁上画了一扇门，墙壁那边是他喜欢的女人；一个年轻人站在两扇一模一样的门边，等待公主的眼神以及老虎或者铡刀；一个叫阿里巴巴的男孩对着石头，大喊"芝麻开门"。

旅人抓住把手，黄铜碎掉了。旅人沉默下来，如同被严寒瞬间雕凿。光线从窟窿中穿出，在他身上绘出一个椭圆。一些肉眼看得见的尘埃在这束光里面做布朗运动，像被大风摇动的树的细枝，但光是静的，并且透明。舍利子，是诸法空相，不生不灭，不垢不净，不增不减。是故空中无色，无受想行识。这块明亮的光斑在燃烧，布满纤细的阴影纹路，先是边缘，然后是中间，逐渐沸腾。精灵、大火、被猎杀的翼鸟、与狮子搏斗的国王、被淹没的高山、鳄鱼沾满血的牙齿、少女的哭泣、动物仰起的头颅与前足……一个个奇妙的词语自其中生出，并带有颤动的蓝色翅翼。它们与那些自日常生活中所淬取的词语完全不同（后者不能预见未来，只能根植于过去，试图解释现在。而世界在这个笨拙的气喘吁吁的解释过程中，早已掉头而去。或许还可以这样说，所有的未来都包含在过去之中，是对过去的某种阐释，但要理解这种阐释，就必须使用当下的语境以及各种技术物，而最重要的是：想象。像尼奥说的那样，汤匙并不存在。电梯迅速向上①），饱含着真理，散发着来自宇宙最本原的能量，其音节盎然如蜜，每念诵一次，即有气流振动全身。

　　遍宇宙皆是魂。过去、现在及未来的一切都是魂。
　　那个超越时间、空间和因果作用的也是魂，宇宙绝对本体也名之为魂。

　　旅人闭上眼，万物如同阳光撒落的细碎的金色绒毛。

---

① 在地面，平视，陷于各种人物关系及自我的贫乏里。当一种物体载着我们不断向上，跃起……滞重消失，视角转移带来的不仅是一个轻，更重要的是，那些扑入眼帘的包含了种种斑斓图景的云层，以及那让人情不自禁屏住呼吸的光影奇迹与宇宙意志。

浊　城

　　"你叫什么名字？你要往哪里去？要去浊城，就得回答出这两个问题。把答案写在那儿吧。"

　　旅人若有所思，一脚高、一脚低地来到山前。这是座万丈之山，是一个光滑的几何体，没有任何石雕镌刻，朴素、端正、威严、崇高。一切名，显现于其上，又消逝于其中，如同绚丽的光与影，如同黯淡的雨水与沿着石壁擦落的松针。

　　我在石壁上忧伤地注视着这位风尘仆仆的旅人。我看见撒落于他心头的飞鸟与月亮留下来的影子，我也看见了勇气、智慧与世俗生活在他脸上留下的种种伤痕。我不能确信他能否打开浊城之门，但希望可以。尽管在漫长的光阴中，希望与失望根本没有多大区别——它们都是人这种生物幼稚性的体现。

　　浊城，天使的国。

　　只有答得出问题的人，才能打开它的门。也唯有打开城门，我，一个被众神诅咒的天使，才能回到人世间，成为星空、玫瑰花瓣、老虎、吟唱的诗人、被杀戮的勇士……不再袖手旁观，会痛，会饿，会哭泣，会伤心至死。而作为那名勇士，我还想在他活着的时候，对那位深爱着他的青衣女子说上一句话，就说三个字①。

　　任何发现都带有偶然性，充满了喜剧色彩。
　　任何偶然都要以某种形式排列，形成结构（必然性），被悲剧所笼罩。

　　旅人掏出古老的羊皮卷，小声吟诵。他有一张奇特的脸庞，一半衰老，一半年轻；一半天真，一半老练；一半是庄重，一半是戏谑。他不是商人、不是学者、不是警察、不是官吏、不是教徒，也更非苦修士与殉道者。他是什么？
　　我不理解他这张脸，但明白他这样做的理由。这是可笑的。经过了这么久，我仍然一眼认出这羊皮卷却是为我当年所遗。我于地面行走时，曾向遍布沼泽与荒原的人承诺：只要他们拥有足够的虔诚，能把羊皮卷高声诵完，书卷上的一些文字会跳跃至空中，形成银白色的箭头、真理、神的旨意。
　　我等了几千年，到今天也没有听到有谁把它从头到尾地念完过一次。这不怨他们。我曾把两页书卷黏合在一起，使它们与其他一页同样厚薄。为了不出意外，我还让某页文字形成一个类似无理数的循环。事实上，就算这位幸运的旅人能识破其中的欺诈与谎言，念完这篇复杂拗口的咒文，被囚于石壁上的我也不能给予他任何帮助。

---

① 我在这里，带着雨水，覆盖着你的身体。星辰在上面，被一根看不见的曲线拽动。那是轮回。路过的人啊，没有谁可夺走我们的欢乐。我们的夜晚、我们的酒、我们的街道、我们的头顶……在最深的暗处，星辰犹如疯狂的雨水，使我们的手臂犹如热带雨林。

这令人唏嘘，但我并不感到后悔。因为所谓的"真理、神的旨意"都不过是我的僭妄之语，前者并不存在，后者互相矛盾，而众神解决一切矛盾最后的办法竟然却只是：锤子、剪刀、布。这很有趣，但对这种有趣发出笑声的我，也因此负罪被逐至浊城之门。

　　主啊，万能的不可测的主啊，你为何就不能成为那绝对的不容置疑的唯一，让众神也念诵你的名？

　　我静候旅人的离去，这应该只是一个时间问题。但当一只淘气的松鼠踩着松果，笨拙地蹦跳，跃过土坡，旅人突然大笑起来，并马上笑出了眼泪、鼻涕。然后，他停止了那乏味的让人晕晕欲睡的念经声，好像看见了我，朝墙扮出鬼脸，自书卷中扯下一页，又扯下一页，用火柴点燃，就扔在石壁下。火越来越大，从羊皮卷中扯下的书页越来越多。火焰迅速包裹了我，仿佛是一只猛兽，牙齿瞬间从红色转成橙色、黄白色、青蓝色、紫色与一些我所无法形容的颜色。

　　齿缝合上，在剧烈的疼痛中，我听见石壁发出一声脆响。我的骨头从石壁上扑地跌出，跌进眼前这位鲁莽的旅人体内——他即是我的名，是我要去的地方。

酒 城

　　酒城的形状与嘴唇差不多，类似两片玫瑰花瓣，温润柔软，言语无法形容其美。提到酒城时，相爱的人都忍不住热泪长流，他们相拥而吻，慢慢地吻，既不畏惧也不怀疑。

　　他们坚信：这是奇迹之城。当嘴唇黏合，时空扭曲，两头有着蓝白毛纹的老虎将拉着镶满黄金、钻石、珠玉与象牙的车辇出现在他们眼前。只要登上车辇，就可以来到酒城，为出没于昼夜之间那永恒的光所沐浴。

　　旅人站在城门外。这个不幸运的人已在这个位置上看了一千零九十五次日出——日复一日的重复、单调、乏味。

　　一片片阳光从天而降，犹如鸟的翅翼。细密的树影仿佛是水的涟漪，把翅翼打湿。把守城门的，是一对笑容甜蜜的青年男女。他们十指相扣，每说完一句话，都要互相凝视一下。这是世上最幸福的姿势，令我痛苦又恍惚。

　　旅人没办法进城去，他无法靠近他们。

　　这三年他说尽了世上所有的语言，还是没法让他们相信"我的爱人就在酒城里，是她在梦中的指引，我才能来到此处"，或许他们相信了，却爱莫能助。根据刻于城楣上的酒城律法：唯有相爱的人同时拉动城门上嵌着的那两个六棱錾花门环，城门才能被打开。

旅人问，城里是否有这样一个女子？她是病态的、健康的、苍白的、红润的、焦虑的、安静的、矫饰的、真诚的、张狂的、谦虚的、神秘的、坦诚的、放荡的、贞洁的……是这一切的总和。或者说，她是真与假、善与恶、美与丑等十万个词语所形成的一个类似音乐的主题。

旅人不厌其烦地，喋喋不休地，描述着那张在他梦中反复出现的脸庞，那张令人晕眩的女性脸庞。那张不可以用语法表达的脸，那张无法用语言阐释的脸，它在逻辑之外，在理性① 之外，甚至是在想象之外。他不得不沮丧地闭上嘴。

他们摇头，说，城里的每个女子，都与另一个男人同时存在。他们共同构成酒城的根本，而非其中一个。酒城的总人数是一个能被 2 整除的偶数，可能很大，也可能在某段时间不是那么大，但这不重要。重要的是：它是偶数，是一个硬币的一面与另一面。

旅人恼了，他不喜欢这样的回答。在抵达酒城的路上，有太多这种看似莫测高深，其实是疯言乱语的句子。它们互相抵触、冲突，若非对她的思念，他恐怕早已迷失于这些歧义丛生的刺蕨深处。

旅人说，酒城到底有多少人？是不是整个酒城就你们俩？偶数必定可以拆分成另两个数的和，偶数不重要。如果说相爱的人是一体两位，只是一枚被强行掰开的硬币，那么作为硬币，它也应该是一个孤独的奇数。亚当是亚当，而夏娃不过是亚当的一根肋骨。

---

① 我们谈论理性，但理性究为何物？是斯多亚学派神的属性，还是德国古典哲学作为知性相对的另一面；是认知的阶梯与工具，衡量现实的唯一尺度，又或是康德的纯粹、那超越一切的至善？一小撮人突然意识到这点，不再滔滔不绝。他们不无惊恐地注视着那些正在不断疯狂繁殖的词语，它们会是什么？尽管它们确曾出于他们之口。

旅人有点口不择语，这显然惹怒了那位少女。她不再理他（是对不可说者保持沉默吗？），拉着那男人的手，消失于空蒙中，就像一个没有理由结束的梦。

但旅人知道，明天日出的时候，少女与男子仍将出现在这里，把守着这道为他而建的城门——他忘了他是从哪里知道这一点的。

夜幕落下，有风徐徐吹来。风中带着水的味道，微凉略有些甜，像梦中她在他手掌下战栗的胴体。旅人并没有说出心底真正的困扰——就让它深埋于心底吧！又或许，酒城的确就是一个女子的嘴唇，而他脚下所踏的大地，即是她所袒露的柔软胸脯。

嘴唇是复杂的，上面有太多皱纹。最初，它是婴儿的，用来获取食物；然后是情欲的，男人女人用它互相掠夺——或者说，互相爱，就像莎乐美抱着施洗者约翰的头颅时说的那样，"该死的恋人啊，你白皙的面孔，你褪却了血色的嘴唇，终于还是属于我了。"

"我爱你①。"注视着眼前的城，旅人喃喃地说道。他在他的嘴唇上舀出蜜，把它细心地涂抹在城门上。这需要耐心，也挺无聊，可除了做这个，我还能干什么？

---

① "我爱你"，这不是谎言。但若试图去证明它，就要出现谎言，并使之如水中影像，风中枯叶。

壶 城

壶城，一个建立在超市中的城，由接近于无限的货架构成。货架不断繁殖，是几何性质的繁殖。货架上所载的物以复数形式，按某种特定的语法结构被归类堆放（常被砌成夸张庞大的形状，像一种我们从未见过的又活泼可亲的有幽默感的异兽），从而得以迅速循环与再生。物是内容、是形式，是装饰材料，是快乐[①]本身，是美学……毫无疑问，这些行为的本质是对虚构的反对，对暴力的辩护，对游戏的推崇，还有对高潮与疯狂的追求。所以，壶城人所梦寐以求的，在这个看似平静实则惊心动魄的过程中，如沸泉喷出。

但壶城的秘密、真理与哲学，并非是货架、物本身、消费物品同时被物品消费的人、精心制造的氛围与被刻意挑选出的节奏欢快的音乐，而是

[①] 有人说："广义而言，快乐的定义是，一个人拥有完全的控制、自由、权利、安逸，没有障碍，没有束缚。这意指有选择的自由或不选择的自由，能安然地积极活跃，或安然地从容悠闲。"怎么说呢，这些词听起来确实美好。但我还是以为能"在障碍中看到天堂，在束缚里理解自由"更靠谱一点儿。人所追求的也不是从容悠闲或积极活跃，这两者是生活的方式，而非人的价值与光荣。快乐一闪而逝，犹如白驹过隙。我总觉得人的最高价值是自由。唯有此，万物参差不齐，所谓《易》，我们才会活得不那么《1984》。1984是政治的，也是商业资本的，以及宗教的。当然，这很难，因为难才好玩。

数字。这些躺在商品标签上枯燥沉默、平淡无奇的数字，能最集中、最深刻、最典型地反映了人类理性和逻辑思维所能达到的高度。它不动声色地支配起壶城人与所要来到壶城的旅人的日常生活以及思维习惯。

来到壶城的旅人的表情几乎一样。货架晃得让人头晕，人们打着哈欠，推着手推车，在壶城的每个角落缓缓而行。他们脸上有奇异的光彩，他们是满足的、骄傲的、幸福的，而不曾意识到当他们离开壶城，他们就与一只背着重物艰难地移动的蜗牛没有什么区别。

事实上，在壶城人眼里，来到壶城的旅人都是贼，后者的举手投足全部暴露在监控摄像等各种防盗系统下。一位乡下来的信教的老妇人不这样看，她认为壶城是基督展示的神迹，所有的人都可以在里面取走自己需要的东西，于是，她拿了一个面包、一瓶水，施施然地走出去。很快，老妇人就鼻青眼肿，被几个壶城人扭送派出所。

一个离家出走的六岁的女孩，看到这幕，眼里露出狡黠的笑。这是一个聪明的孩子，她已经在这里度过 365 个日夜。白天，她跟在大人身后，在货架、专柜、地堆及 TG 台之间走来走去。等到壶城要关上城门的时候，她跑到堆满公仔熊的玩具区里，用最漂亮的鲜花与绸带把自己打扮成芭比娃娃。有时，穿制服的壶城人会站在她面前，对着她指指点点。她忍住笑，等他们扭过头，朝这些笨蛋的后脑勺儿吹气，或者把手里攥着的果冻汁甩过去，又或者捏着鼻子捏住嘴扮出一张狐狸的脸，吓得他们尖声惊叫。也有胆大的壶城人呼喝着来抓她，她伸长腿，一下就跳到秋千架上，再一荡，荡到生鲜区。这里有几个很大的玻璃缸，里面有许多游来游去的鱼，石斑鱼、鳗鱼、鲫鱼、链鱼、黑鱼……它们是她的伙伴。其中一条青鱼的个头最大，她骑上青鱼的脊背，一边望着外面跑来跑去的人咪咪发笑，一边听它讲有趣的故事。那些故事都发生在另一个宇宙，与湖泊有关、与河流有关、与大海有关。

长　城

　　要理解长城的存在是困难的，它为大多数人所不知，又确实地存在于我们的日常生活中。它是一个矩形，规模宏伟、布局严谨、气势壮观。在这个巨大平面上的建筑一半是永恒的、必然的、不可毁坏的；另一半是瞬间的、短暂的、偶然的。

　　这使长城呈现出一种残忍的诗意，如同一只有着千百万张嘴的独角猛兽，皮毛绚丽，激情澎湃。喉咙、口号、林立手臂、被灰尘弄脏的脸……人们听闻长城的存在后，立刻抛弃了自己的语言、风俗、生活、思想，纷纷从各地赶来，并迅速为飘浮在长城上空的一些极其简单、极端且夸张的符号所支配。在经过一番歇斯底里的同时让自身不断崩溃的奋斗后，又两手空空回到原地，而他们中最浪漫的英雄，无一例外，被他们吊死在长城高大的城楼上。这个"个人在群体①影响下，思想和感觉中道德约束与文明方式突然消失，原始冲动、幼稚行为和犯罪倾向的突然爆发"的过程周而

———————
① 为什么一些空话，会被认为是真理的源泉？它具有催眠的力量，更重要的是，它是以宗教逻辑直接作用于人的情感、直觉与想象，成为神秘的图腾。在这种仪式下，智者也会忘掉质疑，为一种原始而又鲁莽的情绪驱动，成为群体中的一分子。群体是温暖的，它给予人所必需的种种关系。

复始，每至"黄宗羲定律"所明确的年份，便在长城如期上演，如唱"奉天承运"的京剧。不变的是脸谱，变的是戏子。而这一切又马上被谱写成诗篇，在世界各地传唱。

来到长城的旅人啼笑皆非，同时也被长城庞大的体积、几万里的霓虹与街头浓妆艳抹的妓女、迟暮的气息、面容疲惫的原住民弄得头昏脑涨。旅人感觉自身仿佛置身于一艘剧烈摇晃着的没有船舷的船上，身边更无一处可觅得真理、公义等词语。在度过了最初的惊恐之后，他的内心开始充满伤感与悲悯[①]，发誓要为那些浸泡在痛苦中而不自知的不幸的人奋斗终身。但很快，旅人震惊地发现：那些耗费了他一生的词语本身即为虚构之物，其功能是使世界(至少是长城)如钟摆，维持某种平衡。正如恐惧来源于想象，正如信仰来源于想象，长城是人对自身最深刻的想象，是对自身的全盘接受。发现没有止境，是否定之否定。几个月后，旅人在万众欢呼声中，痛苦地、也不无兴奋地认识到：长城即是真理、公义、正直、尊严、平等、自我牺牲、以及对国家与民族无尽的爱。

---

① 人像庄稼一样被光阴收割，一茬一茬。所存者，无非是那"人之名"，以及那片接近于虚无的土。我们心中的悲悯，有时不过是对"自我"的挽歌，犹如琥珀，试图包裹住那已然死去的现实。

夜　城

　　据说，在夜城，海洋浮在天空之上，有着耀眼的珍珠白，如同云朵，被诸神放牧。赤裸的天使坐在纹理如燃烧焰火的蚌壳上曼声吟唱，黑发垂落腰际，足趾犹如白玉。到处是晚霞一样的玫瑰、丰腴女体、绿草、遥远山脊上的微蓝、以种种自由姿态飞翔的奇异的鸟——鸟的喉咙仿佛蘸过清澈的水。旅人们交换着对夜城的想象，他们承认：一切想象相对于夜城而言都是贫乏苍白的。他们所拥有的现实还没有夜城的下水道万分之一漂亮。那是一个无法言说的瑰丽，任何词语，不管它们是黄金、是银、是琉璃、是砗磲、是玛瑙、是珊瑚，都不足以完全描绘出它的容颜。又或者，夜城如同词的词义，只能通过千千万万缠绕于其上的词语才得以"显现"，但这种缠绕所导致的交织延伸必定使词义若水波上的那片鸟飞过的影子，被揉碎、推远，永不得彰现。

　　水，漫漶而来。旅人忘掉了身边鸟类、兽、花草和树木的变化，来到藏有人类所有智慧的图书馆。"藐姑射之山，有神人居焉。肌肤若冰雪，淖约若处子，不食五谷，吸风饮露，乘云气，御飞龙，而游乎四海之外。"他们相信：这样的文字一定是对夜城的真实记录。庄周是去过夜城的。也唯有去过夜城的男人才会在死了老婆后放声歌唱，并且掉入"我是蝴蝶还是蝴蝶是我"这样一个没有理由醒来的梦里。他们决心找到通往夜城的路。这不容易，在穿越几千年的旷野、雨林和沼泽后，他们来到一个金属网状体前。它由千千万万根形状、大小、颜色、材质完全一样的管道所组成的——但，只有一条管道通往夜城。

这是一趟危险的旅程，所有的管道里都藏有许多只在神话中出现过的凶恶怪兽，还有词语的泡泡。词语在空中飘来荡去，是有生命的东西，能察觉管道内最细微的温度变化，当旅人迈入其中，它们像蚂蟥一样吸附而来，根本不被旅人们所定义的结构、边界、用法所迷惑，一与人体的皮肤接触，马上产生剧烈的化学反应，使人心激荡，在诸多幻觉中，迷失方向。为了对付这些腐蚀性极强的生物，旅人们苦思冥想，把不同的话语系统（政治学、经济学、文化艺术、文学、诗歌、科学、宗教等）按照各自的"话语结构"做成皮质不同的盔甲，并确定下来"谁能说什么，不能说什么，以及怎样说什么，何时何地才能或只能说什么"——这让他们的样子看起来与大猩猩差不多（在这个激烈的互相斗争的过程中，他们意识到所谓真理与价值[1]，是由，也只是由权力所创造，并且被后者在人类的文明史上表达为永恒）。因为负重与谨慎，他们的行动异常缓慢。但不管做了多少准备，若不幸撞见一种叫人脸猴身的异兽，他们还是会被它吃得连骨头渣也剩不下。异兽的吃相实在凶猛，再坚硬的盔甲在它们锋利的獠牙下，也是一块烤得松软的面包。幸好，这种异兽只爱在午夜时候出来觅食，因为这时候人的心脏最为柔软，比法国蜗牛还要美味。

---

[1] 多数情况下，人的价值，取决于被他人使用的效率。能被他人使用，才能在未来使用他人。

旅人书

扑 城

　　一个男人，在世时不为人知，临死时却轰动一时，成千上万的人们从四面八方赶到扑城来观看这一幕。他们穿上逢年过节才穿的衣裳，额上贴着闪闪发光红色的小纸片，嘴角生出尖锐的弯的比残月还要清冷的笑。他们一个个落满了扑城的广场，乌鸦一样。他们互相打听，相互把鼻子凑到对方的鼻子下。

　　他们的鼻子太长了，广场上因此多出了一堆堆窟窿。窟窿里爬出蛇、蚯蚓、狗、柴火，以及几个高高的长头发的女孩。女孩们的乳房饱满而又绝望，颈脖上垂挂着青玉链子。她们光着身子在他们中间走来走去——走路的姿势比大海深处鲛人之舞还要动人。她们看得见他们，他们看不见她们。他们微笑着朝广场的中央挤去，他们的手臂因为太长不得不放进彼此的口袋里。他们终于得知了布鲁诺的秘密——这个深目、鸢肩、脩颈的异端竟然说地球围着太阳转。

　　他们发出巨大的嘘声。他们说——看，布鲁诺。这就是那个该死的布鲁诺。看啊，他的腿在烧他的手、在烧他的脸、在烧他的睾丸、在烧……

　　布鲁诺在火焰的中间像一颗烤焦了的流着白浆的果实，他叹着气心满意足地看着那些在人群里出没面容悲伤的女孩子。他的身体虽然烤熟了，心里还是溢满水一般的柔情。他望着女孩中个子最高眼睛最大的那位，一面镶满黄金与象牙的镜子①出现在她手上。在镜子里，地球围绕着太阳旋转。他微笑起来，从嘴里吐出几颗洁白的牙齿，慢慢地闭上眼睛。他是对的，不过，她们救不了他。她们只能眼睁睁地看着他一点点变成焦炭、变成黑烟、变成刺鼻的味道。蛇钻进地底，蚯蚓爬到人们的腿上，垂毛绿眼的狗一声声狂吠蹿到半空，粗糙的柴火堆得比屋顶还高。

女孩们失声恸哭。她们中的一位说："你后悔吗？"

"后悔什么？"

"你付出了全部的勇气、全部的爱、全部的血与肉，你所得到的也并非是所有的真相。"

他又看见那面镜子。地球消失了，太阳消失了，无边无际的宇宙里充斥着的只是让人窒息的虚空。他长长地呼出一口气，"我不后悔。对与错或许并不重要，重要的是坚持。坚持我所相信的。"他轻轻地说，目光望向在火焰四周狂欢的人群，"他们生了我，我把我的肉我的骨都还给他们。这是责任。也是我的意义②。"然后他也消失了，没有给扑城留下一块灰烬。

这日，就有一个旅人来到了他消失的地方。很难理解这个面容疲惫的人儿是如何准确地找到这个位置。他穿过幸福的人群，犹豫着四处张望，就好像每个人的脚下都藏有黄金。当他的目光望见了那块已遍布狗粪与垃圾的土，就像被闪电击中，人立刻哆嗦起来。他跪了下来，把头颅抵至土，嘴里还轻声嘟囔。"他在说什么？这个该死的异教徒！"一个穿制服的扑

---

① 漂亮的女人望着镜中影像，"那是我"；那些不幸的丑陋女人则用尖声叫喊还击镜子，她们嚷道，"那不是我"。镜子，一种平面，在女人手中，它成为奇妙的物质。

② 意义即高潮，人与世界相互生成，互相交媾。

城人一脚踢翻了他。

他仰起脸，嘴唇还在下意识地开合。

这一次，所有的扑城人都听见了他嘴里那细弱但又异常清晰的声音：

在我痛苦的尽头，有一根树枝，

被坚硬的不可融化的冰覆盖，等待那只手的形状。

我将由你开启，在漫长的岁月。

落　城

　　没有谁见过落城，它如同烟雾笼罩在苍茫大地上，又有人把它比喻成露珠凝结的那一刻。这显然是一个把时间与空间弄混淆了的蹩脚比喻。但一些被失眠折磨着的人，偶尔还是能在优昙花开的暗夜，睹见从月光中跳出来的落城人。他们三五成群，头戴竹笠，黑巾蒙面，身子薄得如同刀锋，贴着墙壁与树的枝丫一闪而逝，就像刀光掠过。他们没有性别与年龄，可有一双非常奇怪的眸子，不是很亮，却是那样悲伤，仿佛盛满了人世间所有的苦难，让人见了，哪怕只是不经意地一瞥，哪怕是自许为特殊材料制作的人都会感受到一种撕心裂肺的疼痛，然后泪流满脸———一个经历过历史上多次著名的生离死别的多情老者还撰写过一本薄薄的小册，说自己在见到落城人这双眸子后，才真正懂得了"心碎"这个词。

　　落城人都是杀手，精通一种令人匪夷所思的武术，所谓"举之如飞鸟、动之如雷电、发之如风雨"。他们不杀贪官、强盗、小偷、骗子、逆子、奸夫淫妇、投毒者、凶手、流氓。他们只杀一种人：不幸的人。被杀掉的人，身上并无伤痕，唯有心肌大块梗死。死者面容沉静安祥，好像是水回到水里，回到了出生前的那个样子，不再扭曲。害怕、焦虑、恐惧，等等，所有活着时才有的感受都离他们远去了。据说他们生前无一例外地都会听到一个

"没有声音的声音"，问他们是否愿意结束目前这种悲惨的、缓慢的且没有尽头的生活。若他们点头，他们手上马上会出现一本由火红色枫叶所组成的书，书里的文字①只有他们才能看得到。当他们逐页看完这本书并合上最后一页，枫叶转为乌黑，继而发白，轻轻飘落，死亡就不可避免了。他们与亲友告别（人们最早因为死者所透露的只言片语才知晓了落城的存在），或者不告别，独自行到偏僻处，平静地坐下，等待夜色涌来。

是什么让追形逐影的落城人拥有这些神奇的本领，并赋予他们这种奇怪的使命？又是什么让那些曾经麻木的、歇斯底里的、被侮辱的、被侵害的、仅仅只是活着的人，在读完枫叶书后坦然地接受了死亡，难道它是通往幸福的彼岸（或者说天堂、另一个世界里富裕而显赫的生活）的门？这是不可能的。根据旅人的研究，作为"最大的真实，最坚固的实在"，作为"一切苦难的最终根源"，这个为我们的眼耳鼻舌身意所证的真实世界，既然曾经确认过他们的存在，就必然要把自身的诸多影像皆烙印于其灵魂深处，以为隐秘的基因。如果真有彼岸，对于那土地上幸福的原住民来说，他们即是瘟疫。

旅人把放大镜从几块枫叶形状的灰烬挪开，疑惑地望向抱膝静坐的我。我默默地看着窗外。一个落城人正纵身跳上一颗还未坠落到地面的雨点②，风把她的面纱挑开一角，这是一个面目清秀的少女。她知道自己在干什么？老实说，这个世界并没有因为那些不幸之人的死变得更好一点儿，当然，也没有更坏。饱含着无尽痛苦与耻辱的罪恶，依然如河流，以种种方式，漫灌着没有边际的土壤以及土壤上栽种的每一棵树。

---

① 许多人越来越习惯于一种有戾气的文字，并以为这就是真实，是力量的显现。戾气只是风格一种，比戾气更牛逼的是：平静。

② 树叶拍落了雨点。窗前，朝着黑夜深处滚去。这个倾斜的夜晚，浑身湿透，好像鱼。那个石棱般的明天，坚硬透明，好像鱼缸。谁能穿过梦境，抵达此刻？被钟摆遗弃的尺度，将是我最香甜的睡眠。亲爱的人啊，请俯身于我额头一吻。我的额头上有向日葵。

尾　城

　　那个仲春的黄昏，雷声像玻璃弹珠跳来跳去。天上也有这样淘气的孩子呀！

　　匆匆赶路的旅人驻足赞叹，突然发现世界变得格外清晰。他看见了那些孩子，那些躲在云朵里，正兴高采烈地打开一个个不同形状的灰色铁皮盒子的孩子们——每当他们这样做时，盒子里便冒出一道道闪光，那是阿里巴巴在四十大盗的藏宝洞前呼喊的那句神秘咒语的不同版本——他们手中就多出一堆大大小小的弹珠。大者有山巅上的湖泊一样大，得使出吃奶的力气，才能把它扔出去；小者仅指甲盖儿大小，用手指头轻轻一弹，就会飘向远方。

　　他们多半是男孩，女孩没有这样顽皮。一些胆小的头结双髻穿粉红衣衫的女孩儿还被吓得聚在一株桃树上哭。弹珠上不时溅下许多图钉般大小的雨屑，它们没有刺破肌肤，确实也弄疼了她们的脸颊。她们忍不住扬言要把这些坏男孩捉去喂树底下的蚂蚁。可男孩玩得是这么开心，根本没时间理睬她们朝着天空挥舞的小拳头。他们把铁皮盒子弄成刀枪剑戟的模样，拿在手里，大声砍杀。他们的步伐非常复杂且神奇，摇摆、顿蹶、跳跃、旋转……再加上拉丁舞的扭腰、武术的空翻、踢踏舞的基本步以及芭蕾的转圈,突然滑过水面上的点点漪涟,在水波与石头的相接处单足站立,让最优雅的蜻蜓也自愧不如。这令一些平时为自己拥有一双巧手的女孩子产生了勇气。她们传递眼神,互相鼓励,一个接一个地跳下树,跳到屋檐上,跳进水渠里,与风捉起迷藏。

风,吐出黑色的牙齿,像肋生双翼的老虎,扮出凶神恶煞的样子。可女孩子们一点儿也不怕,很快便弄懂了老虎在奔跑时重心变化的规律,把它们当成脚下的滑梯,并在老虎身上绘出鹿、马、鸽子等动物的轮廓。这逐渐改变了老虎们的模样,它们的爪子变成了蹄子,本来比哨棒还要结实的尾巴变成了一大团飞扬的鬃毛。这令它们恼怒,把蹄子湿淋淋地举过头顶,鼻孔里喷出冰凉的气息,想弄清楚是怎么一回事。可那些讨厌的女孩子呀,腰肢是那样柔软,眼神好像飞起来乳白色的蒲公英。更可恨的是,她们从飘飘衣裾下伸出的雪白赤足就踩在它们的鼻尖,踩得它们浑身又酥又软。它们终于乖乖地低下头,匍匐在女孩子手中细皮鞭下,偶尔轻轻地叫上几声,埋怨女孩子手中的皮鞭没抽对部位。叫着叫着,一头老虎就变成了一只头大颈粗、长有螺旋形大角、体型匀称的羊,第一个咩咩地叫出声。几乎是一眨眼,漫空都是羊的叫声。玻璃弹珠不见了,天空一点点变明亮。雨点刷刷地落下来,开始还有点粗,后来越来越细,丝丝密密,如针如线。这是女孩子们最擅长的女红哪!

男孩子停止了打架的游戏,吃惊地看着眼前的变化,垂头丧气地坐下,不时扮出几个鬼脸儿。几个坏脾气的男孩愤愤地抓起几朵还来不及变化的云,把它们拧成榔头形状,用力地敲自己的脚尖,敲得自己两眦红赤。为什么会这样?我们还没玩够呢!

为什么不可以这样?女孩子们在清澈的雨中欢笑,雨水打湿睫毛。她们的手臂又白又长，牙齿与糯米一样香甜。她们蹲下身，伸手招呼每朵云的过去与现在，为它们洗去身上的脏泥巴，并从头上拔下木梳为它们梳理毛发，嘴里唱着歌儿。她们还朝男孩们招手，过来一起玩吧！

"玩什么？"男孩子瓮声瓮气地问。"放羊啊！等羊吃饱了，我们再把它们赶到天的那边，那边还有一个天空，叫尾城。"女孩子认真地说。男孩子们咬着嘴唇互相张望，终于笑起来，从四面八方跑来。他们愉快地接过女孩子手中的皮鞭，在头顶甩出一个个响亮的词语，甩得噼啪作响。

世界因为词语而存在，唯有我们能支配的词语才赋予万物存在。被饲养的羊群沿着词语之河向前走去。

四周挤了过来，寂静挤了过来。

"高处永远引我至更高处，犹如饮鸩止渴。"旅人在夏日高高的山坡上放平身子，喃喃低语，耐心等待着天空[1]中的夜幕。

当所有的羊群都穿越了月光（这扇无边无际的通过尾城的门），男孩和女孩会长出翅膀。那时，他们就是天使[2]，可以直接凝视上帝之光芒。

---

[1]　天空是褐色的，若鸟羽的轻盈。黑色的牛奶倾入其中，夜晚来了。难言的寂静与喜悦，覆盖于眼球之上。

[2]　没有孩子，生活多么苦啊！他们肆无忌惮的笑声把我们从这个逼仄的成人社会里解放出来。萧伯纳说："以子为父。"

火 城

　　把火城比喻成一只刷了黑油漆的老虎[1]并不妥当，虽然它的形状大多数时候与摩托车差不多（火城的形状随着时间的改变而千变万化，有时它甚至是无形而透明的）。但性格再懦弱的少年来到火城，也会变得像老虎般凶猛。他们步履轻健，斗志昂扬，前后左右地跑，突然伏地、助跑、冲刺、跳跃，一声长啸。

　　也许是因为这世上没有哪里比火城有更多尖尖小脸的女孩儿，又或许是那随时可能降临的死亡让少年们恢复了在丛林中觅食的血性。他们跳上轰鸣的机车，若一把把出鞘的利刃。徘徊于火城街头的旅人跳起来，大声咒骂，他的骂声传不到少年的耳朵。裸着雪白大腿、头发棕绿的女孩回头朝受惊吓的旅人抛来一个媚眼。

　　她的唇玫瑰花瓣一样。她抱紧少年的腰，大声嚷道，"我们是雌雄大盗"。他们不戴头盔，这不方便他们接吻。当机车飙到一百码时，他们异口同声

----

[1]　老虎在心中走路，摇摇摆摆，凹背、磨牙、伸爪，偶尔伸个懒腰，它发出吼声。它看见身边的牢笼，老虎在笼中跳跃，跳出笼子又跌入另一个笼子，笼子一个比一个大。老虎在叫，往牢笼上撞，它愤怒的吼声让尘世摇晃。它要跑它要跳它要在宇宙里长啸；它咬住钢铁，绝望地吼叫。它什么时候能吃掉自己的心脏？吃掉自己充满沙漠的心脏，用自己巨大的舌头。

唱起周杰伦的"发如雪"。少年放下车把，跳上急驶的车身，在巨大的风中摇摆着手臂与身体。女孩咯咯地笑，用涂了鲜红丹蔻的脚指头踢开死神偷偷伸过来的镰刀，说："滚开。"

死神就滚开了。它不甘心，在梧桐树下与下水道边设置陷阱。它还没来得及布置好，机车已穿过它的心脏，飞越过所有历史的、当下的以及将要出现的陷阱。旅人目瞪口呆，赶紧在路边高耸的墙壁上写道："机车和姑娘是因果关系，这是一种繁殖行为。"然后，他又写道："所有的机车都是公的，这只要看一看它那根灼热的坚硬的排气管就知道了。"接着，他继续写道："基努·里维斯有五辆机车，还老不戴安全帽、超速行驶、酒后驾车，所以他在《黑客帝国》里成为救世主，能把崔茵妲从死神手中拖出来。"

这是一个蹩脚的诗人，写的诗不仅语无伦次，还不晓得分行。

火城人咧嘴欢笑。明眸少女跳下机车，来到旅人面前，指着路面上那由胸罩、头颅、短裙组合投射出的一辆机车的影子，说道："一个卡车司机撞倒一个骑机车的少年，卡车司机受重伤，少年却没事，这是为什么？"

太阳缓缓沉向天际，广袤的天空沉浸在一种澄明的绝对静寂中。一个个少年朝着火城的尽头飞奔而去——他们不畏惧死亡，因为生和死都是生命的一部分。大片的绿在路面投下羽翼一般的阴影，整个世界在这一刻好像就要飞起来。旅人揉揉眼，内心像星星那样闪了一下。少女的声音好像是树林里刮过的微风。他们不见了。我笑起来，我看见：垂头丧气的死神拖着长长的镰刀，已回到旅人中间，正百无聊赖地打量着他们被黄昏弄脏了的脸。

虎　城

　　某日，年轻的旅人途经一山。那山生得险峻秀丽，轮圜螺旋，绘尽天地间种种事物之形意。旅人瞧得痴迷，在崖壁溪流边盘膝入坐，一时间清风透体。

　　水澄莹碧绿。

　　突然，他看见溪流对面出现一只吊睛白额虎。这虎生得凶猛，额嵌黑纹"王"字，虎眼"倒挂"，且有白毛相衬，嘴里龇出两颗足有七八厘米长的獠牙。虎身甚长，从苇丛里一点点冒出，动作轻巧迅捷，没发出半点声息即来到溪流边，饮过几口水，庞大的身躯慢慢没入水中。男人脑袋里嗡的一声响，眼瞅着这头浸泡在溪水惬意的老虎，舌头也僵硬了。老虎——居然是老虎——老虎① 居然会游泳？

　　暮色飘落。老虎抖抖皮毛，抖搂下一身金黄的水珠，低吼着朝上游弯处游去。

　　旅人骨酥筋软，跌跌撞撞来到山下的村落，嘶声说，"山里有虎。"

---

①　树叶轻轻晃动，好像手掌触摸着，深藏于"绿"中的老虎与它未来的金黄。老虎四下游荡，犹如掌纹。树叶在慢慢融化，于星光下。夜，打着呼噜，在此仲夏。——溽暑的梦境，雪如白银。

山民不信，说山里几十年没见过老虎，这儿虽地名虎城，老虎早绝了迹。这人把大家带到溪流边，遗憾的是，地上并没有那种放大了的"猫足迹"。一个颌下有须的老人用不容置疑的口吻告诉旅人，老虎走过的山地必会掀开土面留下自己的脚印，这种脚印能在野外保存较长一段时间，很好辨认。而且，大家也未搜寻到老虎的食物残迹、粪便、气味乃至于可以保存老虎啸声的一种神奇的草叶。

老虎不见了，这真是咄咄怪事。这位可怜的旅人几疑自己产生了幻觉，终究是不服，雇请数人漫山遍野地寻找老虎。老虎怎么找也找不着。可能是因为山民们缺乏经验[①]，也可能是有经验的山民因为这人每日支付给的工钱要远高于他们平日劳动所得又或其他原因，就算察觉了老虎的踪迹也隐忍不言。很快，这人兜里的钱见底了。山民们藏好钞票，痛痛快快地呷着酒，把这人嘲笑一番后，一一散去。这人却犟，按说山里有没有老虎关他屁事，可山民们的话语惹怒了他，干脆早出晚归披星戴月地整日在山里游荡，发誓一定要找到那只虎。

旅人被人称为虎疯子。他形容枯槁，他父亲赶来了，言辞谆谆，无用；继而棍棒相加，仍然无用。痴儿如此，徒呼奈何。有人献策，说心病仍需心药医。其父依言从马戏团买来一只老虎，乘夜黑风高，着人放于那溪流处。翌日，这人见着这虎，一惊一喜，披发赤足，狂奔至山民聚集处喊，"我找到老虎了。"山民们早已得知事情真相，怜其人所为，也因收下这人父亲给的掩口费，此时皆佯作不知，纷纷赶去溪边，见着那头垂头丧气卧于溪边的虎，脸上堆出装出来的诧异，嘴里诺诺。这事到此也就应该了结。但，

[①]　大部分人靠经验理解世界。这种思维方式在古典农耕社会，以机械复制为特征的工业社会，能有效降低风险。但在当下这种随机性越来越大的社会结构中，经验常导致无知。经验，因为其可共享性，所能产生的财富及其他收益（如权力），必定有限。最大的财富来自于预期，即想象。符号的催眠力与词语的煽动性……

一个孩童或是听了父母夜谈，知道今天溪边出现的老虎是从马戏团里弄来的，是不会咬人的，一时玩心大发，跳上虎背，挥拳踢足，想扮武松。

这虎终究是山林之王，又怎堪忍受这无知小儿的羞辱，当即咆哮，扭头咬住那孩童的右手臂。这还幸亏是山民们救得快。那孩童的父母撕心裂肺地哭开，扭住他父亲不放。"老虎怎么会咬人？这不是马戏团里养熟的吗？赔我孩子的手来！""赔什么赔？这是没牙的老虎，咬不伤的。这要怪也得怪你的孩子。"老虎咋不会咬人？老虎是从马戏团里弄来的？旅人头上的雾水被太阳晒干，先是大怒，骂过几声娘，眼泪淌下，想了想，又笑起来，也不理其父与山民们的纠葛争吵，趿一双破草鞋，往山里行去。

没了一颗找虎的心，这山的容颜又似他初来时那般惊艳，阵阵松涛在山峦间跌宕起伏，他走入霞光万千的歌声里。几天后，人们在溪流的上方发现了他，一只色彩斑斓的老虎正在撕碎他。又过了几年，那个曾被虎咬伤手臂，已经开始衰老的孩子对围在他膝下的几个少年说："他没死呢，真的，若是遇上雨后初晴的天，我们偶尔还能在山林深处看见他。他骑在一只巨大的老虎的背上，那老虎真美。"

苍　城

苍城人具有七张脸庞，可以在十二个时辰里随时改变。第一张脸庞是贪婪，第二张脸是傲慢，第三张脸是淫欲，第四张脸是嫉妒，第五张脸是懒惰，第六张脸是饕餮，第七张脸是暴怒。

比苍城人更奇妙的是苍城。其形状似船，却有类似大鱼的鳍，尾鳍向前游动；腹鳍主要起控制作用，或者向后游动；其他的鳍负责使苍城始终保持平衡，不至于在光阴的河流中倾覆。

更令人叹为观止的是，苍城竟有七层（七，一个神秘的数，它具有某种非数字的性质）。

第一层是纯粹的光。它完全超出人类的理解与想象，恍恍惚惚，若有若无。它包含了世界，无形、无象、无声，无可名之，或曰为万物之始。

第二层是金木水土火。这是五种运动形式，五种物性，五种分类，五种原则。当为万物之母。"水曰润下，作咸；火曰炎上，作苦；木曰曲直，

　　　　　　　　旅人书

作酸；金曰从革，作辛；土爰稼穑，作甘"。种种词语 [1] 自此间生出，互相指认、质疑、辨析、观照。它们是构成物质的基本颗粒，是世界的基础及来源。它描述因果，勾勒万物的形状。

第三层又分五处，东方是日月星辰，西边是山川河流，南方是花草树木，北边是禽虫鱼兽，居中的是那古老的、包罗万象、主宰一切的词。它既是本质，又是具象，是豹子身上的花纹，是一片在水里漾开的神秘。因了它，万物得以存在，得以明暗、强弱、快慢。它是一点光，照亮四方万物。

第四层是诸神的领地。诸神的面孔变幻不定，是盘古与女娲，是梵天与湿婆，是宙斯与雅典娜，是善神阿胡拉与恶神阿里曼，是真主与安拉，是"我们的上帝比诸神都要伟大"。诸神以信仰为食，各有子民，且各有其司……若有逾越，即堕落为魔。

第五层为众魔之所。魔常作龙身种种异形、可畏之像，形迹诡异，爱在黑夜出没，且以灵魂填饥。有十种，曰：蕴、烦恼、业、心、死、天、善根、三昧、善知识、菩提法智。但他们远没有诸神所宣扬的可怖，相较于诸神具有的闪电一样的容貌，他们的模样更为和蔼可亲。

第六层是妖精的居处。它们与人类的容貌相仿，却是诸神与魔的排泄物所化。秽物通常包括眼泪、血、精液、唾沫四种。落于树，生树精；落于花，则出花妖。因其本源不同，妖精分善恶。诸神为善，众魔作恶。善者以色相诱人入彀，恶者凭暴力择人而噬。其性情又分四种，由唾沫而化者，好说哲学与宗教；由精液而化者，喜谈科学与爱情；由血滴所化者，常言

---

① 任何词语之诞生，皆为照亮世界的晦暗，必然在其脚下投射下一个不断拉长的阴影——时间让它们肿胀，变异，气喘吁吁。意义自它们体内长出，犹如块茎的匍匐生长。它呈非连续性，断裂，多元，没有明确的中心点，是茎的变态，是地下茎末端所形成的膨大而不规则的块状。这是奇妙的，好像诸神在土壤深处自然地生成。但在这个繁殖过程中，词语原初的意义不可避免地逐渐隐退，如同那掷向水面的石块，在当下激起一圈圈涟漪后，沉入水中，为黑暗所包裹。

政治与经济；由眼泪所化者，最喜巫术与诗歌。

　　第七层是人世间。人世之大，浩浩不知边际，其无始，亦无终。初冬的阴雨天、悲剧、种族主义、《百年孤独》、跳楼讨薪的民工、波音飞机、谷歌、《黑客帝国》、穿紧身衣的舞女、刀子、金融风暴、邮局、下水道、殉情的少女、警察、手机、数学模型、杂交水稻、Facebook、新浪微博、手机、安卓系统……这些事物仿佛是那极薄极淡的雪，被"万有引力、电磁力、控制核子聚在一起的强力、控制原子核衰变的弱力"推动着，向着四面八方滚去。雪球越滚越大，终有一天，会比珠穆朗玛峰还高。而在那时，苍城将毁坏，犹如雪崩——苍城人的七张脸庞也将在这个奇异的时刻合而为一，成为一张没有任何内容的二维平面。

穹　城

　　旅人都知道，要去穹城，就得先去火柴厂与纺织厂的后面，那里有三条在枕木上来回奔跑的铁轨，每条铁轨都是一把长长的通向高高云层的楼梯。越过铁轨，是一排低矮阴暗依山而建的民房。屋后的山并不高，应该称为土坡。春天的时候，山坡上长满紫色、红色、玫瑰色、乳白色、橙黄色的花。最让人咋舌的是山坡南边的油菜花，它们会号叫，叫得人满脑袋都嗡嗡响。

　　在山坡上坐下，叉开腿。火车拖着长长的尾巴，像一只松鼠，突突跳跃，从山的这边跳向山的那边。它把看不见的甲地与乙地紧密联系，让这两个地方的人在同一节车厢里看见了自己的未来。有时，它手上还抓着一顶帽子，那是从旅客头顶弄下的。每年春夏季节，旅客们在开启车窗时，总易被窗外的景色所感，于是，风马上夺走了他们的帽子。铁轨两侧的山坡是阿里巴巴的藏宝洞，每辆火车都是打开这个藏宝洞的咒语，是那句神奇的芝麻开门。除了帽子，还有钥匙、毛主席像章、喝了一小半的荔枝罐头、军用水壶、衫衣、毛衫、果壳、煤块……还出现过一只系在网兜里的麻黄母鸡。这实在是难以想象。

火车轰隆隆驶来，像马一样，打出白色响亮的鼻息。站台上的人们头朝向一边，迎接火车的到来，目光专注，也不无迷茫与敬畏。冷风掠过，他们衣袂飘飘。当火车靠近站台，还不曾停稳，那些跟着火车跑的人们一边用力拍打车门，一边呼唤亲朋好友的名字。许多人肩上挑着担子。担子一头是行李，一头是被子；也可能是两个筐，装满水果与蔬菜；偶尔筐里会有一个吮吸着手指头笑容灿烂的婴儿。担子被拦在车门处，被慌乱的人们左推右搡团团转，着急下车的人便破口大骂，还动拳头。几个身手敏捷的孩子总能在人群里找到散落的钢笔、零钞，甚至还有上海产的梅花牌手表。而这时车厢内往往有人起身呼喊："这里便是穹城吗？"

　　"不是，下一站才是啊！"戴红袖章的工作人员仰起疲倦的脸庞，高声应道。他们的脸庞与甲壳虫差不多，只不过要大一些，颜色更灰一点儿。

　　火车开过来，突突突；开过去，突突突。偶尔停歇下来喘出粗气，把一些人带走，把一些人留下。它们在大地上飘动，周而复始。

　　为什么有这么多人要去穹城？穹城是在那片密密麻麻金黄色的油菜田的尽头吗？在下一站，穹城又在哪里？为什么它就像糖一样，从这个孩子的嘴里，神秘地跑到另一个孩子的嘴里？穹城是不是堆满了吃不完的大白兔奶糖？也许不是奶糖，是红烧肉，大碗大碗炖得稀烂的可放开肚皮来吃的红烧肉。站台上，无所事事的孩子们聚集在一处，猜测着下一班火车经过的时刻，借此打发时间，赢得对方手中的一张洋纸片或几枚硬币，也希望自己有朝一日能躲过红袖章的视线，跳到火车上去。只有最勇敢的孩子才能完成这件不可能的任务。但等他们从穹城回来，除了远，他们说不出更多。

穹城除了遥远还有什么？也许，它还有一个梦。大多数^①孩子坚持认为，火车是一头通体乌黑或发绿的怪兽，是一头躯壳冰凉，内部藏着火焰的钢铁怪兽，没人知道它在什么时候要飞起来。当它从那两根铁轨上飞起来的时候，整个天空都会落在它的身下。那时，它将像传说中的龙一样摆动尾巴，在轻得没有重量的穹城中缓缓融化。

---

① "大多数"，一个很奇怪的词，相对于49，51就是大多数。1903年7月，俄国社会民主工党召开第二次代表大会，会后，列宁一派把自己称为"布尔什维克"（多数派），把马尔托夫一派称为"孟什维克"（少数派）。4票之差，两个惊动全世界的政治派别就此产生。

万 城

打开世界地图，手指在荒漠、海洋、孤岛、平原与群山之间滑动，不管耗费了多少时间（哪怕一生），也不可能找到万城。

万城，上帝造的城，由天上消失的星尘所聚。人们知晓它的名，并非是曾有人窥见过它隐匿于万丈云端之上的城楼。人们并不真正知道它是什么，只明白它是无限的——这是信仰的结果，而非理性的结论。任何由理性催发的认识，在"无限"的尺轴上皆应忽略不计。"有限"不能给无限增加什么，也不能减少什么。或许想象可以接近它，接近那无限纯粹的蓝，那在梵·高笔下出现过的带着强烈旋转的蓝，那一层层簇拥在白云边、深邃的蓝，那在深海水母身上缓缓漂浮的蓝，那在雪白的布料上洇散、充满呼吸的蓝。

万城真是蓝色的吗？

旅人的眼神中带着狡黠和桀骜。一切词语在万城面前都是徒劳无益的，都属于别有居心的尝试与虚妄的企图。不能把它视作"一种思想方式，一个观察世界的角度"，又或者是"一种行动方式，一种特殊的行为与品质"。它不是道德与说教、山川与水源、历史与神话、城垣与炮楼、疆域与谶语。

— 183 —

它在眼耳鼻舌身之外，在规章制度条文仪式之外。它没有任何一个普通城市①所应该具有的，但当人们抬起头仰望天穹，蓦然被一种赤裸裸的寂静扼住灵魂的时候，或能在那时看见万城。

它可能是几粒星辰，一阵清风，数声鸟鸣，也可能是星辰、清风与鸟鸣的总和。见过万城的人，都是有福的。他们超越了有限，而趋于无限。而更多的人，因为跟随他们的足迹，内心拥有了璀璨的诗篇。

---

① 城市，它是梦，是一个富有神秘性的乌托邦。一切胜利都以占领城市为标志。异乡来的卖笑女子在街头打电话，"爸妈，我在城里，挺好的。"要进入这个激动人心的梦中，必须付出足够的代价、流血，或者向陌生人张开双腿。对于地球来说，城市的出现是一场灾难，且不可挽回；对于人类来说，城市是最后的高潮，是其在神话中描绘的饕餮之形。这头由钢筋水泥金属玻璃所构造的怪兽将吃掉他们——当神把智慧赐予人类，也只有他们才能真正地毁坏自身。城市，不再是神之恩赐物。它的道德与秩序，是对神拙劣的模仿，是对神最无礼的僭越。

里　城

里城在地下，状似沙丁鱼罐装流水线。每天清晨，人们沿着逐渐下沉的石阶涌进城。在这里出没的女性，能最真切地感受到什么叫作男人是墙。与墙搏斗是困难的，要被羞辱的，甚至是可能被挤怀孕的。这导致一些女性对世界感到绝望，内心的悲剧指数直线上升。她们发现，里城与《城堡》并无区别，自己这辈子也不可能走出去，成为一个真正的人。存在其实只有一个严肃的哲学问题，即自杀①。这种一了百了的方法，可以彻底摆脱那块看不见的西绪福斯石头。

她们这样想了，她们中间的一位就真的这样做了。

蝴蝶扇起翅膀，这叫"蝴蝶效应"。一个又一个的面孔，成为"一刹那思想和感情的复合体"。有人咒骂着（那个死去女人的容貌被众多的唾沫星子污染）跳下隧道，用脚拼命地踩通往里城的铁轨，好像要把它们踩烂掉。究竟有多少人的命运因为她的绝望得到改变？又或者，这许多人被耽搁的与

---

① 　"个人之所以神圣且天赋权利，并不是因为我们拥有自己，而是源于我们都是理性存在的生命。"这意味着人不可把自己贱卖成奴隶，扔给毒品、滥交，或者自杀，这都是非理性的行为。对于厌世者来说，这种解释与"你是上帝的财产，并不真正拥有你自己，所以没有权利自杀"，哪个更有说服力？

她本该拥有的下半生，在公正女神掌管的天平上各自具有多少重量？

三个少年在隧道里相互追逐、击打。拳头里可能藏了东西，血溅出来，如同一出高深莫测的先锋戏剧。我皱起眉头，看见狗的长满倒刺的舌，从旁观的静默的人们的脸上逐一舔过。

一个妇人问拖着行囊的旅人，"如果列车失控即将撞死三个人，而你拉一个开关，可以把列车导向另外的轨道，但会撞死另外一个人。你会拉这个开关吗？"旅人说："列车即将撞死五个人，而你若跳下去牺牲自己，他们将会得救。你会跳吗？"妇人笑道："我太瘦了。现在的问题是，假如你身边有一个胖子，轻轻地推他一下，没人会发觉，他会死，但肯定能够阻挡列车。你会推他吗？"

话语的"核"滚落一地。这些在不知不觉中从哲学演化成道德观的问题，其实并没有意义，但它们确实存在。要做出选择是艰难的。一种赤裸裸的寂静和最为深沉的凝重感笼罩下来。所有人的脸，宛若一根根湿漉漉的黑色的树枝。当黑色的隧道深处传出呜呜叫声，人们的身体忽地一抖，目光不约而同地投向那三个仍然纠缠于一处的少年。他们的手上仿佛有黏胶，互相甩不脱。他们手脚僵硬了，往站台上扑去。他们的个子实在太矮了，不应该跳下去的。

妇人满眼都是恐惧。许多男人也迅速背转了身……这些密集的身体图像忠实地记录下我们各自的心灵[①]。若对此进行分门别类的整理、编辑和归档，就可能找到某个能够与世界本质共振的频率，并在某个奇妙的时刻，某一个人的体内，成为具有超自然的神秘力量的咒语。

---

① 还有多少人记得那孤独的内心空间呢！那不为线条、结构所束缚的地方。阴影美妙如许，在我沉思的头颅下。风打开窗口。天空扑了进来。亲爱的人啊，"只有在你检视内心深处时，你的视野才会变得清晰。向外探究的人只是在做梦，朝内挖掘的人终将开悟。"

咒语甚至可以改变生死，其音若鹤唳猿啼，若山崩石裂，若密雨淋淋……面容寂静的旅人把手掌覆盖于额头，合上双目以极快的速度喃喃诵道：觇氅、餮屾、飧凹、磥蔟、颢鳎、鹕鲦、鲻糖、貘亾、鍪籴、吃屎、蠢旐、盯鸹、鲕煜……以上的词你会几个？是不是发现自己除了吃屎就什么也不会了？

——恭喜你，你已来到里城。

一刹那为一念，二十念为一瞬。一瞬等于零点三六秒。

零点三六秒后，列车 [①] 停止了行驶。

---

① 我呀，要对你说些什么呢？地铁上靠着我肩头入睡的陌生老妇人。

仿佛一把把撒入火焰里的粗盐，她短促单调的鼻息，让这个封闭之所，是如此贪恋静默与疲倦。每张脸庞上都有着咚咚的响声，同样的鼓点。

这样的陈词滥调让人着迷沉溺。隔着双重衣裳，我也感觉到她的痛苦，那咆哮的痛苦，不为她知的痛苦，像手背上月牙状的烫伤疤痕。我突然想起了车厢内所有人的命运。

想起夜深人静望月时的喃喃自语，想起走上街头成千上万的人。想起废纸篓里的玫瑰与矫情的"我爱你"。想起我，想起你——曾让我呼吸停止的你（你曾是这个世界的全部），是否正在地铁里靠着陌生男人的肩头，沉沉睡去？

愿他如我待老妇人一般待你。此刻，在回程的地铁车厢里，我肺里满是你昔时的鼻息，仿佛一把把撒入火焰里的粗盐，让我觉得活着还有点滋味。

旅人书

失 城

在失城，阳光是奢侈品。任何一幢建筑都高达千层，并由无穷尽的各种形状的金属体相联结。或许可说，失城只有一幢楼，犹如独木成林的榕树，根与树干没有区别。只有富豪与王公贵族才能在那千层之上拥有一间能够沐浴阳光的屋子。精明商家对外经营这种沐浴业务，短短半小时，收费即高达数千唢元。这不是平民所能承受的，他们一月辛苦所得仅够购买一些人工合成的廉价食物。

失城人身材矮小，高不过五尺，但食量惊人，每日吃五餐，每餐吃掉五十个面包。在这个星球上，除了细菌，当数失城人的繁殖能力最强，他们一年生十胎，每胎生十个幼崽，而且只需十天，幼崽即可成熟，开始生育。这是一个呈几何级数般的增长，意味着一对失城人一年内即可生育出数以千万计的后代。又因为许多失城人终生都在为糊嘴而忙碌，无法积累足够的财富来谈婚论嫁，他们在还拥有一种更令人咋舌的本领——无论男女，皆可以像变形虫那样进行分裂生殖，由一个生物体直接分裂成两个新个体。这两个新个体大小形状基本相同，也只需要十天时间，新个体即已性成熟。并且，在分裂时，失城人还将获得一种巨大的快感。这种快感与男女交媾所带来的高潮近似，往往成为穷人们的最爱，但它们是两回事。一个贵族出身的失城诗人，用"像羽毛般轻盈飞舞的蛇"十个字形容后者，又用了"一个难以言喻的美妙幻境，一种超脱躯体到另一世界的奇异旅程"二十八个字来形容前者。这个喜欢新鲜体验的贵族在首次分裂的狂喜后，对自己拥有的一千零一个千娇百媚的妻子没了胃口，也对普遍流行于失城上层诸多错乱的性行为失去了兴趣——这让他遭到贵族们的一致唾弃与反感。堂堂上等人怎么可以干出下等人那种令人作呕的行径？诗人所分裂出来的众多个体被迅速捕杀。

很难理解失城，这是一座与宗教、灵魂没有关系的城。无论是谁，穷人富人，贵族平民，都没有安全感可言。昨天还在台上发号施令的，今日便尸街头；一个美貌少女，下一秒或被掳至污水横溢的小巷，被蹂躏至死；几分钟前还笑容可掬的商店职员，会猛然操刀砍向素不相识的顾客……人们互相憎恨、攻讦，就连夫妻也不敢背身相对。他们攫取、背叛、多疑、狂暴、凶狠，蔑视道德，没有诚信，为达目的不择手段，不管这手段有多么残忍。如果非要在"你死我活"的失城中找出一丁点儿人们通常所理解的爱，相对来说，生育过的失城女性还是爱一点儿孩子，或许是因她可以肯定孩子体内有自己的基因。但这种爱极有限，通常只能维持一天时间。等到幼崽能蹒跚行走，她把他们赶出门，用极粗鲁的话吩咐他们设法搞些吃的弄回来。至于父亲们，爱的从来只是自己，繁衍对于他们而言就像吃饱后要排泄。他们没耐心去弄明白究竟哪个孩子才有自己的基因，就算搞明白，也没有精力抚育，毕竟孩子太多。幼崽自生下之翌日始，多以街头巷尾的垃圾为食，饥饿、疾病，是他们的天敌。一种巨大的如鹰一般的乌鸦甚至只捕食他们，幼崽们大多数不能活到第十天。而无性繁殖的新个体，他们拥有一样的脸容与名字，但为了一小撮食物，会毫不客气地把匕首捅入对方腹中。或许正因为这缘故，失城人没有像理论所计算的那样，成为地球的瘟疫。事实上，他们中的任何一个都没有走出过失城，是一些步履匆匆的旅人把有关于他们的种种带到世界各地（没人能真正搞明白这座让人恐惧的城）。又据说，失城人只要离开这城，会马上感染一种神秘的病症，迅速死去。

这是值得庆幸的，是要感激造物的恩宠。骑在马背上的旅人望着暮色中如同地狱之门的城廓，在胸口画了一个十字。"大地尚未成熟，如漂浮之脂，亦如水母漂流……"太阳像一只昏暗下去的蜂巢，旅人唱着歌没敢回头。在那城的深处，断断续续地飘出一些极哀伤的童谣。它们有着漆黑凌乱的羽毛，像可怖的鬼精灵，能把善心人的灵魂 ① 一口吃掉。

---

① 某段时间的每天，脑子里都有十几个声音在说话，各有着阴平去入。这在医学上，应该是幻听吧？在街头走着，感觉灵魂出窍，两个我，一个在前，一个在后，前边的想，到底谁是我？后面的也想，到底谁是我？偶尔，他们还各自瞅瞅……差点疯掉。主啊，我所说的，皆为妄识；我所见的，并不存在。我来到这世界，不是为了做一场梦，而是世界梦见了我。腹中有难耐的饥饿，我啃着自己的骨头——它有生锈的铁的味道。

声　城

　　声城在水下，在海的最深处，是人鱼的聚集处。人鱼分雌雄，以腰部为界，上半身为人，下半身为鱼尾。雄的极威武高大，能赤手扼死可怖的大白鲨，形容却丑陋，嘴有獠牙，怒时额有裂口，性却善良，因行走时能使海水成潮，有惊天动地之势，故多于深海行走；雌性，又称美人鱼，姿容娇艳，极尽美丽，也极尽奇异。她们多有着一张天使般的脸庞，一副与赫尔墨斯的牧笛相媲美的歌喉，又因为喜欢嬉闹，常沿着海岸线附近游弋，其迷人的歌声与若隐若现的身影，常使来往船夫与站在悬崖上的旅人心醉神迷。

　　声城最漂亮的美人鱼叫贝拉。贝拉的皮肤比瓷器还要白净细腻，长发比徽墨还要乌黑光亮，眼睛比仙女座的星星还要晶莹剔透，尾巴如同银子一样闪闪发光，口中说话时所吐出的气味犹如优钵罗花的香。没有谁不爱贝拉，连来自北方凶狠的大海怪遇到贝拉也会咧嘴一笑。不过，贝拉不喜欢他们，她常坐在生满青藓的岩石礁上看人类① 写的童话。贝拉最爱《海的女儿》。书很漂亮，书面是黄金，书页是象牙，每个字都由指头大光亮的

---

　① 　人类真是一种连他们自己都无法想象的生物。他们的理性犹如火把，照亮了他们的脸庞；同时，在其身后投下一个仿佛深渊的庞大阴影。

珍珠镶嵌而成。"在海的远处，水是那么蓝，像最美丽的矢车菊花瓣，同时又是那么清，像最明亮的玻璃……"贝拉读了一遍遍，总读不腻。贝拉从巫婆处偷到这本书。巫婆把它藏在枕头底下的梳妆匣里，并派了两条奇丑无比的海蛇把守。但贝拉的美貌不是海蛇所能抵挡的，而淘气的贝拉总能找到让巫婆睡去的法子。一片片银白的鱼在贝拉身边飞起，不时潜入水里亲吻她美丽的鱼尾巴。贝拉看累了，就一边梳理长发，一边曼声歌唱，贝拉的歌声让天空也失魂落魄。夜色落下来，微微的浪顺着水流从远方漂到能听见贝拉歌声的地方，就凝住身子侧耳倾听，渐渐地凝固成一块块黑宝石。

夜晚像圣诞树一样美丽。贝拉遥望着海岸线，嘴唇湿润，浑身散发出醇香的气息。贝拉想，王子与他的新娘一定生下了许多小王子。小王子洁白的身体就像海底那些能随歌声跳舞的白珊瑚，脸庞要比声城海底花园里最好看的花萼还要好看。贝拉的眼睛里流动着奇异的光彩。海岸线慢慢消失了。贝拉潜回声城，没有回去自己的宫殿，尽管那里堆满拳头大的宝石、流光溢彩的珊瑚、会唱摇篮曲的鹦鹉螺、火红色的亮得像黄金的树，以及从大大小小的沉船里弄来的各种各样来自人类世界的稀罕玩意儿，还有书。贝拉灵巧地避开一个个风车一样旋转的旋涡，再穿过黑黝黝的海底森林与沼泽，来到巫婆所在处，游进那间用死人白骨搭起的房子。巫婆在晚饭后一定要抱着她心爱的癫蛤蟆呼呼大睡至天亮。她的鼾声如此响亮，整个房子都在摇晃。但贝拉不怕，贝拉知道在巫婆熟睡的时候，大海怪也没可能弄醒她。药罐、匕首、有着仙鹤一样长脖子和长嘴的鳗鱼牙齿、水蜗牛、比蝴蝶翼还要纤细脆弱的鱿鱼须、珊瑚、贝壳、讨厌的蠕虫……对了，还得有一滴巫婆的血。

贝拉愁眉苦脸，可没胆子去割巫婆的手指。巫婆的脸在熟睡时也是那样狰狞，脖子上的皱纹好像是鸟尾上被雨水打湿的羽毛，但奇怪的是：皱纹的里面似乎藏着一种难以言喻的悲伤。贝拉怔怔地发呆。贝拉是在巫婆的马桶边找到巫婆的血。为找到它，并且鼓起勇气把它煎成要喝下去的药，贝拉足足耗去好几个时辰。当黎明把海洋染成深蓝时，贝拉终于煎好一罐亮晶晶的药。贝拉没发觉当她背转身收拾屋子时，不知何时醒过来的巫婆在药罐里悄悄地滴下了一滴眼泪，贝拉端起药游离了黑暗处。在途经可抵达自己宫殿的岔路口，她迟疑了几分钟，那里还住着贝拉的一家人。贝拉从小就爱缠着祖奶奶讲故事，讲一切有关于人类与城市的故事。城里面每天都是大集市，人在里面挤来挤去，好像潮水里的那些银鱼。小贩的叫卖声、黑色大盒子里传来的喊叫声、四个轮子会移动铁匣子的轰鸣声、寺庙里的早课声……它们卷起的浪花比海的波涛还要多。

贝拉舍不得离开家，可有什么法子呢？女孩长大了就得去寻找属于她的王子。"我爱他胜过我的爸爸和妈妈"，贝拉喃喃地念过《海的女儿》里面的句子。无疑，现在它就赐予了她勇气，尽管贝拉还不知道"他"是谁，"他"在哪里？这并不重要，"他"一定在的，就在这世上。贝拉吸吸鼻子，感觉到"他"身上的芳香正穿过深邃的海水直抵她灵魂深处。贝拉流下眼泪，往海岸线的那边游去。当青翠的橄榄树林出现在蔚蓝色的天空里，贝拉注视着不远处洁白的沙滩，勇敢地喝下了手中那罐比月光还清澈的药。疼啊！贝拉虽然早已经做好了心理准备，可没想到这种疼痛会这般巨大。她呻吟出声，开始对《海的女儿》里那句"好像有一柄两面都快的刀子劈开了她纤细的身体"感到困惑。这种疼痛不是锋利的刀子，是无情粗野残暴凶恶的锯子，是兜头砸来要把她砸成烂泥巴的锤子。

贝拉醒来时，发现她在房间里。房间不大，约二十多平方米，很雅致，与书中描写的差不多。百合和茉莉的芬芳气味从弓形窗棂间飘进来，紫墙

旅人书

壁檀木贴面，中间有一幅仕女水墨画，仕女唇上有几许让人心惊肉跳的艳——墨色运用至此，真是叹为观止。墙壁右边是一扇七巧隔断，上面摆放着几件圆或者方的青色瓷瓶。隔断下方有一架七弦古筝，似乎抚筝人刚刚离开，屋子里犹有叮咚的筝音。床头架着一盏青铜香炉，里面烟雾袅袅，弥散出来的龙涎香直沁心脾。厚厚的羊毛地毯，头顶这顶雪白的帐篷——

贝拉心里突突一惊，急忙往下半身望去，嘴里轻轻呼出一口气。那个叫安徒生的人没说谎。鱼尾不见了，那里只有一双少女才有的、最美丽的小小白腿。贝拉嘴角露出笑意，情不自禁地踢踢腿，疼痛立刻再次袭来，不过，这回是像刀子，是可以忍受的。贝拉轻轻地跃下床，"噢，我就是一个轻盈的水泡。"贝拉小声地唱。贝拉的歌声让这个世界立刻陷于寂静。也不知道过了多久，门开了。一个眉间贴着闪亮星星手臂上套着银色饰品脸颊如同初生婴生一样娇嫩的女子出现在贝拉眼前，女子温柔地笑着，目光里全是赞许。贝拉羞红脸，垂下头，心脏扑通扑通跳，跳得像海里几只绕着珊瑚起舞色彩斑斓的鱼。

"小妹妹，你从哪里来？"

"我从声城来，我是来找王子的。"贝拉的声音比厥草刚刚舒展的茸毛还要轻。贝拉对这个有着令人窒息的美貌的女子生出莫名的好感。她真美，她的眼神是白鲸喷出来的泉水，她的牙齿是最精致的贝壳，她的唇比海里的红玛瑙还要亮，她的手臂就像海鸥一样在唱歌。女人拉住贝拉的手，在柔软光滑的丝绸软垫上坐下。女人的声音轻柔、沙哑、像是在自言自语，却酿出香醇的足以让贝拉迷醉的美酒。

"小妹妹，这个世界上有许许多多的国家，每个国家里也都有许许多多的王子。你这样没有目标地去寻找，得找到猴年马月啊！

"小妹妹，你要找的王子就在这里，这里叫青楼。每天黄昏，他们就像一群归巢的鸟，开着最时髦的汽车，又或者骑白马驾飞机，带着种种珍贵与稀奇，从四方八方赶到这里。到时候，你就可以随便挑选，摸摸这个，捏捏那个，一直挑到自己最满意的为止。他们会排起队，唱着歌，写来滚烫的情诗。他们之间甚至会打生打死，只为你能多看他一眼。

"你黑亮的杏眼将左右他们的意志；你白皙小巧的脸会让他们的灵魂发颤；你丰满鲜红的小嘴会是他们饮不尽的奶汁；你的乳房会是让他们彻夜难眠的歌声；你的腰肢会让他们喜极而泣；你这世上最迷人的玫瑰花瓣处会是他们永生不愿离弃的天堂。天哪，你的脚简直是无以伦比的艺术品。

"世上所有的王子都会心甘情愿拜倒在你身下。他们将从火里来，从水里来，从刀山里来，从枪林弹雨里来。他们会忘掉一切奋不顾身从全世界赶来这里。能为你舔一次脚趾头，那将是他们毕生的荣幸。他们爱你将会超过爱他们自己。"

贝拉开始在房间里迎接起王子，每天都有很多王子来拜访她，他们的粗细大小软硬长短各不一样。不过，这没关系，他们都是王子。就像女人说的那样，他们为贝拉欢喜、为贝拉哭泣、为贝拉喊叫、为贝拉癫狂。贝拉非常感谢那个喊她妹妹的叫老鸨的女人。每天深夜，她总要偷偷逃出王子的怀抱，在庭院里的月光下，点起一炷龙涎香，祝老鸨姐姐长命百年。贝拉也很想念大海里的亲人，就提笔写信，"亲爱的爸爸妈妈还有祖奶奶，你们好吗？我在这里挺好的。我每天都有很多的王子，很多的爱情[1]。他们

---

[1] 许多人不能区分爱与被爱，常把对后者的渴望当成自己已掌握了爱这门艺术的能力。这种普遍的愚蠢让那个最珍贵的字眼被滥用，在当下，几乎就等同于动物交配。有没有一种纯粹的爱——只是付出，而不奢望回报？没有的。那是女贼爱上了衙役，是斯德哥尔症候。具体的男女之爱，不是永恒的上帝之爱（太多人被推销钻石的商家给忽悠了，或者心甘情愿地被忽悠），具有时态性。两个成熟男女，若说爱，他们首先就认同爱的一些基本理念，就像地球上的绝大多数人认同自由平等公正。

有浓密褐色的卷发，老虎吼叫时一样的眼睛，狮子巡游草原时一样威武的脸庞。他们强壮英俊潇洒风度翩翩……"

贝拉都不晓得如何把心里满满的快乐与幸福全写出来。但老鸨姐姐说，"不要急，慢慢写。"贝拉心里就不急了，写好一封，便托她把信捎去声城。"只要放到那个有三只螃蟹的石礁上就可以。"贝拉快乐地说道。

所以，路过的旅人啊，如果你们有幸光临青楼，请记得告诉那条美人鱼，你也是王子，请不要打碎她的梦。又或者在路上捡到了一些被撕碎了的信纸，务必赶紧埋了它，不要让水流把它们带入海洋，送到声城——人鱼之怒，云垂海立，万千生灵，尽付海啸中。

呼 城

　　呼城在山洞里，据说是史前文明的遗迹。一条瀑布从洞顶飞落，把它与外界隔绝。山洞黑暗幽长，怪石嶙峋，时有寸许长的小人自石缝间飞出。他们面容俊美，有四对薄薄的翅膀，通体发亮，光明耀眼。眼珠则犹如黑的水银，在极微弱的光线下，依然能辨识色彩和物体的细节。这些性格温驯的生物，以洞中凝乳为食，一滴凝乳即够裹腹半生。凝乳垂立，为鼓、为磬、为琴、为柷、为箫、为钟、为铙、为埙、为笙……钟作金音、磬生石音、埙奏土音、鼓击革音、琴鸣丝音、柷出木音、笙吹匏音、箫为竹音。音符犹如静夜之雪花，一片片滑入洞前深潭，有高低疏密、强弱浓淡、明暗刚柔。音与音之间联结或重叠，顺着水波起伏，渐而渗入到每一个水的分子里。"千里水长语，悠然上天去，化作空中云，飘落又成雨。"这水，鸟兽饮了，便有鸟语兽吼；风听了，便有轻柔与雄壮。

　　水是词语的源头。旅人凝视着眼前的瀑布，它无限长无限宽，若非日月星辰倒映其上一闪而逝的光，无法感觉到它的流淌。漫无边际的水幕向下垂落，水幕深处偶尔可见口吐光芒的独脚夔，只有一只翅膀一只眼睛相拥而飞的蛮蛮，长着兔子头麋鹿耳用尾巴飞翔的耳鼠，状似猛虎有九个头并且长着人脸的开明兽，龙角鹿身牛脸马脚虎尾的狴犴……种种奇禽异兽的鸣叫声被重重水幕隔绝。令旅人诧异的是，构成水幕的竟然是一张张小小的人脸。每滴水里都包含着数万万张表情迥异、意喻深邃的人脸。用手指在上面碰一下，人脸立刻变形，随着指尖拉成一条青白色的弧，当弧伸展至某个长度，马上缩回去，并不从指尖上掉下。水幕表面有着不可思议的张力。

水在跃动、旋转、扭身、停顿，如同舞者。

耳边有嗡嗡的风声，但听不到水流的轰响。旅人掏出布满裂痕的龟甲，上面有大量的指事字、象形字、会意字，以及形声字。这是一个匪夷所思的故事：二十亿年前，地球上所有的陆地是连在一起的，上面有高度发达的人类文明，能造超过光速的航天飞船，能潜入海的最深处。但一颗月球大小的小行星突然破空而来。灾难不可避免，巨大的冲击将使整个文明摧毁殆尽。当时的人类便在撞击的唯一死角，建筑了呼城，并把预选拣选好的三万名艺术家、科学家、哲学家、政治家，以及运动员、商界英豪等精英迁入其中……

是什么让那些三丈高的古人类变成了现在寸许长的呼城人？

又是什么让他们中的科学家等消失不见，而只保留着艺术本身？

时间是万物与灵魂的结合，是收缩与延展，是跌落与复原，是"是一切戏剧性效果的根源"，是"视肢体各部位为单一乐器，当全身活动时，就犹如一场交响乐一般"，也是对重复的偏爱[1]，对往事的追忆，对已失落

---

[1] 我偏爱活着，偏爱水在口腔里的感觉，偏爱把石头、冰块握紧，偏爱秋日，不管是在田野还是在城市；偏爱你，偏爱树影在你身后翩翩飞舞，偏爱你舌尖的微甜，偏爱你鲁莽的愤怒与我晨起时的欲望；偏爱行走，偏爱做事，偏爱在深思中不断想象你的脸，偏爱反复阅读；偏爱诗歌与哲学胜过小说，偏爱数学故事、科普话题、在音乐中游荡的灵魂，偏爱女性，尤其是当她们出现在我眼前的时候。我偏爱许多，所有的偏爱都只是因为你。

文明的遗忘。

　　水沫犹如妇人舌尖。旅人把残缺的龟甲逐一抛入水幕，脸上有难以觉
察的笑容。

豹　城

　　这是一个阒寂的夜晚，黑得如同石头的内部。一个年轻的旅人在森林里游荡许久，突然看见了一个女孩。她叫小薏，坐在树上，尖的小脸上弥漫着一种神秘的表情。这可能是月光①带来的幻觉，旅人攀缘过去，用手指在她额头上敲了敲，说："芝麻开门。"小薏在黑暗中狡黠地咧咧嘴，"别声响。"旅人问："怎么了？"小薏嘘道："我刚看见了我爸的灵魂变成了一丛白玉兰。瞧，花就在那儿，酒杯一样。"

　　旅人笑了，但，没再打扰她，坐下，慢慢地，伸直双腿。在他面前是一堆堆房子，它们悄无声息地蠕动身子，把窗口朝向他，好让他能看到铁栅栏里的人的样子——他们躺在床上，若死去一般。偶尔有几只丑陋的虫子从暗处爬到他们身上，就像一群贼，溜进他们的耳朵、鼻子、嘴。他们中的一些人便突地坐直身，涨紫脸，面容凶狠地从喉咙里咳出老鼠、苍蝇、蜘蛛与蛇。

---

①　我想着你，把自己想成了月光下的岩石。月光好像是深海藻类，又犹如虫鸣、鸟叫，或者细雨淋淋。我从石头里孤独地爬出，把内脏散落一地。夜，是目光凶狠的兽。我没有看它，只是这样想着你。

老鼠长了一双带倒钩的肉翼，牙齿咬得碎顽铁。苍蝇有八十一条毛茸茸的腿，嘴里不断喷出比硫酸更具腐蚀性的液体。蜘蛛下颚处生有一根长长的吸管，任何活着的生物被这根吸管扎中，须臾即丧失了所有的血肉。那蛇，更是恶心，能不动声色地潜入人的梦境，把猎物（哪怕是一头大象）一口吞下。这些可怖的生物在屋子里互相追咬，眼珠子渐渐通红。旅人不喜欢它们，目光转回来。

月亮完全升起来了，又圆又大。树枝的影子在小薏身体上缓慢地移动，又恍惚是湿漉漉的水草在漂动。旅人惊讶地看见小薏细长的身子正在发生一种奇异的改变，指甲变得尖利，手掌间生出肉垫，肚腹间出现一条白色的轮廓线。旅人问："小薏，你读了那本书？"小薏默不作声地点头。旅人说："你会吃了我吗？不过，我蛮乐意被你当成食物。好歹，这也是成为你身体一部分的一种方式。"小薏咯咯乐了，突然像一头敏捷的豹子跃下树，然后，悄悄地，不紧不慢地在那丛白玉兰旁边踱来踱去，脸上满是玫瑰花形的图案以及若有所悟的深思。

旅人赶紧嚷道："小薏，你别去了。它们忒脏。喂，你知道你爸的灵魂为什么变成白玉兰吗？"

短短几分钟，小薏的眼里已蕴满泪水。"我知道。白玉兰入药可治我的偏头疼与鼻窦炎，嗯，还有痛经。"

这些词语就若黑色的火，落入她体内，迅速燃烧。小薏没再看他，蓦然伸直身躯，低吼，朝着暗夜里那些形容狰狞的房子疾速扑去。豹子不是这样猎食的，它们凶猛，但谨慎，能够把自己完全融化在万物中，不发出一点儿声响就能靠近猎物，从不为愤怒与欲望所控制。它们是神留在尘世中最后的文字，所以，它们必然遵循食肉动物从不轻易地消耗体力的原则。旅人跃下树，望着小薏消失的方向，长长叹息，然后把她遗留在白玉兰上的几滴眼泪用舌头舔入嘴里，再摆动尾巴，跟了过去。他知道前面等着他的是什么，是豹城——一个神也无法毁灭的笼子。

天空宛若秋日的河流，风在上面划出众多深紫色的伤痕。夜缓缓向上抬起，如拱起的脊椎骨。巨大的晕眩笼罩在旅人心头，他知道，不用多久，老鼠、苍蝇、蜘蛛与蛇会彻底覆盖他与小薏的身体，犹如密密麻麻的词语覆盖在书本上。还能再说点儿什么呢？唯祈愿那时，他与她的灵魂[①]会回到这树林深处，在他们常饮水的那口池塘里化作一对并蒂莲。

---

① 我的灵魂有着泥土的属性，而你是埋在我体内的煤层。亲爱的，在光阴的尽头，那个没有白昼与黑夜的地方，当我像所有不穿衣服的矿工一样，匍匐着爬过种种地质构造，来到你面前，只为了让你相信"我的一生只是为你存在"。我还会告诉你：那个曾辗转反侧的灵魂，没有辜负你的目光。尽管他在漫长的岁月里渐渐接受了这个简单的事实——罪恶塑造了人的轮廓。

死　城

　　为了展示对诸神的虔诚，一小撮披兽皮、用黑布遮脸的人在草原上建造了死城。他们尚武好战，认为没有什么比掳掠万物祭献于诸神之前，又或者在战争中死去更为荣耀。"太阳还未升起，诸神已降临此城。"他们相信：从被割断的喉咙里流出的鲜血，有着无与伦比的芳香与甜美，是诸神的饮品。诸神将根据他们的奉献，保佑他们的军队战无不胜，死城的版图急速扩大。他们越过覆盖着苍莽森林的山脉、酷暑与严寒、隆起的高原……其刀锋所至，大地骇然。"凡有不降，不取一物，不留一人"，短短数年，死城人摧毁了无数座如星辰散落的古老城市，使众多河流变红。

　　死城人的凶残令世界震惊，他们是飓风、大火和暴雨。那些活下来的人试图联合起来与之对抗。但，死城人的马跑得实在太快，且一名武士往往备有三匹以上的骏马轮流使用，其弯刀又异常锋利，吹发即断，可劈开钢盔而不卷刃，堪与大马士革刀相提并论，他们还有长弓短努各一架。这些死城人似乎不知饥渴，几乎不需要睡眠，一夜即能完成数百公里的迂回包抄。人又皆不畏死，令旗所指，三军拼命，纵白刃入腹，也盘肠而战。而所谓勇者，即马首悬头颅最多者。更可怕的是，指挥这架杀戮机器的将领深谙各种兵法，其疾如风，其徐如林，不动如山，动如雷震。在这种纯粹的暴力 [①] 面前，只有两种选择：一是屈服，二是被杀死。或许还有第三种可能：屈服后再被杀死。

一个旅人决心改变这一切，他来到死城，向死城的王奉献了三卷经书。第一卷经书歌颂了诸神的威能。诸神是价值判断的最高原则以及真善美的统一。诸神在虚无中创建国度 [②]，使世界成为自身意志的彰显。诸神有十三张脸庞，一张脸是火焰，一张脸是海水，一张脸是无边的光彩，一张脸是昂首吐信的赤链蛇，一张脸是互搏的狮虎，一张脸是太阳与月亮，一张脸是骷髅，一张脸是金刚杵，一张脸是众多精美的含义混乱复杂的装饰图案，一张脸是天真的孩童，一张脸是头骨碗和被砍下头颅的夜叉，一张脸是支离破碎的灵魂，最后一张脸便是死城的王。第二卷经书叙述了世界的过去、现在与未来。世界总共要经历八个时代。过去的七个时代已分别被贪婪、傲慢、淫欲、嫉妒、暴怒、懒惰、饕餮所毁灭。第八个时代是诸神于公元前 3047 年 4 月 18 日所创造的，是为死城人创造的。死城人注定是万物的主宰。一切在大地上行走的，都将匍匐于死城的威严下，这种威严即体现在一座即将被建造的神庙上。它在十三座金字塔之上，是对称的，遵循黄金分割比例，庄严雄伟，气势磅礴。同时它也是不对称的，故而能引起人心里巨大的美的战栗。因为"世间物体运动的方程是由对称性确定的，而物体之间的相互作用则是由不对称决定"。第三卷经书讲的是对诸神奉献的礼仪，以及众多不可不从的生活规范与遵行准则。比如，俘虏应被带至

---

① 观察人类史，似乎可得出一个结论：暴力，是人类唯一真正信仰的手段。沟通与妥协，只是暴力遮上面纱而行，是"战争的艺术"。人类正在进化时。

② 偶尔，夜里醒来，会看见自己的眼泪，会不知道自己为什么醒来。在这个无赖且贪婪的国度里，要保持热情与爱，是困难的。但唯有困难，才能不断创造新的自我，摆脱乏味与平庸。世界尚在成长时。

死城的神庙前，在赞美诸神后方可被剜出心脏，而非在战场上胡乱杀掉；又或者献祭当依四时的节奏，春生夏长，秋收冬藏，所杀掉的俘虏数目分别应该是九、九十九、九百九十九、九千九百九十九。

黄　城

　　旅人在去黄城的火车上遇见一个男孩，男孩指着天空对他的母亲说，"看，天上有马在跑。"旅人揉揉惺忪的眼。天幕白里泛青，山峰、丘陵、与田野，慢慢显现出轻重不一的线条。清寂的光笼罩于上，生出庄严肃穆。一团团树木在远处缓缓地移动，移向我目光难及处，近处的枯草如已褪去暗黑皮毛的兽，自火车旁边惊惶蹿过。

　　唯有那马——天上果然有一匹马，完全不在意旅人的打量。腿长蹄阔，身刚形健，轮廓神态桀骜不驯，鬃飞蹄扬，肌肉骨骼炸起金石之音，几欲踏破天地。这马或是徐悲鸿泼下的墨。天上只有一块云，只有这匹恢宏的马。茫茫天地，包括所有的人们，都是这马蹄下的尘。旅人在心里感慨，目光落回到男孩脸上。男孩的脸庞透出一种亮，欢悦跳跃，手指亟不可待地敲击车玻璃窗。他要让别人注意他的发现，分享此刻正在他心中洋溢的快乐。他的动作有点蛮横，去拽他母亲的胳膊，"妈，你看，马，比天空还要大的马。"

　　男孩犯下的显然不仅是一个语法错误。他母亲怀里还搂着一个女婴，那是一小团粉红色的怪物。一位学生模样的女孩对她的同学说："我若生了这样一个怪物，立刻把它溺死在马桶里。"女孩说得咬牙切齿。不能说她没人性。一个婴儿哭一个小时或者几个小时也就罢了，整整一个夜晚啊，人们都在女婴的哭声里挣扎。女婴惊人的肺活量让火车也相形失色。为了让哭声停止，旅人们拿来奶粉、罐头、玩具，但她统统拒绝，一概不要，包括母亲的乳头。整节车厢的旅客被她弄得神经衰弱，差点集体心理崩溃。偶尔，她也停止哭闹，但那仅仅是一个暂停，是风暴再一次降临前的静寂。当人们试图把吊到嗓子眼儿的心放回胸腔里原来的位置，用几分钟或者十几分钟或者是几秒钟（这是一个难以预测的变量）完成充电过程的她又快乐地尖叫起来。哭声刺耳，比夜枭还难听，还没任何规律可言。

旅人的心脏在这一刹那几乎要粉碎，他不敢再对她的入睡抱有任何奢望，只得在黑夜里睁大双目，耐心地等待，不晓得自己在等待什么。旅人想，整个车厢的人或许都如自己一般，脸庞上写着绝望。当黎明破窗的时候，旅人长长地吐出一口气。随后几分钟内，车厢内充满长长短短的吐气声，大家仿佛是快憋死的鱼。此时此刻，那位该死的女婴在她可怜的母亲手臂里终于睡着了，并发出均匀香甜的鼾声。这么小的婴儿也会打鼾？这个该诅咒的世道。

经过一夜折腾，这位母亲已是一块快要坍塌的石头。现在男孩伸手一拉，石头塌了。母亲的下颌撞在被铝条包边的几案上，出了血。女婴滚落到过道上坐着的一个农民工肩膀上。农民工抱起她，看了一眼，嘟哝了一声，"我女儿当年也是这样。"递还过去。女婴没哭，仍在睡。大家惊疑不定地互视一眼，为女婴抗撞击的能力暗自赞叹。母亲如梦惊醒，干巴巴的脸上显出怒气，一个巴掌甩在男孩脸上。男孩应声倒下，倒入旅人怀里。这是一个瘦骨嶙峋的男孩，精力倒旺盛，昨晚唱了一夜的"天苍苍，夜茫茫，我家有个夜哭郎。过往行人念几遍，一夜睡到大天亮"。他手肘处坚硬的骨头戳在旅人大腿外侧，生疼。旅人扶起他，他委屈地瞥了眼四周，很有礼貌地说："谢谢叔叔。"

他没再看他母亲，那个已被生活折腾得不成样子的女人。他继续往窗外望去，抿紧了唇，唇线是一条弯弯的向上翘的弧，他的样子还是很快乐。

那马在天上奔走，于万千山峰之巅，踏出点点晨曦。那组成肌肉的浓浓淡淡的墨色在地平线上跃起的太阳的照耀下，开始燃烧，像火焰一样。这马赫然已经成为一匹火红色的、胁生双翼的汗血宝马。男孩的眼睛越发地亮，嘴巴张开，用很轻的声音在说："它在飞。"

"是的，它在飞，因为它是梦。在黄城，没有什么能够阻挡梦①。不管是壁立千仞的山，还是喧嚣的万丈红尘。"旅人接口轻轻说道，没在意身边人的视线。他知道这话很矫情，但还是情不自禁地说出口。旅人已经做好承受嘲笑的准备，但几秒钟后，我看见车厢内所有的人，包括男孩的母亲，都纷纷扭头往窗外望去。看啊，那真的是一匹马，一匹在天上飞的马。

---

① 梦是猛禽的形状，啄尽白昼所有的血肉；命运是死去的潮水，在暗夜停止。

泉 城

旅人来到泉城，在水边的芦苇荡里看见朱玲，她是泉城最漂亮的女孩。她在擦洗身子，水伏在她脚下，缎子一样。她好像看见了我，朝我匿伏处瞪来一眼，便往水里跳。空中出现一种强烈的、小范围的空气涡旋，有坚硬的冰雹落下，水流一滞，生出形体，赫然是龙[①]，有翼。旅人下意识地抓住龙尾。龙飞腾上空，眨眼间来到泉城之上。

到处都是星辰，小的指甲般大，大的比泉城最宽的湖泊还大，形状也各异，最有趣的是东南方向的那颗蓝色的星，活像一尾狗熊脸的鱼。几只式样古老的船在星河上漂荡，这尾憨态可掬的狗熊鱼便在船所激起的星光涟漪中三步往前二步退后。船上有人，青衣素颜，眉毛很长，脸上没有悲喜。他们坐在船头，手持一种透明丝线编织出来的网兜，在捕捉星辰——胳膊一轮，便是一条划过天际的银弧。

旅人转过头去看朱玲，他想说，这时，泉城有多少人匆匆许下了他们的愿望？

---

① 　风。兽拱起的脊背；午夜，被牙齿咬破的喉咙。此刻（一个注定无法保存的词语），我忘掉了所有的脸庞。是谁在喃喃低语：我的身体里有龙？

朱玲不见了，手中紧抓着的龙尾砰然炸碎。水珠在星光中一颗颗滚动，黑色缓慢地升起，天空像个口袋，被看不见的手合上拉链。旅人看见一只赑屃，龙首、龟背、鹰爪、蛇尾，他在它背上。四周是山，山石平滑，上有玉牒虫章之字。赑屃缓慢地爬。

它对旅人说，你是螭吻。旅人说，你不是屋脊。

它对旅人说，你是蒲牢。旅人说，你不是钟纽。

它对旅人说，你是狴犴。旅人说，你不是狱门。

它对旅人说，你是饕餮。旅人说，你不是鼎盖。

它对旅人说，你是趴夏。旅人说，你不是桥柱。

它对旅人说，你是睚眦。旅人说，你不是刀环。

它对旅人说，你是金猊。旅人说，你不是香炉。

它对旅人说，你是椒图。旅人说，你不是门楣。

它对旅人说，你是赑屃。旅人说，是的，我是赑屃。

月亮撒下雪。

一些黑石跟随着旅人的脚步向前滚动。山一点点变近，山石上的字渐次端正清晰，成了他熟悉的汉字。上面记载了一个故事，说的是龙。

最早，龙族统治大地，它们近乎完美，有着不可思议的威能，能使冬雷震，夏雨雪，丘陵崩摧。人族原本只是龙族的仆从与食物。人族不甘心被奴役的命运，在黄帝的引导下与龙族展开厮杀，一开始人族节节败退，在龙族面前不堪一击，但人族善于学习，学会智谋，往往布下死局，让一条龙面对成千上万拿着利刃的人族。最重要的是，人族的繁衍速度太快了，呈几何数字的增长。龙族杀掉了一千个人族，同时又有一万零五百人族在旷野里诞生。龙族慢慢虚弱，人族逐渐强大。造物的神也厌倦了龙的傲慢，他们派出九天玄女，终于在涿鹿之野之战，蚩尤被杀，天下归了人族。但还有许多龙族未在这场浩劫中死去，它们潜伏于荒原大泽冰凉的雪山幽深的海洋。有的龙放弃了重新主宰大地的念头，有的龙不甘心，混迹于人族中，学会了用人类的皮肤来掩饰自己。它们最后的努力是建立起一个叫商的王朝，它们是饕餮的一支，所以在青铜器上刻下饕餮纹来记录它们的血统与骄傲。但那是回光返照，周灭掉了它们。从那以后，龙族再也没有建立起一个真正的王朝。龙的子孙们也几乎忘掉了自己高贵的血统，它们甘于被人奴役，心甘情愿地立于屋脊、钟纽、狱门、鼎盖、桥柱、刀环、香炉、门楣。

旅人喃喃自语。朱玲出现了，神情哀伤，"蚩尤是龙族，黄帝是人族。你是黄帝的子孙，你不是颙鳳。"

她的话音一落，旅人的"龙首、龟背、鹰爪、蛇尾"就不见了。

朱玲这句话究竟是什么意思？一些没来由的声音在他体内隐隐作痛。她的神情容蓦然一变，伸手将他重重一推。"朱玲"，旅人喊出声。他看见她胸前那对鸽子，轻拍羽翼，在疾速离他而去，也在离她而去。她脸上有着难以言喻的伤痛，身子突然开始扭曲、变大。这种变化来得迅猛，有的地方的皮肤甚至来不及包裹着血肉，露出白森森的骨头。旅人目瞪口呆。几分钟后，一头真正的脖颈修长的龙出现在他面前，伸展的双翼有着说不出来的幽雅与高傲。它用无比柔和的目光望着他，掉头朝星河那边飞去。在它翼下，无数星辰犹如逆流而上的鲑鱼，河面上满是漂浮的不再动弹的星辰。

旅人热泪盈眶，他不知道他为什么要掉眼泪。当他意识到这是眼泪 [①] 的时候，他已回到了水边的芦苇荡，水面只余点点涟漪 [②]。

[①] 那些眼泪渗到梦里，有着昆虫的形状，被琥珀包裹着，被收藏于众神的宫殿深处。神看见它们，便解放了：一个沉睡已久的灵魂。我的记忆逐渐清晰——你是那条美丽的蜥蜴，周身覆盖着红绿间杂的角质鳞片；而我，是那只被你捕食的蜻蜓。时间让我存在，让你消失……让你在今生今世，成了我蓝色的翅翼。

[②] 你呀，黑色浓密的睫毛，细碎光线里的风暴。海面把云层推向天空，一个让鱼类惊叹的旋涡。你呀，与生俱来的嗓音，在浪与礁，夜与昼的交界处回旋。水的重量压实了水面，涟漪是此刻世间最动人的形式。破晓之时，万物朝你摊开手掌，摊开掌纹与壁仞千米的山峰。以及人面与书页——我的匿身之所。

鸟 城

这是一个年老的旅人对一个年轻旅人讲的故事。

故事的开头也是"从前，有一座山"——

从前，有一座山。山顶到处是东倒西歪的石柱、断裂的门梁、石塔，以及塔上各种奇怪的浮雕。还有十几座数米高的雕有翅膀的石人像，它们或蹲或立，但一律令人费解地仰面朝天。很难想象是谁，又用什么样的办法把这些笨重的石人搬至此处。

石人后面是一间模样怪异的房子，甚大，却仅一间，无左右厢房，青苔、屋檐上做巢的鸟、小而方的窗棂、在檐角之间编织迷宫的蜘蛛……一座真人高的菩萨趺坐其间，因为岁月的烟熏火燎，已辨不清材质。菩萨的样子有点怪，不是通常的那种法相庄严，尖嘴细脖，因为污垢，也没有惯常的慈眉善目。山下的村人上山砍柴时常在这儿避雨，若是两个人，相互说说村庄里的家长里短；若是一个人，就看看天上的白云苍狗。

这天，雨①下得很大，整座山峰像马一样打出响亮的鼻息。树林在马蹄下摇晃，山顶上来了一个逃难的外乡少年。他的父母被官府诬为江汪大盗，衙役为找出他父母藏起来的财富，像疯狗一样正跟在他身后。外乡少年走了很远的路，浑身泥泞，身上还有许多被雨水洗得惨白的伤口，上山的羊肠小道在大风里沉浮起伏。少年跌跌撞撞地进了屋，看见菩萨，情不自禁地跪下许愿："今日，若能逃过大难，来日定重塑金身。"磕头声惊醒了供案上打瞌睡的砍柴人。砍柴人听清缘故，心生怜悯，把少年藏入菩萨的肚子，那里有一间小小的暗室。砍柴人抹掉水渍与足迹，把少年的鞋子套在手上，弓身子在通往悬崖的路上留下两条大小不一的足迹。过不多时，赶来三个衙役，面目凶狠，手上钢刀雪亮。衙役追问少年的下落，砍柴人指向悬崖。衙役头听见屋梁上叽叽喳喳的鸟叫，心里生出疑惑，突地劈下钢刀，斩断砍柴人的胳膊。"大胆刁民，竟然敢哄骗朝廷。"衙役头大声咆哮。砍柴人仍坚持少年跳了崖，衙役头又一刀剁下砍柴人的腿，狞笑着指着屋梁上惊慌的鸟说："天下万物皆是朝廷的耳目，岂容尔等宵小欺瞒！"砍柴人闭目长叹。暗室里的少年身体发颤，心像一只惊鸟一样飞出喉咙，衙役头大笑，一刀劈落。刀光比屋外的风还急，一声脆响，利刃卷了口。菩萨的脖子上出现一条比针还细的黄澄澄的光芒，衙役头吃了一惊，与手下两人互视一眼，各自提刀胡乱剁去。菩萨的头颅滚落倒地，里面竟是一堆金银珠宝，也不知是哪个朝代何人所藏。千里做官只为财，衙役头大喜，没想竟在此间觅到发达，正欲上前，左胁被一把钢刀捅入，还没想明白发生了什么事，头颅已被另一把钢刀砍落。甲衙役说："一人一半。"乙衙

---

① 雨点跟石头一样，我被石头打出血。世界摔倒在潮湿的路面，我得到一个前所未来的视角，以及另一种重量。没有经历过此时此处，就很难理解什么是幸福。当所有的激情被徒然耗尽，舌尖有微热的水，岁月在眼球上流转，我终于喊出自己的名字。

役说："好。"话音未落，他们手中的钢刀已不约而同地砍在对方的脖子上。

少年爬出暗室，跪伏于砍柴人身边，涕泪交加。砍柴人喘着气说，"原谅这些鸟，它们不知人世险恶，只是惊慌。"少年点头应了。砍柴人的身体逐渐冰凉，少年葬了砍柴人，想想终是不忿，指着满屋呱噪的鸟，眼里溅出血，恨声说道："终有一日，定要拔掉你们的舌头。"他这一声喊，把一天的云彩都喊乱了，像一群色彩斑斓的大鸟似的，四下里乱飞。

少年回到山下，用这些珠宝为本钱，坚忍行事，开三江财源，通贾天下，遂成一代巨商，且因记着了小时候所受的苦，待人处事皆和蔼可亲，常捐资建学，兴修水利，被誉为大善人。只是他有一个古怪的爱好，就是爱吃鸟舌，不过，这显然无伤大雅。时间弹落下七千多日，某天午夜梦回，他想起昔日誓言，便集万贯家财用纯金重塑了一尊面容慈悲的菩萨，打算运回那山顶，再去那好好修葺恩人之墓。山高林密，天空幽静，时有野兽奔跑嘶嗥，唯独不复有鸟鸣之声，他感到好奇，问从村子里请来搬运菩萨的农人，是何缘故。

农人笑道，"二十年前，我们这里的鸟还是会叫的。那时，山巅上的房子里有一尊菩萨。后来，菩萨头不见了，鸟就不叫了。我们这里的鸟还有一桩奇怪的事，临死时，会聚集到一个地方，怎么赶也赶不走。村子里有学问的人把那地方叫鸟城。为什么叫城呢？还不如叫墓来得妥当。"他匆匆登上山顶。在当年他葬砍柴人的地方，已凸起一个巨大的坟墓，上面堆积着无数只有着金属光泽的鸟的尸骨，几只眼珠乌黑羽毛发黄的鸟在上面缓慢地跳，跳得呆滞。这天晚上，他梦见砍柴人。砍柴人尖喙细脖身披氅衣，模样与原来有了很大的不同，但他还是一眼就认出来了。他问砍柴人，"为什么会这样？"砍柴人含笑不语，张开嘴。他惊呼起来，"你的舌头呢？"砍柴人用手指蘸水在桌上写道："我是这里的鸟神，我的舌头被你拔走了。"

他惊讶地说："我不过是一时戏言。"砍柴人继续书写："鸟类没有戏言。"然后，他醒了。原来，这二十年，一直保佑着他让他财运亨通的是鸟神而不是菩萨啊！他把纯金菩萨运下山，重新熔化，按梦中所见砍柴人的模样做了一个雕像。他在老房子里住下来，在亲自动手修补残垣断壁之余，每天对着太阳、月亮与星辰唱歌——它们就像一群在空中飞起落下的鸟。就这样过了许多年，当他的眉毛垂落至嘴边时，满山都有了鸟叫。

影　城

在世界的尽头，有一堵巍巍的墙，人们第一次见到它时，无不目瞪口呆。建造的岁月与工艺、鸟的粪便、传说、老鼠洞、青苔、藓与草、神话，乃至于物理意义上的长宽高，都与它没有关系。它立于天地之间，"超越了自然规律，凌驾于自然规律之上，不受自然规律约束，不能被人认识，无法接受科学研究"，就仿佛是造物的血肉——人们相继使用了挖掘机、破甲炮弹、TNT 炸药、超强功率的激光武器、镶金刚石的异形钻头，试图探索墙后的秘密，但它比一切人类的已知还要坚硬，连王水也不能腐蚀丝毫。

人们就把这里当成度假胜地。应该说是，"欢天喜地"。在这个时代，一切沮丧、焦虑、愤怒等负面情绪都与人类无关。只需要几颗不同颜色的药丸，嘘，它们就都不见了。更重要的是，每个婴儿在出生之际，都会被注射一种奇异的疫苗，然后就会快快乐乐地活到一百零一岁，不差一天，也不晚一天。

一个黄昏。

当人群离开，一阵风刮过大地，风声听起来像是老年人变细变弱了的嗓子。一个衣衫褴褛的男人来到墙边，踉踉跄跄。他可能是旅人，因为他一直在哭。他可能是这个世界最后一个旅人。根据政府公告，旅人这物种早已经

旅人书

消失，被历史所淘汰。所谓旅人，是一种可怕病菌侵入人体后造成的异变。它无法治愈，具有非常可怕的传染性。所以，在几个世纪前，旅人都被做了节育手术，投入一间大房子。这显然是一种人性化的措施。政府一直等到他们死后，才把那间大房子付之一炬。至今，在最古老的文献，历史学家们能读到有关旅人们种种可怕行为的记录。比如，他们在光天化日下交媾。

　　这个旅人为什么能够出现在这里是一个谜，不是所有的谜都有谜底。这个悲恸的人把脸贴在墙上，用手指在墙壁上反复抓挠。很快，指甲里渗出血。令人惊讶的事出现了，他的血竟然在墙壁上融出一个小洞，这个发现让这个男人苍白的脸庞上现出一抹绯红。在迟疑了几秒钟后，他开始疯了一样咀嚼自己的手指、胳膊。当血液几乎流失殆尽的时候，一束光出现在他眼前，突然化作一只大手，把他拖了过去，墙体迅速恢复了原状。但这不是可怜的旅人所关心的。他满脸惊怖，在他面前赫然是一个形体要大上数十倍的巨人，其面容庄严俊美。这巨人好像完全明白旅人心中的疑惑，手指指向身边的一台屏幕，屏幕上有着绿色的数据洪流，上面有几行字是旅人所认识的：

　　　　这是影城。你们人类的宇宙① 只是影城的一小部分，准确地说，

---

① "我在母胎时，并不是我生命的开始，我是依照了过去的蓝图。我的死亡，也并非我生命的结束，而是去另一个有点像油炸圈饼的宇宙旅行买的船票。"这句话的前半截是量子力学奠基人薛定谔说的，最后一句被我篡改了。我忘掉了原话，更重要的是，我喜欢油炸圈饼这个比喻，它让我身处的这个宇宙变得香甜可口。至于那只薛定谔的猫，我们都听说过必须打开盒子才知猫的生死，人只能得到打开盒子后的结果。即，这个世界也是"打开盒子的结果"，人们在日常生活中所感受到的那个不以人之意志为转移的客观，并不存在。所以王阳明说，"我闭上眼，花儿即不在"。东方古老的哲学观、佛的觉悟，与当代量子理论似乎颇能互相印证。到处都是"主观的真相"。少数几个人的声音决定了大多数人的活法，乃至于想法，大多数人是被这一小撮人豢养的兽。只是，又有多少人能蓦然惊觉自己喉咙发出的那个声音，只是他人的意志？

是一间病菌栽培室。人类，是一种我们按照自身容貌所创造的病毒。

我，与我的同事，大概就是你们所称呼的诸神。我名，安纳那奇。

"病毒？"旅人吃了一惊，"我明白，人类是宇宙的瘟疫。他们，自然也包括我在内，都是该被诅咒的。我们自命为万物的主宰，相信其他生命只是为满足自身的欲望而存在，就如同贪婪的屎壳郎加凶恶的蜘蛛混合体，不仅掠夺，也为掠夺而掠夺；不仅掠夺其他物种的生命，也掠夺同类……人的罪孽高过头顶，无谁可以承担得起。但为什么，你们要创造我们？"

"你这只基因突变的病毒啊！"安纳那奇摇头哈哈大笑，"所有的病毒都是错的，但有些是有趣的。想知道为什么吗？只因为是我想。我还猜想，影城的许多家庭多半愿意收养你做宠物。我敢与你打赌，你一定会爱上这种豢养生涯。"

光重新笼罩下来，如神的灵，运行于水面。

枯　城

　　两个囚徒合伙做坏事，被警察发现抓起来，分别关在两个独立的不通信息的牢房里进行审讯。在这种情形下，两个囚犯可以做出自己的选择：或者供出他的同伙，与警察合作；或者保持沉默，与同伙合作。两个囚犯都知道，如果他俩都能保持沉默的话，就会被释放，因为只要他们拒不承认，警方无法给他们定罪。警方也明白这一点，所以就给了两个囚犯一点儿刺激：如果他们中的一个人背叛，即告发他的同伙，那么他可以无罪释放，同时还可以得到一笔奖金。他的同伙就会被按照最重的罪来判决，并且还要对他施以罚款，作为对告发者的奖赏。当然，如果这两个囚犯互相背叛的话，两个人都会被按照最重的罪来判决，谁也不会得到奖赏。那么，这两个囚犯该怎么办呢？是选择互相合作还是互相背叛？

　　这是博弈论里的一个经典案例。你迷恋上这个游戏，重复着其过程。当她叫你去枯城，你拒绝了，说："我要把游戏做完。"一开始，你着迷于其文字，折叠着这个案例里的句子。两点之间并非直线最短，却是折叠，折叠的深度足以容纳任何可能。后来，你发现，每一次折叠都会带来意想不到的损耗与偏差，它们改变了游戏的结果。你拿起两本书，把它们当作囚徒①，反复阅读，却又看见所有的阅读都是误读。你在喃喃自语中，终于意识到自己的左脑是囚徒甲，右脑是囚徒乙。于是，你坐在一个叫胼胝体的地方，看他们之间的合作与背叛。你甚至还想起柏拉图在《理想国》中所构建的那个隐喻：人类囚禁在自己的身体之中，并且与其他的囚徒朝夕相伴，任何人都无法辨别相互之间的真实身份，也无法辨别自己的身份，人类的直接经验不是关于现实的经验，而是存在于人类的思维之中。

天色暗下，像一只黑鸟飞落。

你揉碎纸团，抛入废纸篓，摸起搁在旁边的公文包，结账，出餐厅，下楼。这个世界是摇晃的大海，灰房子、红房子、黑房子、白房子、白房子、黑房子、红房子、灰房子……它们是在海面上航行的船，而你是你自己的船。你没开车，走得不快也不慢，借助于用条形引导砖与带有圆点的提示砖铺成的盲道，你闭上眼睛，在脑海深处仔细地搜索，过人民中路，在第一个红绿灯处左拐至马鞍街，前行五十米，约七十五步，进入福田花园的侧门——盲道消失了，你贴着墙壁，缓步右行，好像是十米，好像是十五米，你还是找到楼梯入口处的铁门。你的眉头舒展开来，一步一个台阶，上楼，再下楼，再睁开眼，你轻吁出一口气，在掏钥匙的一刻，你迟疑了一下，伸手轻轻把门推开。

门后即是枯城之郊。

你不知怎么就知道了这点，但这并没有让你奇怪。你沿着弯弯曲曲的河水走到种满麦子的土地上，与夜色里的稻草人互换帽子，开始长时间交

① 人是时代的囚徒，人都不可避免地被那个其实并不属于他的道德所绑架。要想让灵魂获得真正的解放，唯有摆脱自我，摆脱那个由事件与时间堆积而成的偶然。

旅人书

谈。你突然又知道了一种显而易见但一直被你有意无意忽略的事实——你以为你是你，其实不是的。你并非自我选择的结果，而是一个不明确的手势，一张阴郁的脸庞，乃至某个早晨一场突如其来的雨水所给出的。这并非是你的错，没有多少人能获得自我意志的苏醒，继而越过事件森林，摆脱词语的眩晕，抵达倾颓荒芜的神殿，在被青苔覆盖的石柱上找到那行几乎已不能辨认的神谕。

当黎明升起的时候，一只只叫不出名字的鸟儿飞到你的头顶，它们都有艳丽的嘴喙。其中一只嘴喙，上面正滴下清澈的露珠，你用舌尖接住这滴清露，开始想象上帝的容颜。天空澄蓝青碧，越显高远。万物须臾，唯有此才是永恒。物，一切物，别墅、诺基亚手机、电脑、权力、阶级斗争、数学模型、jav 语言……皆是人类构建臆想中那座意义神殿的石头。它有重量，能把人压出内脏，但在时间①的洪流里，它不比一根羽毛重。事实上，所有的神殿自建成之日，即已注定轰然坍塌之时。大地让人直立行走，并非是因为人的肌肉与骨骼，而是情感，那份从灵魂深处发出的幽光。是这样吗？

或许是，或许不是，但这些都不重要。你露出笑容，喃喃自语：

　　　　鸟啄了口黑暗，如饮水。
　　　　沉默之人靠近铁制窗格。
　　　　心中猛虎跟随鸟鸣，
　　　　靠近它的斑斓皮毛。

---

① 暴风惊吓了玫瑰的热情，我的脸弄脏你的鞋底，戴上面具，说：黄金、白银、青铜、黑铁。舌尖的灰色被小块吐出。时间是有毒的。

手指在手掌上跳动，

我把我的影子提至空中。

鸟羽之轻微颤抖穿越重重光影。

这是天籁，还是我一辈子对你的凝眸？

若是后者，我愿意。

哪怕口干舌燥，老虎掉入牢笼。

　　然后，你感觉到一阵困意，歪过头，就静静地在自己的羽毛里睡着了。

　　自始至终，作为这世上最后一个旅人的你都没有想起枯城，更没有想起已经去了枯城的她，自然也没看见从那里射出的一颗子弹，即将要穿透你的胸脯。

62 个小故事

一本书，不是沙之书（这是一个过于炫耀的智力游戏），其内在结构也不是"不可能的楼梯"（我讨厌这种利用人固有缺陷进行的视觉欺骗）。我在梦里看过几页。

我知道：它确实存在着，比现实更广袤，比所有人的光阴加在一起还要漫长。

这些小故事都是这匆忙一瞥间的速写，在某种程度上，可视为《旅人书》的补充。

《旅人书》共记70个城，皆为虚构，以一首诗《高歌取醉念昔时》为串联。我们所生活着的城市，或许并不比这些城更真实。在这个"旅人时隐时现，或经历，或见证，或思考"的漫游过程中，我想呈现的不仅是一双饱览众城喧哗的眼，更是一个我们所有人都曾经历，或正要经历的精神世界。而小故事呢，用某位朋友的话来说："它们是旅人回到世俗生活中对'由天上消失的星辰所聚众城'的凝眸，试图在千余字的篇幅内完成复调叙述，是对各种故事原型的囊括，就像火，在读者的眸子里一跳。"

我希望它们是一道开放性的多元N次方程，具有某种力量与平衡感，是在向读者提出要求。因与果，被关键词包裹着，犹如橄榄核。人世间的诸多唏嘘又藏在橄榄核里，愿意在静默中耗点儿心神去找橄榄核，并把它们放在嘴里咀嚼的人是有福的。他们将品尝到那种智力与情感上的双重愉悦——这肯定比纯粹的感官刺激更彻底，或许是一千零一倍。

不知道自己是否做到了，但我还是一厢情愿地希望它的枝枝蔓蔓都能给读者带来惊喜。"希望"这个词最是蛊惑人心，犹如半夜讲着甜言蜜语，四处捕食灵魂的鬼。

曾几何时，我在谈论为什么要阅读时说过这样一段话：

因为它帮助你发现孤独——抓住它，你才可能真正理解"这个黄昏，抑或那个吻"的意义。它们必定不是通常说的那样，这是一个有关于自我认知、自我觉醒与自我"溢出"的旅程。为了让它更加妙趣横生，阅读还将赠送出一份特殊的礼物：

几个一辈子的，不被距离、时间、生硬的现实所改变的朋友。

亲爱的读者，希望我有这个荣幸成为您的朋友。

一

一个少年，你忘掉了他的名字，你几乎忘掉有关于他的一切：身高、体重、五官轮廓、手掌的大小，以及衣饰。

他站在候车室外，怔怔地望着一扇落满灰尘的玻璃，眸子亮得可怕，脸颊上有诡异而又甜蜜的笑容。

"你知道吗？她在这里。"光着上身的他指头用力戳着玻璃，好像身边站着一个彻耳倾听的朋友。没人理会他，人们都在忙着自己的事。他又自言自语了一遍，从裤兜里掏出老虎钳，像掏出一件稀世珍奇，小心翼翼地拔下镶在窗棂四周的钉子，又把玻璃捧在手上，兴高采烈地走向街道对面。

"那是一个疯子。"卖甘蔗的老太婆冲着你面无表情地说，"买根甘蔗吧，不甜不要钱。"你掏出硬币，一枚1989年的硬币。尽管你并不想咀嚼这种甜，你不知道是一个什么样的意志主宰了你的手指。很快，你得到了回报，一个故事。

因为琐事，少年负气离家出走，母亲天天来到候车室外盼望着儿子回来。

"她就站在这扇玻璃窗下，下了班后就来，一站就几个时辰，还到处牵别人的衣角，给人家讲她儿子的模样。"

后来，少年真的回来了。母亲已经不在了，一辆鲁莽的大巴车撞倒了她。

"他天天来候车室找他母亲，有一天指着这扇玻璃对旁人说，'我妈妈就在里面。'旁人说，'玻璃里面咋会有人哩！'这孩子就与人打架，打得真狠，派出所的人也来了。可怜的孩子就这样疯掉了。"

你没有问孩子的父亲在哪儿，这是不必要的。你看着少年的背影，看着他拐过肮脏逼仄的街道与喧嚣的人群来到一个装修店，要求脸庞浮肿的店主把这块玻璃装裱起来，他的手心居然还有一把皱巴巴的零钱。你又看见少年捧着用黄杨木装裱起来的玻璃朝家中奔去。他不知道，一个更大的不幸在等着他，等着更多的人，同时也在等着你。

你的表妹，那个十四岁的比和田玉还要玲珑透剔的女孩子，唱着"小鹿小鹿"从狭窄的楼道上蹦蹦跳跳地跃下。玻璃碎掉了，少年闭上眼睑。等他再睁开时，瞳仁里现出一抹血红，他用碎掉的玻璃割开她的喉咙。你是在大巴车上听到这个噩耗的，等你赶回去的时候，楼道已被打扫干净。

你在墙壁根找到了一小块玻璃碎碴，它像钻石一样光芒璀璨。你把它带回家，用首饰盒装着扔进抽屉深处，一直到今日此刻。

你的女友发现了它。

"这是什么？裸钻？"她尖叫起来，"天啦，太大了，足有两克拉。是准备送给我的吗？"

她鲜红的嘴唇突然失去了所有的色彩，你赶紧搀扶住她即将摔倒的身体，"这不是裸钻，是玻璃。"

"骗子。"你听见她如是说。

你下意识地松开了搂在她腰间的手。

二

我认得这个女人，我也认得她的妹妹。

一句话概括，长姐如母。虽然她只比妹妹早几分钟来到这世上。与《读者》里某篇文章记叙的那样，母亲死得早，她与妹妹抓阄儿上学，她摸着了去，但撕掉纸条，做裁缝，早早嫁了一位瘸腿老公，想着办法补贴娘家。妹妹考上大学，毕业分配到省城的一个派出所，嫁了卫生厅的一位不到四十岁的处长，日子过得就不是乡下人所能想象。她去过几次，不再去了。毕竟一个在小镇，一个是在省城，这是两种活法。

后来，她的日子成了下坡路。公公因为贪污了几千块钱被剥夺公职判了无期，老公因为厂里破产失业。她去省城央妹妹帮忙，回来后买了辆三轮宗申摩托，让老公骑。再后来她离婚了。瘸腿男人打她，还打她女儿，往死里打。她不怕他打，但舍不得女儿挨打。

我之所以认得这个女人是因为她的妹妹。当然，她们俩也长得真像。

她俩的父亲死了，她带着律师赶去，证明了患有老年痴呆症的父亲是无行为能力人，遗嘱无效，财产均分。房子不难作价，破桌烂椅着实不值钱。她妹妹还是翻了一个底朝天，翻出樟木箱里的一面铜镜与一柄梳子。她妹妹没白看央视一套的鉴宝节目，马上叫她老公连夜把我从省城送至这个街面用青色条石铺就的小镇。都是不值钱的赝品，我下了结论。她妹妹懊恼地把铜镜扔到门外的水沟。

她的眼泪差点要掉下来，说这是妈妈留下来的。她捡回铜镜，与梳子一起郑重其事地放回樟木箱，又到厨房煮鸡蛋，让我们吃了再走。我们都没吃。一路上她妹妹阴沉着脸，好像我不该说那两件东西是赝品，它们确实不是赝品，一个是隋末的十二生肖镜；一个是西汉的犀牛角梳，价值起码在百万以上。所以翌日我又来到小镇，我拿到它们。这不难，樟木箱搁在床底，她家的锁实在容易打开。回到省城后，我以一个朋友的名义提出捐助她女儿——那个读初三的小女孩儿真是漂亮，头发与她母亲一样乌黑清亮，像水一样在流。

她拒绝了，这事我也忘了，一直到那天晚上。

最早我没认出涂着脂粉的她，直至她妹妹带着几个人破门而入，才蓦然惊醒。她是妓女，我是嫖客，她妹妹是扫黄的警察。这很有趣——观察她俩的表情。我不清楚她为何做了妓女，这必定有一个听上去还不错的理由，比如，为了解决女儿上大学让人咋舌的学费。我只是好奇她如何说服了自己，又怎样面对那些在所难免的，以及她为什么要来到可能撞上她妹妹的省城。

她妹妹脸上的表情我一辈子也忘不掉。她制止了那些已经把我胳膊拧到背上的男人。他们退出去，像从来没有进来过，像这个房间根本就不存在于地球。

门外的喧嚣声仍在继续，"老板，你的面子真大。"她回身俯在我胸脯上，她的头发已经不能再像水一样流。我没说认识她，没问她是否还记得当年的一面之缘。我说，"你看过《狗镇》吗？我觉得你就是里面那个女主角格蕾丝，总有一天你会拿起枪。虽然我相信你还没有看到过它。"

"狗镇？"她皱皱眉。我转移了话题，点燃烟，随口习惯性地问道："你叫什么名字？"

我以为她会说是真真、丽丽什么的，我没有想到她脱口而出的名字，却是她妹妹的。

我笑了，我们俩都笑了。

三

从来就没见过像他俩这般相爱的夫妻。

我们中的一个人耸耸肩膀，"等着看好戏吧，人们总是喜欢把匕首扎进爱人的腹中，还要在拔出来时搅上几下。"我们相信这句话，赞美着他比草原还要宽阔的智慧，谑笑着各自回家干活，给牛挤奶，把羊从山这边赶到山那边，耐心等待着这出戏剧拉开帷幕的消息。可整个大草原都因为"那达慕"节欢呼了五次，那个老喜欢在马背上大呼小叫的胖女人与那个腰带上老挂着一把不带鞘的刀的瘦男人还是那样恩恩爱爱。

这五年我们可以干多少事啊，把胖女人最喜欢的那串红珊瑚项链偷出来扔在草原上那个箭射得最准、马骑得最快的男人帐篷里；又或者让我们中最能摔跤的博克庆，当着胖女人的面，把瘦男人一遍遍砸进尘埃……可我们什么都没干，像傻子一样等啊等。

我们去找我们中的那个人想问问到底是怎么一回事。他哭瞎眼的母亲告诉我们，那个最有智慧的人在正月初一那天，当着一位姑娘的面，把匕首捅入自己的腹中，还在里面搅了几下。"划出了那样一个大的洞，狠心的姑娘还是不肯爱他，他只好就死掉了。秃鹰还啄去他的一只眼珠。"可怜的母亲一把鼻涕一把眼泪。

我们快快回家。更糟糕的是，在回来路上，我们又听到一个消息，胖女人与瘦男人生了一个婴儿。那个已死掉的人曾用斩钉截铁的语气告诉我们——他们是不可能有孩子的，这是长生天对他们这样肆无忌惮地相爱的惩罚。

我们去看孩子，这个拱在胖女人怀里的小东西简直是一个天使。我们一起大声咒骂着那个已死掉的人，为孩子献上祝福与洁白的哈达，开始相信这世上是有爱情的，自己没遇上只是运气不好。我们还希望他们的生活从此以后就像《吉祥三宝》里唱的那样幸福美满。

但长生天不愿意让我们这样希望。转过年的秋天，胖女人死掉了。她太喜欢骑马了，居然把孩子背在肩上跳上马鞍，当马因为孩子的啼哭受惊掀落她时，她光想着把孩子抱到胸前，结果整只脚都套在马镫里，等到马停止奔跑，她的脸消失了。

我们从来没有见过一个男人的身体有这样多的泪水。瘦男人明明没喝一滴酒，走路的姿势却比喝过二十袋马奶子酒还要踉踉跄跄，他用那把没鞘的刀子戳那匹马，在马脖子上戳出十几个洞。那匹马也真是奇怪，默默站着，连撩下蹄子都没有。他又想用刀子去戳那个小孩，我们赶紧上前拦住。

我们都很伤心，好日子真是太短了。那个原本像天使一样的孩子在拳打脚踢中一天天长大了，尽管我们努力地向他大声招呼着，可他的样子就像一只胆怯的兔子。他的马头琴拉得真好，我们不敢过去打扰他，隔着山坡远远地听着。可在一个血红色的傍晚，喝得醉醺醺的瘦男人夺走他的马头琴，还当着骑摩托车赶来的警察的面，用石头砸开他的脑袋，说他欠了他的债。

路过的行人啊，请暂停一下你们匆匆的脚步。这个不幸的孩子曾问我，他为什么要来到这个世上？我想不出来，只能安慰他说这是长生天的安排。路过的行人啊，你们遍游四方，见多识广，请告诉我与死去的亡灵答案吧！

四

在夜市的最西边，一个脸容枯瘦的老妇人蹲坐在一个摊位前，身上衣裳的颜色与她身后黑黝黝的树林一般，若非她那双异常明亮的眼睛，你还差点以为摊主不在。摊位上并没有摆放着发夹饰品等常见的小商品，搁着一块绒制黑布，就好像这个古怪的老妇人所兜售的正是她自己。

冷风吹过，你缩起脖子，像一只受了惊吓的鳖。这就是你要找的那个人么？

你迟疑地来到她面前，"我的朋友叫我来找你，说你出售时间。"

妇人点点头，"你准备好了？"

你咬咬牙，把一双局促不安的手摆在绒布上，你的声音不会比一只蚂蚁大上多少。

"我没有足够的钱，如果可以的话，我想用这双手替代。它相对还算是灵活敏捷，能在一昼夜的时间加工出 3451 个误差不到一微米的螺母。"

妇人深深地看了你一眼。你在她眼里看见了月光下的大海，以及那个让你魂牵梦萦的男人身影。你失声恸哭，慌慌张张地擦去眼泪，赔着笑，把双手重新摆上黑绒布，用不无哀求的眼神望向她，"可以吗？"

"他就算拥有了你用双手换来的时间，也不会爱上你。"妇人的声音冷淡，不含有感情。

"我知道的。"你小声说道。

妇人嘿嘿笑出声，"你会后悔的。"

"我知道的。"你的声音更低了。

你想了想补充道："不管原因如何，结果已经是这样。原因不重要，人们只会去诅咒或赞美那场龙卷风，而不会试图去找到那只在亚马孙森林里扇动翅膀的蝴蝶。对于我来说，结果是我已站在你面前。"

"有意思，但这话不是你说的。"妇人吐出痰，用脚擦去，"我不需要你的双手，但需要你回答一个问题。答对了，我把时间给你；答错了，你把灵魂给我。"

"好。"

"人是什么？"

"人是时间单位。只有意识到这一点，人才可能真实找到属于他自己的这一生，而不被种种虚伪的情感所左右。"你再次想起那个男人说过的话。

"这是他的答案，不是你的。"妇人纠正道。

"我？"

"'我'是世上最难以言喻的存在，是基因的意志，是'我们'的结果，是历史的一小团凝结，是有关于民族与国家的记忆与传承，是时间的短暂停留，是宇宙的一次神秘呼吸。"妇人脸上的笑容如同游标卡尺所丈量的，不增一分，也不减一毫，"这也是他说过的，你应该记得。"

"是的，我记得，我记得他说过的所有的句子。"

"所以我问你人是什么？"

"我只知道在遇到他后，我终于清楚自己是一个人，还是一个女人。"你结结巴巴。

"可怜的孩子。"妇人嘟哝着，不耐烦地握住你犹在颤抖着的双手。

你的冰凉被一种温暖迅速驱走。在晕暗的光线下，你看见她嘴角上的皱纹又多了两根，这让她的样子看起来像是一个好心肠的巫婆。

五

人们说，这扇墙的对面住着一位俊俏的姑娘。但不管我怎么兜圈子，像白马一样奔跑，像一只丑小鸭那般摇摇摆摆，乃至于像一位高僧大德盘膝坐下诵念了三天三夜的《般若波罗蜜多心经》，墙壁始终与我三年前见到它时一般冷漠。

我决定放弃，这是一个艰难的决定。

一个衣着寒酸的年轻人出现在我旁边，苍白的面颊上有一抹不健康的红晕，头发乱七八糟，浑身还散发出极难闻的气味。

我问他来干什么。他说："大家都说这扇墙的对面住着一位俊俏的姑娘。"

我没有提醒他这应该只是一个谣言，准备动身离开。

"你就这样放弃了？你所要放弃的不仅是这位姑娘，还有你的脚印。"他伸手指着墙壁四周那圈深浅不一的痕迹说道，"我看得出来，你不仅在此流了许多汗，还动了不少感情。为什么不一起联手把墙壁砸开？"

"砸开后怎么分？姑娘的上半身归你，下半身归我，又或者相反？我们掷骰子？"我耸耸肩膀。尽管我很乐意看到他与我一般虚掷三年光阴，但我已不想在此浪费一分一秒。

"至少我们能证实墙壁后面是不是真有一位俊俏的姑娘。至于怎样分，那是砸开墙壁后的事。"他的话挺有说服力，不过对我没用。

我示意他去看墙壁东南方一座挖掘机的遗骸，"看见了吗？两年前中秋的那个晚上，我把自己装扮成世上最美的情郎，驾驶着它不停歇地挖了四十七个昼夜。"

他疑惑了，"哪有挖不开的墙？只要是墙，就总有它的弱点，这是常识。"

"有的墙壁唯一的弱点即时间。"我紧了紧双肩包，回头朝他摆手不无嘲讽道，"年轻人，也许现在你把手按在墙上，用力一推，它就倒了。"

然后，我看见这个鲁莽的年轻人把手按在墙壁上用力一推——墙倒了。

墙里是蔚蓝色的天幕，数以亿计的旋转不休正喷吐着淡青色光线的星辰。在这片巨大的让人目瞪口呆的光芒下，站着一个浑身赤裸的俊俏姑娘，她的头发像河岸一样。她脸上有激动与痛苦，声音嘶哑，"勇敢的年轻人啊，替我铰断这些让我不得动身的头发吧！谢谢你的坚持到底。我已爱了你整整三年，若非你在外面持续地敲打，我恐怕无法坚持到现在。"

亲爱的读者啊，就这样，他们相爱了，他得意扬扬地抱着她从我面前经过，还故意朝我扮了一个鬼脸。

我若泥雕木塑。我很想告诉这个俊俏的姑娘，她爱的人应该是我。可这样又有什么用？尽管他就是一个骗子，但在墙壁坍塌的那一刻，所有被坍塌声惊醒的人都看见了他所做的一切，而她那该归我吮吸的舌尖也正热烈地响应着他。

"那是谁？"姑娘瞥了我一眼，声音悦耳至极。

"一个傻逼"。

六

你终于看见了月亮。它在屋脊挑起的檐角处，与她在信中所描述的完全迥异，比你通过手指触摸那些凸起来的字母所察觉到的还要冰凉，像一只微微鼓起的不含有任何属于人类情感的眼睛，睫毛短而稀疏，眼白布满血丝，瞳仁是一小团褐黄，也许不是褐黄，是别的什么，比如那种照在地狱上空的火苗。

你盯着它，一直盯至眼睛发麻，泪水溢出，才跟随着它的视线，来到她身边。她已经不是记忆中的那个模样，但与你想象的一样。你在床头蹲下，触摸着她额头失去水分的皱纹与嘴唇上苍白细小的裂口，轻声问她为什么要这样做。

她没有回答你，显然听出了你的声音，呼吸急骤起来。

你没再问下去。她的呼吸比最细的丝线还要脆弱。你抱起她，穿过长廊与漫长的人生，来到你们曾经待过的露天剧场。许多鬼魂在座椅的四周张望着你们，身子隐藏在各种建筑物的阴影下，是半透明的，目光半是贪婪半是胆怯。其中几只朝你伸出长长的手臂，手背上有着茂盛的粗毛，指甲还蜷曲成一团。你还是第一次见到这么多的鬼魂——无一例外，这些奇怪的生物的脸上都保持着它们作为人类濒死前的那个表情。

"我的光阴，我的骨，365根逐渐崩塌的廊柱……野兽在院墙外欢声动天，我是其中最凶猛的一只。"一个似有若无的声音在剧场上方盘旋。

她说："你害怕吗？"

你不害怕，因为她在你怀里，轻得像一根被风吹起的羽毛，但你确确实实能感觉到她的存在，以及正从她体内流走的温度。

"它们挺可怜的，应该饿了很久吧？还赔着笑脸向我乞讨呢！"你笑着说，看见几只手掌抓住你的肉体——而你迅速挣脱了它。它们蜷曲着的指甲瞬间变得尖锐无比，轻而易举就割开肉体的喉咙。一滴血溅到了你的唇上，你的胃一阵猛烈地抽搐。剧场骚动起来，一个个鬼魂跃过你的头顶与身侧，朝着这具肉体扑了过去。

"我对你的爱毁了你这一生。"她叹息着，挺起脖颈，脸朝向月亮所在的方向，"月亮美吗？"

"美，比你在信中形容的还要美。"你擦去唇上的血迹，抬起头去看头顶上方那个椭圆状的目露凶光的存在。

"能让你看清我的模样，我就死无遗憾了。本来我还担心眼角膜移植出现排斥反应。"她如释重负，脸上有了一点儿羞涩，想起什么，"十三年前，我已经把灵魂出卖给了它们。现在它们在叫我的名字，我得去了。"

你点点头。她的身子颤抖起来，像被风吹散的羽毛。

你忍住眼泪。隔了几分钟，慢慢转过身。

你看见了她，是十三年前的她。她惊疑不定地看着你，还有那具正被鬼魂撕咬的曾经属于你的肉体。

"怎么会是这样？"

你没说话。她的指甲也是蜷曲着的，若涂上鲜红的蔻丹，会非常好看。她突然歇斯底里地尖叫起来，疯狂地冲向前，与那些鬼魂撕打成一团，嘴里嚷道："放开他，求求你们放开他。"

短短半分钟，那里已经什么都没有了，包括血迹。那些奇怪的生物心满意足地舔着舌头，退回至暗处。她瘫坐在地上，披头散发，看着你，脸上一片茫然。你捡起脚下两个指甲大小的肉块，一块咽下，另一块塞入她的口中，"亲爱的，现在我们是一样的了。"

"你会后悔的。"她哽咽道。

"我为什么要后悔呢？如果你是地狱，我就是那地狱里能让你暖和的火。"你望了眼天空，把她揽入怀里，把她的手掌放入自己手心。你能感觉到指甲正在迅速生长。

七

这事应该算是传奇，虽然它与大漠、雨林深处的奇遇、狮子雪白的牙齿、西域舞女柔软的腰肢……没有关系，只是一对都市男女的爱恨纠葛。传奇有两个特征：它完全超出人们日常生活的经验；它值得后人一再赞叹、阐释、重述。

深秋的午后，湖水与天空一样蔚蓝，水面的涟漪不断把光阴揉碎。她的眸子里有一捧捧细小的水浪，她说，"那个都市在世界的尽头"。

她把舌尖向上，再从上腭往下轻轻落在牙齿上。你想起《洛丽塔》。眼前出现一片灰，污浊而混沌。

"这是都市的城墙，我也不知道它为什么会这样。不要管这个。"她喃喃说道。你跟随着她的目光，你想一辈子就这样下去。

脚底有轻微而颤抖的声音。

黎明来了，是一阵阵缓慢沉稳的鼓点。这是一个广场，比世上所有的广场加在一起还要大。中心有一个巨大的圆球，被奔涌的水流高高托起。球体表面闪烁着无数流动的字母，有的快，有的慢。颜色也各不一样，银白、橙红、柳黄、天青、淡金……球的下方是一圈半人高的轮盘，形状与赌场的差不多，但有一个个竖着的隔间。一群赤裸身体的人排着队来到轮盘前，脸像山谷一样平静。他们把手掌放在屏幕上，轮盘下方吐出一块块乌木铭牌，他们握住这沉甸之物，进入隔间，换上一套套色泽艳丽的衣饰。整个人仿佛从梦中醒来，眼神清亮，开始大声赞美着主的仁慈与光辉，并互相笑着招呼，沿着出口离去。

"他们在干什么？"

"一个仪式。他们认为人睡了，其实就死了。每个黎明，都是新生，

旅人书

就像新生婴儿一样。所以，他们需要铭牌。铭牌上刻有名字与职业，这是随机的，由上帝创造的概率原理决定。每个人都可能成为教师、理发匠、邮差、性工作者、议员、农民，以及仆人。"她沉吟了一下，眸子里出现一根明亮的光线，"没有作弊，这是神所不允许的。"

"你是说，假如我们生活在这里，你可能会是我的爱人，也可能会在翌日成为一名性工作者？"你直视着她。

"你搞混了，爱人不是职业。"她褪下衣裙，来到人群后面，无声地跟随着他们的步伐，脸上有羞赧的微笑。她瘦削的双肩在寒冷的薄雾下微微颤抖，她没再回头看你。

她是如此美丽的一件东西，是的，东西。

"这就是你渴望的公平与正义吗？"你取出一个手掌大小的电脑，连通光球。太阳出来了，光球上出现一抹比太阳更耀眼的光芒。你创造了它，你的意志即为它的运行准则，即为神圣、律法与恩赐。从今日始，她所取得的铭牌只会刻着同一行字母：ancilla。拉丁文：女奴。她将被人随意使用，每天都不例外。她将承载所有人的负面情绪，发霉溃烂，最终像卑微的生物无声无息地死去。

你望了她最后一眼，水在水面之下，她在水的下面。

世界让人窒息，泪腺深处有一系列让你难以理解的化学反应。

你的手指下意识地输入最后一行命令符——若把它翻译成中文，大抵是"理性是光，它在照亮，但照亮的或许是我们并不愿意相信的事实"。

八

寒冷的冬夜街头，一个醉醺醺的妇人拦着你，问你是否愿意听她说一个故事。她的脸被酒精毁坏了大部分，但舌尖上跳跃着一只脖颈上系着铃铛的百灵鸟。

她抓住你，像刀鞘抓住了刀子。

"满面灰尘的异乡人啊，请把我的故事带给你要去的每个地方。我从你身上嗅到了草原、荒漠、岛屿、村庄、合欢树……啊，还有那牧人毡帐的味道。

"满面灰尘的异乡人啊，你用结满茧子的脚底丈量着爱情。而我在此苦苦等候，同样也是因为爱情。在我还是一个美貌少女的时候，父亲把我许配给了山外一个我从不见过的男人。我逃婚去寻找我的初恋情人，他是我的夜与星辰。大雪纷飞的山垭却把我送到那个面目黧黑的男人怀里。像托起一匹洁白的哈达，他托起我冻僵的身体，用雪水搓烫我的灵魂，成了我的日与天空。

"满面灰尘的异乡人啊，我爱上两个男人。当草原再度变绿，我离开我的日与天空，在许许多多匍匐在地叩拜等身长头的人的伴随下，来到那个只要念及其名，便若饮甘泉，便要顶礼膜拜的城——它叫拉萨。'拉'意为神；'萨'意为地。它现在就在你的脚下。

"满面灰尘的异乡人啊，我用了整整三个寒暑找到我的夜与星辰。他踩下我身体里的油门，可我又分外思念我的日与天空，这种思念像刀子一样戳着我。当第四个雪顿节来临的时候，我在熙熙攘攘的人群中看到我的日与天空。他瘦了，我离开草原的翌日，他做了一个梦，梦见他和我的影子重叠于一处。梦醒后他便来到拉萨，找了我三年。

"满面灰尘的异乡人啊，我想把身体一半给我的夜与星辰，再把另一半给我的日与天空。可他们不约而同地拒绝了我的恳求，扔下我，使我在白昼与黑夜都只能踽踽独行，内心长满稀疏枯草的草。偶尔头顶飞来几只秃鹫和喜鹊，就像你，也是一闪而逝，再无踪迹。"

她唱起你半个时辰前唱过的歌谣——

"我为什么爱你啊，因为你是我的咽喉。因为你，我才可能品咂世上所有的词语，用我的舌头、我的五脏。或者说，你是我的咽喉炎，使我咳嗽、低热、眩晕、坐立不安、全身不适。而正因为这些症状，我才知道我还活着，这个糟糕的世界也从未有一刻遗忘了我。"

这些忧伤的词语因为她的吟唱，变成了甜美的乐章。

寒风刮疼了你的脸庞。

你吻了吻她因为疲倦而逐渐黯淡的眼，从行囊里取出笔，蘸着她腮边滚落的泪水，在左脸上绘上一轮从山巅喷薄而出的太阳，在右脸绘上点点繁星。

"亲爱的人啊，我是你的日与天空，我也是你的夜与星辰，是你衣领上的酒渍与贫穷，是你掌沿上的伤口与灰烬。"

你喃喃说着，轻轻摘下她脖子上那根式样独特用钱币串成的项链，贴近嘴唇。

这是记忆、信物，以及不属于此世界的往昔。

九

一个故事冲向我，抓住了我，几乎要辗碎我。

故事的叙述者是一个戴眼镜的瘦削青年，是我表哥。我们很久都没有联系，但有一天，我收到他寄来的一封信。在收到这封信的同时我还听到一个噩耗：他死了，跳江。

我把信看了几遍，去了他所在的那个城市。无人得知我与他的感情。

在这个穿过白昼与黑夜的旅程里，我耳朵里皆是他尖锐刺耳的叫喊。

他是一个女人的学生，狂热又隐秘地爱着这个已为人母的女人。她有一个二十岁的女儿，自幼随父在遥远边疆生活。女孩回到母亲身边那年，因为一场众所周知的风波他被勒令退学。他在学校附近一间书店找了份工作，为的是还能看到她。女人常来买书，也记得他，交谈过几次，偶尔还留下一些字迹娟秀的纸条让他代为留意上面所列书目。这对他来说是甜蜜的痛苦，包含着晕眩、难以启齿的念头、必须完成的任务、最深的绝望。但有一天，女人含着眼泪找到他，问他是否愿意帮她一个忙。女人拿出一张医疗诊断书，是她那个脸上有雀斑的女儿的，最乐观的估计，这个不幸的女孩还能活上一年。

"陪她，让她像一个女人那样爱过，也被人爱过。我对不起她，她父亲死后，我得给她点儿什么。"女人递过来一张五万块钱的存折。他想拒绝，想告诉她——爱，这个最让人心神迷醉、心弦震荡的词语，包含了最歇斯底里的贪婪与疯狂。但他没法拒绝她的眼神。

他所做的一切无可挑剔。与世间普通男女之间的恋爱一样，他与女孩邂逅，用一些精致的小礼物与一些饱含着他内心最真挚情感的句子打开女孩的心扉。惊慌的女孩终于向他坦承了自己的病情，他说没关系。女孩要把自己交给他，他迟疑了，还是按照与她的约定做了。"让我做回新娘吧。"女孩的手掌冰凉。这是他与她所没有约定的，她为难了，他望着她的眼睛怔怔地说没关系。新婚不久，女孩幸福地死去了，自始至终都没有察觉到他内心的风暴。

我是风暴，我是风暴产生的各种条件。

我被风暴撕碎，被撕碎的风暴从天而降。

世界洪水中，而一切都只是因为你。

而这一切……你都一无所知。

在一个风雨交加的夜晚，他问女人，如何才能理解人类所曾经历过的全部情感？如何才能确信"我现在所感受到的就是痛苦？"不多一分，不少一毫。

女人没有回答。她的目光像刀子，捅入他的心脏。他想拔出刀子，又怕鲜血惊吓了她哀伤的面容。

在他的葬礼上，我看到那个女人，一个体形臃肿的迟暮美人——与他的遗书中所留下的那些惊心动魄的句子迥异。她真的对他的情感毫不知情吗？这并不难证明，尤其是对一个写作者来说。首先是邂逅，就像他曾经做过的那样。

我朝她走去，血肉回到了体内。

✝

"几天前，我说起过一个故事。一对令人羡慕的夫妻，女人是主持人，男人是教授。女人醉驾伤人，男人顶罪坐牢。从这样一个普通都市小说的开头，我可以至少写出 108 种命运。但我可能选择的是，潦倒落魄的男人在候车大厅凝视着屏幕上那个貌美如花的女人。她不再是他的妻子，因为她曾给他的苦，他是有福的。

"我忘了对你说，故事是不够的。因为最后我所选择的并非那个矫情的'他是有福的'，他失踪了，没人知道他去了哪里。他第二任妻子——对不起，我在他落难的旅途上虚构了一个没读过多少书的疯狂地爱上了他的餐厅女服务员——你去过女仆餐厅吗？宅男们的热爱。小泽玛利亚曾出演过这样一部主题片。女服务员在他失踪以后找遍他可能去的每一处，涵洞、废墟、杂草堆、荒芜的大厦顶楼，乃至于世界尽头。

　　"失踪者消匿于世界的罅隙里，是那样彻底，未留下一片衣角。它让悲痛无从产生，也让活着的人对存在本身产生无尽的恐慌，使呼吸变得奄奄一息。它打断人这一生本应该拥有的叙事过程，使原本不容置疑的真理与秩序支离破碎。生命不再是必死的，可能是毫无价值可言。或者说，它的价值只配在这个午后，被我的唾沫搅拌几分钟。

　　"从小，我为父亲自豪。现在神话终结了，他与他的前半生都被粉笔擦抹掉。我母亲很快有了第二次婚姻，对方是一个肥胖男人。他有帮妻运，我母亲成了一位家喻户晓的大明星。在化妆师神奇的双手下，她的脸与十八岁的姑娘一样细致娇嫩，看上去，就像是我的妹妹。我妹妹……还记得《判决》吗？儿子踩着轻快敏捷的步伐服从了父亲盛怒的死刑宣判。我妹妹，那个肥胖男人带来的，在被我的母亲不断嘲笑后，十八岁便嫁了人，她嫁得很好。这完全出乎我母亲的意料，她本以为我妹妹离开了她后就什么也不是，连狗屎都不是。我妹妹很快有了一个聪明伶俐的孩子。在她小孩满周岁那天，她与我母亲通电话，我母亲问她日子是否还好。她说很好。我母亲说，你这样的人都能'很好'，那叫别人还怎样活啊。她恍然大悟，说是啊，就换上平时煅炼的运动服往外跑，跑呀跑，跑到桥边连想都没想便跳了下去。

　　"没有然后了。这不是小说。每个小说，哪怕是再拙劣的文本，都有写作者明确的意志。生活没有。它就是这样，甚至不服从因果法则。就像一个内心充满恐惧的灰瓮。看见了吗？就是这个，把我装起来的这个。它摆在墙角，已落满灰尘；若用锤子敲它一下，它会粉碎；若不用锤子去敲这样一下，它迟早也会粉碎。"

十一

在一间临终病房，一个老妇人拒绝死去。

她歇斯底里的叫喊让所有人痛苦不堪。

我来到她的病床前，握住她布满青筋的手，告诉她：凡人皆有一死。她说她明白。事实上，死为生提供着道路，是其养分与土壤，更是人类对自身这种存在最深刻的祝福。

她说得比我更好。我不明白她内心的恐惧从何处而来。她说她不害怕死亡，只是害怕一些比死亡更难以忍受的事情。

亲爱的读者，这是她讲述的故事，我把它记录在这里。

一对孪生姐妹出生在七十三年前的一个江南小镇。菩萨赐予姐姐所有能一眼看得见的优点，没有遗下一丝一毫给妹妹。在姐姐令人目眩神迷的美貌下，妹妹就像不存在，或者说像个丫鬟。就有多嘴人说妹妹心里肯定藏着一只鬼。这样的事曾发生过，一个小女孩在阿姊的出嫁夜偷偷剪掉阿姊的刘海儿贴鬓。大家都说阿姊是被鬼看上了，抬到门前的花桥在七嘴八舌中被抬了回去，可怜的阿姊就疯掉了。

姐姐听后心里发怵。可妹妹是那样爱着姐姐，不顾一切。一个细节或可佐证：她把姐姐失声恸哭时的眼泪收集到小瓷瓶里，再在月凉如水时悄悄地倒入姐姐手心里。只要是她有的，姐姐需要的，她都愿意无条件地献出，甚至是渴望献出来，包括贞操。姐姐嫁人了，那个温文儒雅的乡绅之子待她很好，一点儿也未发现她婚前的失贞。妹妹也嫁给一名庄稼汉，日子波澜不惊地到了 1949 年，一些事情发生了。

老妇人说到这里的时候住了嘴。

天黑下来，像闭上了眼睑。老妇人眼角深痕如刻，目光里有了一簇簇让人恐惧的火。我拉上窗帘，任凭火焰焚烧，火焰里有振翼扑下的鹰隼、千万只食人鱼、神灵最愤怒的咆哮。

在几个犹豫、徘徊的片段之后，我目睹了姐姐的恶毒与残忍，也看见妹妹那张终于被恶毒与残忍撕得粉碎的脸。在被姐姐推入深井前的一刹那，妹妹的眼眸里仿佛有了一丝不可置信，但更多的，是顺从。

姐姐嫁给妹妹曾经的男人，做了小镇镇长夫人，又做了县长夫人、地区行署专员夫人。我静静地看着她，泪盈于眶。"母亲，你是害怕遇到小姨吗？抑或，你只是希望得到她亲生儿子的宽恕？"

这个世界似乎已孤悬于时间之外，一些乳白和金黄色的光线在我眼前跳跃。

亲爱的读者啊，我所知道的，远远比这个僵卧在床上的老妇人更多。但我原谅她，就像原谅多年前那个趴在窗棂前惊恐的懦弱少年。

十二

一个不为人知的寒夜，一群年轻人聚在一起谈论他们的爱情，都是一些大同小异的故事，让人晕晕欲睡。当大家意兴阑珊的将要离去，一直低头拨弄盆中炉火的尖脸年轻人用一种嘶哑的古怪嗓音说："我给你们说一个朋友的故事，或许你们会有笑声的。"

"我这个朋友是个有趣的人，很讨女孩子喜欢，自然惹下一些风流债。某天，QQ消息，一个叫苍海有泪的ID问他，他是否还记得她。他说记得。苍海有泪继续问，真的记得吗？他说记得。说实话，他根本不记得这个苍海有泪。"

人群哄堂大笑。

一个圆脸女孩说："朋友，你这个故事比刚才我们听过的任何一个故事都要糟糕。上帝，我讨厌网恋，还有比这更 out 与恶俗的事吗？"

尖脸年轻人耸耸肩膀，"苍海有泪说记得就好，便下线了。半个月后，我这个朋友便丢了工作。领导嘱咐他订制一批文件衫，单位组织了一场走进校园的活动。可 T 恤上出现一个卐字，有点文化的人或许还能申辩它在佛教里是'集天下一切吉祥功德'的意思，不管开口左旋或右旋。但卐字旁边还有四个英文字母：nazi。这就没话说了，这就是一个被诅咒的纳粹符号。活动现场，一个孩子指出了这点。领导暴怒，他找到生产文化衫的广告公司，问那个漂亮的女经理是怎么回事。"

众人唏嘘。圆脸女孩说："我们学到了一点儿知识，可这与那该死的爱情又有什么关系呢？"

尖脸年轻人说："女经理一直不动声色地看着他。他骂累了。她说，我只是让你失业了，而你让我闺蜜去了精神病院。女经理的闺蜜就是昔日的苍海有泪。半个月前，女经理登录了此账号。这个事不稀奇。但狗血的是，他们，我是说我朋友与女经理，居然就这样好上了，相爱了，结婚了，生子了。还一起去精神病院看望那个发了疯的苍海有泪。"

众人面面相觑。

圆脸女孩恼怒道："这是什么狗屁逻辑？没有铺垫、转折、执子之手将子拖走、神秘的微光与潮水一样的狂喜，连件浣熊皮大衣都没有，就相爱了？天下的男人死绝了？"

大家看着他们，看着他的尖脸与她的圆脸，没人吭声。

隔了许久，尖脸年轻人补充道："也许这不是爱情，是报复。是女经理为了替闺蜜打抱不平，对我朋友的报复，最好的报复。"

大家不约而同地笑起来。几天后，这些年轻人中的一个看见尖脸年轻人与圆脸女孩，他们牵着手，相偎相依在北京冬日的街头。他们相爱了，没有任何论证过程，就像尖脸年轻人讲的那个既 out 又恶俗的故事一模一样。

"这个时代太操蛋了，我得绕路而行"。年轻人望着他们的背影，朝着这个世界的罅隙走去。

十三

你醒来的时候，蔚蓝的星球已经空无一人。

你惊疑不定地打量着这个极熟悉又极陌生的世界，突然惊觉自己还是一棵树。

"树"。

是谁命名了此词语，又是谁把它深镌于你的记忆深处，使你知道了自身与万物的区别？胸腹间有一丝轻微的颤抖，你垂落枝丫，这颤抖犹如一个伤口。你又想了许久，当夜莺来到你头顶歌唱，你终于认出这是一种方块字的笔画。

一个少年，在很久以前，用一把小刀刻下它们。

少年有着薄薄的唇与飞扬入鬓的眉。他刻得很专心，夜晚的月光让他一心一意。那时的你才碗口粗细，你觉得疼痛，摇动不多的叶，朝他愤怒地叫喊。可他什么也听不见，目光与他手中的刀子一模一样。这是一个女性的名字。你如蒙奇耻大辱，甚至想把根拔出地面就此死去。而当叫这个名字的长腿少女看见这些笔画放声大哭的时候，你想告诉她，那个躲在人群后面远远观望的少年就是凶手。

后来……后来发生了什么呢?

你在一天天长高,许多孩子都喜欢来到你身边打开书本。你学会了阅读,知道:他们叫人,你叫树,而在遥远黄沙处,有一座人面狮身像,叫斯芬克司。

你被这个名字与形象所吸引,所以你每天都在努力长高一点儿,想早点儿看看它的样子。你没注意到薄唇少年与长腿少女是什么时候离开的,也没有留意到长腿少女是什么时候又回到你的身边。因为一本被少女朗读的书,你发现自己这一生恐怕都难看见那座石像——除非你有一天长得比大气层还要高。而这是不可能的,因为你是树。

绝望像虫子咬着你。"我要死了。"你是这样想的,可少女不这样想,她已经成为女人中的女人。在没有人的深夜,在被月光笼罩着的地球上,你独自看见她隐藏在灰衣裳下的那个光芒四射的胴体。

她把虫子从你身上赶走,用手掌轻轻抚摸着你身上的那三个歪歪扭扭的汉字——在你看来,它们只是丑陋的疤痕,你理解了她当年的眼泪与现在的心情。你不再去想那个让灵魂烧灼的名字,只想好好陪着她,陪着她一直到光阴的尽头。

他来了,看见了她。尽管过了这么多年,他仍一眼就认出白发苍苍的她。他们聊了起来,很快他告辞了。又过了一些日子,她死了,她的日记被寄到他手中。她这一生都用来等待那个在树上刻她名字的少年。

再后来呢?没有后来了。

所有的人类都消失了。若非一场飓风,你几乎都没有察觉到那块被洪水送到你脚下的圆石,是花岗岩石,你用根须抓住它。不知道为什么,你知道了它曾经就是你惦念的那个名字里的一部分。更奇怪的是,你没有为这个事实有任何悲伤。

你继续生长。

十四

　　我不记得那天晚上你亲吻我的样子，但我还记得那趟地铁，那应该是一个时代的象征，正如蒸汽机。我注视着地铁里的故事。

　　一个相貌平凡的女子深爱着另一个女人的丈夫。当一个小偷偷走那个马虎男人的钱包，她追出车厢，因为心肌梗塞，猝死在坚硬的水泥地面上，至死也没有人知道她的爱情。一个年轻的民工蹲在车厢连接处，尽管他深知他付的票价包含了坐下来的权利，但他害怕被汗水浸透的衣服会弄脏别人。

　　当相貌平凡的女人蜷曲成一团，人流畏惧地绕开这具尚还温热的尸体，他抱起她，仿佛抱起自己失散的亲人。而当他重新回到车厢，他已经遍体鳞伤，就像是被最凶恶的强盗洗劫过，就像一个电影导演在回忆录提到的一桩暴力事件，"昨日下午，一群工人沿着蒙特拉街安静地走着，突然，人行道对面走来两名教士！面对这种挑衅……"——他的行为，不，他的存在即是挑衅。

　　还有那对男女，他们面对面坐在地铁中，默默凝视微笑，只要其中一个开口搭讪，他们将成为世上最幸福的一对。但他们始终沉默，就像各自膝上搁着的素描图（炭笔线条所勾勒出的，即他们梦中所见，即是对方的模样）。当列车不可避免地抵达终点，他们的眼中同时溢满泪水。然后，一个往东，一个往西。

　　他们走得很快，很快忘掉了对方的目光与自己的心跳。当他们重新回到地铁中面对面坐下，当那个一脸漠然的年轻民工因为腹中饥饿晕厥，皲裂的嘴唇贴着地板，他们不约而同地惊叫一声，各自逃出车厢。在拥挤奔走的人流中，他撞着她的肩，她骂了声瞎了眼。人流把他们更紧地挤在一处，

旅人书

她恼怒地回头。他们蓦然惊觉对方似曾相识，依稀便是在镜中所见那张焦虑的脸。她想说点儿什么，一个鲁莽少年撞在他身上，他们的嘴唇不得不贴在一起。

所以，亲爱的人啊，请不要责怪我为什么不记得那天晚上你亲吻我的样子，也请你抹掉我眼角的泪水。

十五

我在公园的石椅子上看《寒冬夜行人》。

一个腿有残疾的年轻人走过来说他也知道一个故事的开头。"一个开头看上去并不那样糟糕的故事。"他腼腆地笑。

一个少女与男友分手了。有时在梦里看见自己像一只甲壳虫，努力爬进那个被他反复说过千百次的小县城——便独自跑去，把那些大大小小的街巷逛了一遍又一遍，用相机记录下它迥异于都市的夕阳与黎明（真美），去看他嘴里提过的古怪瘦削的中学老师，与路边兜售藤艺品的小贩讨价还价，吃那种特别香的叫"腹泥丸子"的小吃，还在午后把脚浸在那条两岸都是青草的潺潺溪流里……

她喜欢上小城，便如鸟儿一样筑起巢，租了间门面，二楼起居，一楼卖点儿饰品。就好像她本来就是在这里长大的——只用了不到三个月的时间，她即学会小城复杂的方言。过半年，她的前男友牵着一个眼睛很媚的姑娘的手进店。在看到她的一刹那，前男友如被子弹打了，瞳仁里就有了红。姑娘直觉不错，匆匆挑选几件饰品后，拉着那个魂不附体的男人逃走了。

翌日，前男友一个人来了，很纠结，"你是因为我吗？"

少女惶惑，他误会了她。她不知道应该怎样回答，犹豫了一会儿，只好笑着说："请问你要买什么东西？"

这是一个很蹩脚的回答。

这也是一个可以刊载在《读者》上的故事开头，但与我手中这本"像被雾气罩着的，到处是圈套与陷阱"的书没有关系。我准备起身离开，年轻人看出我的意图，很羞愧地说："浪费您的时间了。"他的敏感让我吃惊，一个模糊的念头抓住我，很快，念头变成了一把"锋利的裁纸刀"。我情不自禁地朗读起来：

月光下的那天晚上是一条银色河流，我翻窗进了她的房间。一些星辰与风的窃窃私语声变成露水，洒在她洁白而又清晰明确的脸上。

"藐姑射之山，有神人居焉，肌肤若冰雪，绰约若处子。"这些在我心底流动的声音惊醒沉睡中的她。她不无惊惧，问："你是谁？"

我是那个眼睛很媚的姑娘的弟弟。

我说："嫁给我，或者离开这里。"

"她同意离开了吗？"我问。

他说："她的反抗无人得知。我把她的身体带回到我住的地方，把关于小城所有的歌谣、幻想、寓言和逸事在她耳边说了一万次，十万次，乃至于一百万次。"

"你是想我宽恕你吗？"

"不，我不需要这个。"他的声音尖锐起来，"因为腿上的残疾，我不曾品尝过爱情的滋味。但从她身上我认出了那个让我日夜思念的女人的模样。"

"这不是理由。"

旅人书

"但这是你手中这本书之所以成立的理由，一部分理由。"他苦涩地笑，从我手中一把夺过《寒冬夜行人》，带着怒气翻开，手指头戳着，"是这一页的理由，也是下面一页的理由，也是她最喜欢的第65页存在的理由。"他的声音越来越大，翻动书页的速度也越来越快，几近于歇斯底里。

他的样子像一只发了疯的甲壳虫，几乎要弄断自己的节肢。

我逃走了。尽管他的一些话让我不大明白，但这确实是一个我喜欢的故事开头，可我并不希望它出现在我的日常生活里。尊敬的警察先生，事情就是这样，我所知道的就是这样多。

十六

透明的高脚杯盏，细长干净，不含一丝杂质。

她用细长的手指摩挲着它，好像它是她的生命。你与她讨论起葡萄酒的产地、年份、储藏技术，以及其复杂的香味与口感。觥筹交错中，你终于听见一个声音在慢慢说道："一个刚通过司法考试的年轻人准备给自己一件礼物，他在一间小酒馆向他的朋友们高高举起酒杯，'她是我的，我爱她。为我祝福吧！'第二天，一个爆炸新闻在这个城市不胫而走：一个女警察被强奸了。"

她点点头，"一个黑色幽默，当然这是现实。只属于中国的荒谬。"

你问，"还有吗？"

"我讨厌'她是我的'这种措辞，在你们男人眼里，女人都是猎物。虽然事实上就是这样。"她笑了笑，"你觉得还应该有什么？"

"年轻人的一生。他被毁掉了，可怜的年轻人竟然不记得自己在酒醉时都干了什么可怕的事情。"你耸耸肩膀，"但一张单位年度的体检证明被未署名的有心人寄至他母亲那儿。女警察居然至今还是一名处女。你知道的。他是独生子。当他所谓的恶行被揭露时，母亲几乎心理崩溃，还在报纸上刊发启事，宣布与劣子断绝母子关系。"

"性行为有多种方式。体检证明不能说明什么。"

"我这里有更多的证据。你怎么不问问他母亲在拿到这张体检证明后的反应？"

"他母亲知道这是小人在暗中挑唆。"

"不。他母亲当场心肌梗塞。我只是好奇一个问题。当一个女性提出强奸指控，在许多人眼里，她这一生都是一个'被人强奸过的贱货'。她为什么非要这样做？"你把杯中酒一口饮尽，"我苦思冥想，四处调查，还读了一大堆无用的书籍。不谦虚地说，我现在能随手列出一百零八条理由。但我只想知道这个女警察的。"

"因为她那时爱他。她认为，她若是被他强奸过的，父亲就一定会把她嫁给他。她太幼稚，根本不知道这损害了知情达理，身为公安局长的父亲的尊严。事情的演变不是她所能控制的。"

"我能相信这个解释吗？"

"随便你了。我的大律师。没有哪个男人喜欢自己深爱的女人曾经是一个贱货。"她眨眨眼睛，"所有克利特人都说谎，他们中间的一个女人这么说。"她端起酒杯。

你笑了，你想是这个杯子，被没穿警服的她这样轻轻握在手里。

十七

大雪纷飞的冬日清晨，来自异乡的女孩对男孩说："你说你爱我，那就证明给我看。看见远方山坡上的那棵树吗？请从这里开始，磕下你的等身长头。"

"需要脱掉手套吗？"

"随便。"女孩不耐烦地嘟囔着，骑上自行车离开了。

男孩想了一会儿，真的磕下了等身长头。这是一个极其烦琐的动作：先立正，口诵"唵嘛呢叭咪吽"，双手合十高举过头，依次触碰额头、嘴和前胸，继而全身匍匐，额头轻叩地面。男孩的额头上很快便渗出血迹，膝盖处像是有火在烧。用了整整七个小时，他来到了树下。遗憾的是，除了一条长毛狗，没有一个人睹见这个事实。

狗好奇地绕着他兜圈子。

最早他还用一种低沉的喉音说上几句话，问它是不是觉得自己是个傻瓜，后来不说了。他的脸与藏在皮囊里的"心"在这个三步一叩的机械过程中，逐渐静默下来。是真正的"心"，不是那团泵出血液的肌肉。只要他愿意，他就能进入地下三尺那只呼呼大睡的睡鼠体内，不被外界任何声响乃至于碰撞触动所惊醒，又或者成为遥远旷野中那团明亮篝火的一部分。

他为这个发现而惊异，身体又被这个发现一点点倒空。一种轻飘飘的感觉攫住他，快抵达终点时，他几乎要欢喜地流下眼泪。

"我不爱你，我从来不曾爱过你。"他回头望了眼女孩消失的方向，"但你是我发现爱的必要旅程。"他耸耸肩膀，与这条眼眶湿润的长毛狗挥手再见，从山坡的另一边走下去。

他走得很慢，因为那些原本熟悉的，都散发出旋涡一样梵·高笔下星空一般的奇光异彩。当他回到家中，看见许多人正围在他身体旁边哀哀哭泣，其中就有异乡的女孩——尽管无人目睹，但那个事实已被冻硬的雪地留下足够多的痕迹。

他吹了声口哨，分别亲了亲他们的脸庞，就离开了。

十八

最早，她是一个闪闪发光的女孩，在童话王国长大。后来父亲入狱，这或许不是他的错，搭建童话王国的各种材料是那样昂贵。但一夜之间，所有漂亮服饰不翼而飞，使赤足踩在马路上的她恨上了父亲。

她逃学，在街头走来走去，希望别人能够发现她的与众不同，就像王子一眼洞悉落难公主的真实身份。她当然没有等到王子，现实不是书本。她在地铁口唱歌，匆匆来往的人们扔下硬币与叹息。

一个模样像她父亲的中年男人在她面前站了许久，说："孩子，跟我回家吧。"她跑远了，又悄悄跟踪他。当他离开家的时候，她潜进屋。他是作家。在桌上，她看见了一叠手稿，手稿上还压着一块色彩斑斓镶有饕餮纹的铜镜。

她拿起铜镜，看见一个美貌公主，看见父王对她无微不至的疼爱；看见父王把她许配给年近五旬漠北之王时的号啕痛哭；看见她在一众骠骑卫的护送下前往漠北时的漫天黄沙；看见她与一位尖脸宫娥对调衣饰；看见尖脸宫娥唤来众骠骑，说有人恐惧苦寒，连夜逃了，责令大家追去，不用听她胡言乱语立即杀了；看见泪水涟涟的她在沙砾中冲着那帮虎狼之骑拼命挥手；看见众骠骑一番商议后，轮流奸淫了她，再挥刀斩下其首级，拿来复命；看见那假公主顺利嫁给漠北的王，恩恩爱爱，两国从此刀兵不举，却是一段佳话；还看见父王得知实情后的颓然坐倒，一夜白头与哀哀哭泣，以及随后赏赐给假公主的种种奇珍异宝。

指尖发烫。她把铜镜藏入怀里，一遍遍说，没关系。

她离开中年男人的家，来到警察那里。一个粗鲁的老警察在占有她后，说可以替她父亲办理保外就医。很不幸的是，当事情眼看就瓜熟蒂落，老警察在极度的亢奋中死在她身上，她的脸容也被老警察几个愤怒的子女抓伤。她对自己的憎恨与日俱增，幸好铜镜还在怀里，还能给她勇气。她继续努力，竭尽全力，从上往下跳，从下往上跳。

就这样过了三年，当她变成一个邋遢、像发臭的猪肉一样的女人，父亲出来了，保外就医。在看见她第一眼后，这个中年男人心肌梗塞，死了。

让人们大感不解的是，在处理父亲丧事时，她没掉一滴眼泪。

她告别不堪入目的过去，在夜市里摆起地摊，脸庞又逐渐有了久违的清纯。一天晚上，城管来了。她跑得很快，本来可以逃掉的，铜镜掉在地上，她回身去捡。城管抓住她歇斯底里的双手，抢走铜镜。她跪在地上，头磕在石头上，只求拿回铜镜。这仍然是不可能的。她抄起水果刀捅进了那个傲慢的城管腹内。她成了凶手，进了监牢。这桩因为她的美貌而张扬的凶手案惊动了那个职业是作家的中年男人。

他找到她，问为什么？

那块铜镜不过是他在古玩市场买的一件不值钱的赝品。

如果我说那是因为我爱你，你信吗？她小声说道。

他匆匆逃开了。

十九

在拥挤的站台，一个男孩说："你差点得上《变形记》里找我了。"

他的女友不屑地撇嘴，"没去妇产科找你就磕头谢天恩吧。"

你在他们身后。

可怕的人潮，窒息感，坏掉的涡轮洗衣机。

　　人们互相交换的肺部空气，充满厌憎。

　　一层层汗互相浸泡，所有的事物，都在接近虚脱。

　　这些断裂的句子在你脑海里跳跃。当它们形成某种古怪的节奏与更为古怪的形状时，男孩虚脱了，从石阶上滚落，就像一块石子，嘴里甚至没有一声呼喊。

　　人群中空出一小块白，与几秒钟的寂静。几秒钟后，他们继续向上。你迟疑地望着四周，在男孩身边蹲下，挤出难为情的笑容，把他抱入怀里，像一只真正的蜘蛛一样，走上墙壁，走到天花板上。

　　男孩醒了。你听见一个声音在问他，"你恨她吗？"

　　"恨。"男孩眼里溢满泪水，良久，又小声补充道，"她也是没有办法。你听见的，她确实是喊过的。"

　　女孩确实发出过一声奇怪的叫喊，但这个过于微弱的声音立刻就被汹涌的人流所吞噬。也许不是吞噬，不过是水滴回到水流中间。你耸耸肩，吸吸鼻子，眼角余光瞥见脑海里那些断裂的句子最终所形成的样子——是一把生了锈的刀子，且正深深地往下戳着。你惊呼一声，手指下意识地痉挛。男孩瞧见了，皱起眉，"你没事吧？"

　　你想说"没事"，你想从牙缝里挤出这两个汉字。让你失望的是，它们却变成刀尖的一部分。你的额头溅出些许冷汗，眼前景物犹如雪花飘落，又仿佛暴雨将至。时间在此刻此处停止奔跑，所驻足处是那饱含虚无与静寂的"水面"。

　　"水面"的旁边，墙壁的上方，涂抹着一些横七竖八的笔画：

我想生起一座炉子，温暖这个寒冷的世界。你我皆知这是不可能的事，所以你从我手中拿走了它。夜晚从我头顶与地铁的台阶上静静滑落。

城市像一匹受惊的马，在你脚下。

这些不知何人所遗的句子，随着岁月与穿过城市的光线，缓慢地进入你的颅腔，并被那把颅中之刃雕刻。你几乎要失声恸哭，觉察到一种在你漫长的生命中所从未见过的某种物质正在这个被雕刻的过程中出现。

你把男孩的身体抛回到人群中，看着他被几个穿制服的人抬走，看着他那只被踩扁的手垂落在担架边来回摇摆。这是一个神秘的咒语。你对身下挤在通道中黑压压的人头说，"子曰：逝者如斯夫，不舍昼夜。"你掉下眼泪，很快又擦干它们。墙壁把他们圈养，就像河道放牧着汹涌水流。但这又与你有什么关系呢？暗中出现了一点光，你轻轻一跃，回到天上，不再注视这片被诸神遗弃的土地。

二十

一个脸色苍白的年轻人在挂有暗红色帷幕的圆形舞台边大喊大叫——

在街头短暂停留的几分钟内，你们达成一个协议：她假装不是妓女，你假装不是偶然搭讪的嫖客，你们是一对回乡探望男方父母的小夫妻。至于结婚证……这好办。你在停车场附近找到一行用油漆喷在墙壁上的小字。两个小时后，你拿到所有的材料。好了，现在你们的蜜月开始了。你吻她，像丈夫吻妻子那样……

"愚蠢的剧本。我讨厌我假装是一个妓女，紧接着我又假装不是一个妓女。"她看着你，绘有深蓝眼影的眼里有促狭的笑意，"如果我确实就是一名妓女，你还会这样吻我吗？"她的唇比你想象中更薄，带着拒人千里的微凉。

你犹豫了下，点点头，"他付了钱。或者说，我需要钱。"

按照年轻人的吩咐，你再次用力抱紧她，像树木的根须用力抱紧泥土。在嘴唇的互相探索中，在经历过最初的犹豫、羞涩，像剧场窗棂四周繁复的巴洛克式的花纹一样的旋律，会像鱼一样从长满刺的枝头游开的玫瑰花瓣，以及更多奇妙的事物突然出现了。

它们来得这样快，完全没有准备的时间。你们不约而同地惊叫一声，推开对方。

这显然不吻合剧情的需要。年轻人愤怒的叫喊像坏掉的八音盒子里冒出来的。

你们不无尴尬地笑。

"你看过昆德拉的《搭车游戏》吗？"

她没说话，但你还是读出了她嘴唇上的这句话。你知道，她是个神经质的演员。现在，你还知道，她与鲁莽的年轻人的关系——那本不该是你得知的秘密。

她确实曾经是一个妓女，这与你一直是个嫖客那样货真价实。她那双被黑网丝袜所准确勾勒出的腿的长度让整条街道都为之吃惊。然后就与昆德拉描述的那样，驾驶着一辆凯美瑞的年轻人在她面前停下车，与另一个歇斯底里嚷着"青春是用来挥霍的，不挥霍也是要过的"的年轻女子开始了拙劣的模仿。

你几乎要失声而笑。你怔怔地看着她，眼眶渐渐湿润。你嘟哝着，"我是个演员。"然后你们重新拥抱在一起，不再分开，仿佛要共度生命中剩下的所有的白昼与夜晚。

"活着的人啊，我在这世上只追寻女人与那不可言说的自我，只为有朝一日能把它们抛诸脑后。"

二十一

2027 年 4 月的一个下午，你坐在水边，看着一个白昼与水流一起从身边淌过。暮色沉沉，一些奇异的液体出现在水面。你喃喃自语，但隔着僵硬的脸庞，你始终听不大清楚自己说了什么。

一个穿着 T 恤的孩子来到你面前，手里拿着一本书，很恭敬地询问你是不是"那个名字"。你点了下头；也许，你只是摇了下头；也许不是点头，也非摇头，而是手部、腿、下颌、舌头、前额、眼睑与脖子一并在震颤。

年轻的孩子捧着书开始大声朗诵，神色激动。词语从他嘴里蜂拥而出，蜜蜂、胡蜂、红脚细腰蜂、抓了狂的绒蚁蜂、喜欢在枯木上凿洞筑巢的黄领花蜂、像一串随风摇曳的金黄色葡萄的变侧异胡蜂……你辨认着它们，小心翼翼地用目光触摸着它们腹翅的颜色、体长，以及习性。你很想与这位兴奋的孩子谈论那只奇怪的黄脚虎头蜂——它就像一个孤独的你从未见过的身负 140 对羽翼的天使。

你还是听不清自己说了什么。

腰部有烧灼感，嘴角流下口涎。你努力地想从这具已经接近使用寿命尽头的皮囊中挣脱出来，你可怖的样子（你在水面上看见了这种可怖）让孩子渐渐住了嘴。他疑惑不定地来回打量着你的脸，与手中这本书封皮上的肖像，摇摇头，不无懊恼，也不无沮丧地走开了。

那些词语还在，嗡嗡飞着，样子依稀熟悉，渐渐地就越来越陌生。当月亮出来的时候，它们看了你一眼，然后一只一只地没入水面。

二十二

一个男人，我们都知道他的名字。

他出生那天即被不负责任的父母遗弃在污水横溢的贫民窟，被一个瞎了半只眼的老太婆收养。在这种底层社会能顺利长大，再考上小有名声的大学，可想而知需要多大的勇气、毅力，一个完全迥异于常人的大脑——这使他不至于在日常生活中沦陷。

他与同样出身贫苦的女友梦想着"房奴"的日子。

他甚至偷了实验室的一些化学药剂，用它们做出焰火，为女友在夜空中勾勒出一座房子的形状。

但一个被三流编剧不断重复的狗血桥段使他的命运发生了改变：在夏夜的一座灯光广场，三个醉醺醺的纨绔子弟把他铐在电线杆上，当着他的面，更多双眼睛，轮奸了他的女友。

他喊冤，就差点"你不给我一个说法，我就给你一个说法"，但等他把刃尖磨亮的时候，女友背叛了他——说她确实是其中某个纨绔子弟的女友，是他强奸她。女友还抹着眼泪提供了一条粘有他体液的内裤。他被判入狱十年。他逃了。

以后发生的故事，众所周知。

二十三只土狗、一只金毛、两只牧羊犬、四只松狮，总计三十只狗（十七只雄性，十三只雌性），在那个举国欢庆的日子，迈着欢快的步伐奔向与此案有关的三十个人，咬住他们的裤腿炸响了……

同学们，你们对这种残忍杀害狗狗的卑鄙行径所表示出来的义愤，我深为感动。很多时候我也真不明白狗狗那么真诚为什么还会有人杀害它们。但我想说的是……对不起，这位大眼睛的同学，你刚才说的"爱狗狗才能爱生活"我听见了，能否不要哭得这样大声；那位小眼睛的同学，我看过猫扑论坛里的"狗比男人好的二十一条理由"，也见过豆瓣里"狗比女人好的二十一条理由"，怎么说呢，现在你就是想悬梁自尽重新投胎做狗，我也不反对。我只是……你问我他怎么就能把狗训练得这样听话？我不知道，我不是这个故事里的男主人公。这有技术难度，简直是不可能完成的任务，若拍成电影得请汤姆·克鲁斯来主演男主角。打住，闲话打住。我也不清楚为什么他要选择狗，不选择猫……噢。你们懂的，狗与猫是完全两种不同的生物。狗的心理活动是：有一个人天天供我吃供我喝供我住还经常给我洗澡，嗯，他一定是神！猫的心理活动是：有一个人天天供我吃供我喝供我住还经常给我洗澡，嗯，我一定是神！同学们不要笑，这段子我也是今天吃油条时在隔壁李老师的手机上看来的。上帝，我都说到哪里了。安静，安静一下。同学们，我的问题是：

在这个故事里，作者都用了哪些修辞手法？有什么可供我们借鉴的叙述技巧？与海明威所提倡的"冰山理论"有什么同与不同？请大家认真对待，谈谈看法，不得少于八百字。我要再次提醒大家的是：万一期终没考好，也能朝这里"借点儿分数"。好了，下课。

二十三

一个我们所有人都曾经历，以及将要经历的夜晚。

男人喝着酒试图挨过入睡前的时光。门被敲响，是他穿着睡衣的女邻居，她来问他借样东西。他满屋子去找，找了几分钟，找到缠在自己腰间的女邻居的那双手臂。他们的对话简短匆忙。

"你有病吗？"

"没有。你呢？"

"没有。"

他们异口同声说道："那就好。"

像一堆火被另一堆火烧旺，他们用最大胆的，完全超乎自己经验之外的方式，彼此使用着对方的身体。战栗来临，犹如末日来临。他掉了眼泪，深深地感觉到自己作为一个男人的残缺。他确信，在这一刻，他是愿意为她舍弃了性命——不是作为雌性的她，而是作为上帝恩赐的礼物。

"你爱我吗？"

"为什么要问这个愚蠢的问题？"

"因为有些问题值得反复讨论。因为它们不可回避，比肉体还要真实，无法忽略。因为哪怕是到了时间的尽头，它们也不可能有一个诸神称善的终极解决方案。因为在讨论的时候人的血肉将逐渐丰盈，我们也得以看清彼此的名字，以及只属于你的嘴唇。"

天亮了，光照进暗中。

他蓦然为自己的赤身裸体颇感羞愧，为那个神秘的不可思议的却存在过的瞬间困惑不已。接着，又为她还是个处女的事实震惊。他不无绝望地打量着身边这个女人，还有她脸庞上的雀斑。这是一个圈套。除了她是一个女人，一个年轻的女人，他没法再找出其他还能让他心动的地方了。她不是他所喜欢的那种类型。为什么在刚过的几个时辰，愚蠢会主宰了他？他又要为这种可笑的愚蠢付出什么样的代价？他心烦意乱，暗自诅咒，起身去卫生间，面对镜中那张丑陋的被性欲掏空了的影像，几乎要歇斯底里地叫出声。等他回来后，她不见了。

他用了半个小时穿好衣服。

在楼道中，他碰见她。她看了他一眼，又似乎没看这一眼，像往日一样，视线斜斜地掠过他的额头，嘴角挂着刻板而又生分的礼貌。

"你好。"

"你早。"

她甚至吝于与他交换目光，他为这个事实吃惊起来。他们一前一后下了楼，她朝东走，他往西去。他走了几步，回过头来瞪大眼看，他还是看不清那个正离他远去的身体里的内容。

"偶尔，我感激我那些愚蠢的时刻，它使我挨过一个个不那么愚蠢的时刻。"

他不无自嘲地笑了笑，快步行走，好像变了一个人似的。他挨过了十三个小时，终于敲响她的房门。她不在，她的房东正在屋里不耐烦地打扫卫生。她移民去澳州了，今天下午的飞机。

二十四

没有人想成为骗子，他也不想。

天空在窗外悬挂着，是一张被故意弄脏了的油画，有着阴郁的表情与杂乱无章的线条。他看了看手表，九点零五分。他深深地吸了口气，拨通电话，在听到几声"喂"后，舌头便按照他已温习过千百次的某种节奏急促地颤抖着，语气含混，并饱含痛苦之意，仿佛正在被人殴打。

"妈，我在宾馆开房被警察抓了，快打三千块钱来。这是别人的手机，我不多说了，账号我马上发短信给你。"

电话那头的呼吸加粗了，这是他想要的结果。

他挂断电话，发送消息，再迅速换过另一张手机卡，继续重复这套说辞，所不同的只是把"妈"换成"爸"，又或者是"哥"与"姐"。这并不困难，电脑里的这份花三百元钱买来的文档有足够多的信息，而那几声"喂"也能够透露出一点儿对方的性别、性情与年龄。并不是每次他都能把话顺利讲完，某些时候，他还没有说到"这是别人的手机"时，对方即破口大骂，还问候起他母亲的身体。这很恶毒，也很无聊。所以当他们这样做的时候，他偶尔会默默地倾听，想象着他们被无聊与恶毒扭曲了的脸庞。

他足够谨慎，还是遇到不少麻烦，或许是上天的眷顾，他幸运地避开了。这天，他又拨通一个手机号码，当说道"我不多说了"的时候，电话那边的女人突然用一种极古怪的语气说："我知道你是骗子。"

他准备挂断电话，女人继续说道："请等一下。孩子，能否请你帮个忙，隔三岔五地给我打个电话，我付你钱。"

"为什么？"他狐疑地望着手机屏幕。

"你的声音与我儿子很像，几乎一模一样。"女人号啕起来，"他前三个月死了。"

这当是人生最大的不幸吧？他的眼眶有点儿湿润，手下意识地挂断电话。隔了几天，鬼使神差地又拨通这个女人的手机。

他们成了朋友，至少他是这样认为的。他们说了很多很多，比如，"政治层面的部落式；经济层面的权贵资本；文化层面的一言堂；信仰层面的荒芜……"他甚至不无羞愧地与她提及小时候的梦想——成为一个对社会有用的人。

几周后他被逮捕，是她举报的。他不明白这是为什么。

旅人书

她来看他，这位单身母亲确实有一个死去的儿子。数月前，那个年轻人在一次鲁莽的自助探险游中，不幸摔伤晕迷不醒。医生设法与她联络时，她以为这又是一次拙劣的骗局，破口大骂几声后当即挂断。

她恨见死不救的医院，恨那个受不得一点儿委屈的医生，恨自己的武断与愚蠢，也恨天底下所有的骗子。

他怔怔地看着她。奇怪的是，他一点儿也不恨她。他看着她身后那堵像一张弄脏了的油画的墙壁，以及墙壁上正指向九点零五分的挂钟，嘴里情不自禁地低声叫道，"妈妈"。泪水溢出他的眼眶，也溢出了这个瘦削女人干涸的眼眶。

事情到这里并没有结束，几个月后他们结为了夫妻。

二十五

一对年轻的夫妻去爬山，在这个艰苦的攀登过程中，他们相信能品哑到人生所有的意义。

当他们来到山巅，全世界也的确到了他们眼前。

"真美啊！"妻子望着青色的大地与醉人的黄昏，喃喃说着，情不自禁地跳下崖（也许只是被大风吹下了山崖）。丈夫悲痛欲绝，也纵身跃下。

不幸的是，他被一棵松树拦在半空。很快，他为自己几分钟前愚蠢而又鲁莽的行为懊恼不已，开始高喊救命，并在几个小时后彻底爱上了那个给了他第二次生命的女攀岩手。

女攀岩手是你青梅竹马的恋人，你不明白她又为什么会爱上这样一个可笑的男人。

没有人回答你的疑惑。

多年后，你在网络上看到这样一段话不禁哑然失笑——"男人就像蓝牙，你在身边，他就处于连接状态。但你一走开，他就搜寻其他外围设备了。女人像 WIFI，她们可以看到所有可连接的设备，但会选择最好的一个。"

用你遗留的目光整理房间里的各块阴影，

让所有的书本为昨日的时光打开，

打开句子、段落、标点符号，以及你的指纹，

太多的叫喊在冰凉的嘴唇上凝止，

语言不值一提，虽然，

那是我的秘密，你独有的特征。

你叹息着，换上一身运动服，去爬山。在这个艰苦的攀登过程中，你遇到他们。他们在岩壁上就像是一对壁虎——尽管男人确实愚蠢又鲁莽，但女人总会在一个正确的时间出现在一个正确的位置，这让他们的攀爬动作犹如一场惊险的动人魂魄的舞蹈。

你看了许久，一直看到崖顶吞没他们的身子。微暗的声响自崖顶那棵苍松上滴落，你恍然惊醒。四野寂静，石径路屏声静息，一些光穿过树叶犹如大朵的金黄的花。在一朵特别大的花下，一个男孩对着石壁上的青苔小声嘀咕："此刻你若不爱我，我也不会在意。"

你的眉头舒展开来。

二十六

在一间狭窄的小屋你见到他，房间里只有你和他。

秋日阳光从窗棂里透进来，把他瘦削的身影扔在你脚下，似乎踩一脚

就要碎裂，但似乎那里即是深渊所在。你挪了下身子，下意识地避开。

他脸上的神态不是疲倦，不是疑惑与警觉，而是一种频临崩溃的前兆——你在自己房间里的镜中经常看到过这种表情，这让你不知所措。你想就这样转身离开，尽管这个面对面的机会来之不易。

"我不是警察，不是记者。"你的声音干巴巴的，没有水分。坦率说，他的故事你可能比他自己还要更为清楚。

这个十七岁的乡野少年，初中没毕业就来到这个城市做建筑工，在电视机前无师自通学会几样小魔术，比如钞票变白纸，又或者空手变钱。然后他遇到一个穷人家的大眼睛的七岁女孩，在三个月的时间内，就把辛苦积攒的钱全部给了她。

"没什么还怕没钱？瞧，看我的。"

你能想象得出他那时的样子，就像电视节目里的那样，他朝着世界鞠躬行礼，手往空中一抓，再不无骄傲地摊开手掌。

所有人都能理解他为什么要这样做。但绝大部分人不能理解的是，当女孩发现他的钱是辛苦赚来的，哭着要把钱还他时，他杀了她，不是误杀。至少有五个人亲身目睹了这一幕。

你几乎阅读了与这桩案件有关的所有文字，包括论坛、微博、豆瓣讨论组——在某些时候，你都快以为自己要溺死于其中。你甚至还动用私人关系察看了公检法厚达数尺高的案卷，最后还跑到许多专家学者，听到一大堆"穷人更易向穷人施暴"毫无用处的说法，但你还是无法相信是他杀死了她，这不吻合逻辑与所谓的人性。

所以，你要来到他面前，亲眼看看。

"我知道，你不是警察，也不是记者，你是学者。"他干巴巴地说着，样子就像一个鬼魂，视线从你头顶跃了出去，"其实你应该知道这是为了什么。是她让我杀掉她的，在我扼死她的过程中，她一直看着我，随时可以制止我，但她没有，反而鼓励着。"

他的五官，在这个让你毛骨悚然的声音中不停地变换着形状，彷佛很多人的面孔，快速地交替浮现在同一张脸上——你忘了你在哪本书中看到的这个句子。现在它出现在你脑海里，像一根尼龙渔线，线的尽头有一个坚硬的渔钩，渔钩卡住了你的喉咙。

你来到了那个女孩的灵魂深处，不，不是深处，是深渊。

二十七

一对孪生姐妹，曾经是那样相亲相爱。

她们爱对方，甚过爱惜自己的眼睛。她们共同分享所有的书本、玩具、可口的食物、一只死去的蝶的美丽，以及那像草丛一样的光阴。哪怕隔着千山万水，她们之间也有着超越人类所能理解的神秘联系。

最神奇的是她们五岁那年。

在人潮汹涌的火车站，妹妹陶醉于那一张张犹如梦境闪烁的脸庞，跟在一个陌生妇人身后登上列车。

母亲终于发现这个可怕的现实，被即将来临的不幸击溃，在候车大厅疯了一样跑来跑去。姐姐很奇怪母亲为什么这般抓狂，已经濒临歇斯底里的母亲放声大哭。姐姐说："妈妈，不要哭呀，妹妹在车上等着我们呢。"

在许多个星光浇透屋顶的夜晚，姐妹俩同时嗅到对方小小身体里所散发出来的香味，是不一样的香味，不是桃花香，也不是桂花香——是两种世界上所有词语也无法概括、无法准确区分的微微战栗的存在。最早她们还不无惊讶，很快都为之欣喜万分，这是只属于她们的秘密。当粗心的母亲把女儿抱出浴盆，另一个女儿快乐地拨弄着水花，"妈，你都替她洗过两遍了。"

她们做过许多淘气的，让人啼笑皆非的事，那些青春期的男生吃够了苦头。

然后她们考上大学，一个在北，一个在南。

第一个暑假，她们没有发现有什么不同。但从第二个暑假开始，她们不无恐惧地发现自己竟然嗅不到对方身体里的香。"你交了男朋友！"她们不约而同地指出这个事实，并为对方有意无意的隐瞒深感沮丧与烦恼。更糟糕的是，她们还发现，当她们中的一个说"我认为"的时候，其实多半只是"我假装认为"——她们对此皆心知肚明，但都并不愿意揭穿。

"我认为"这是一个极其复杂的过程，哪怕它看起来是脱口而出，就像是熟透了的果实从枝头坠落。还有什么比"我"更为重要？这个一经念出整个世界的呼吸都要为之窒息的词语，藏有太多的惊喜与不可与人分享的秘密，比如，从一个女孩成为一个女人。

她们之间的联系不再频繁，准确地说，不知从哪个时刻起，她们已经彼此憎恨，憎恨那个镜中常见的影像。服饰、发型、说话的语速、走路的姿态……尽管生活相隔了九百六十七公里，她们还是小心翼翼地互相区分，并为那个"我的复制品"备感困扰（母亲总会在一个女儿面前提及另一个女儿的点点滴滴），直到这一天来临——她们中的一个因为一场突如其来的车祸离开了人世。她们中的另一个人不得不扮演起两个人的角色，轮流出现在母亲病床前。

"我们都是说谎者，对于我来说。"这是死者留在 QQ 上的签名。

活着的人无法登录死者的 QQ，她长久地凝视着这个句子，回忆起往昔的点点滴滴，在死者灵前焚起一炷香，终于如释重负。

二十八

房间是空的，哪怕堆满家具也还是空的。

她这样想时，你没有注意到她脸上的表情——表情，一个语焉不详的词语，从你眼皮底下滑过去，滑过那块价格不菲的化妆镜，落在墙壁拐脚处的那根直线上。

一部电影的男主角就是踩着这根线把女主角带出了残忍的生活。你忘了这部电影的名字，但想起那个陪你看这场电影的女人，一个穿蓝印碎花睡衣的女人，她把头枕在你肩胛往左一点儿的位置，脑子里有很多稀奇古怪的想法。

"我们也去挨家挨户地发传单吧。"

"好。"

"屋主人不在，我们便住进来，在天花板的位置搭一张吊床，他们来了，咱们就去下一处。中国这样大，房屋空置率又这样高，够咱们就这样一直到老。"

她凸起的肚皮是一个半圆，这弧形是如此美丽，让你都无法集中注意力去欣赏这部让她热泪盈眶的影片。你的手掌搁在上面，记住了她的小腹的温度。

你们那时是这样相爱。

"每个人都是一个空房间。"这是她说的话。你还记住了那个逼仄小屋子里的许多细节，但你偏偏就记不大清她的样子——总之，不应该是眼前这个愤怒的女人的表情。

你蓦然惊醒。

"你是不是还有一个姐姐，或者妹妹？"

这个古怪的不受大脑约束的声音差点冲出喉咙，还好舌头与牙齿及时地阻挡住这个愚蠢问题的去路。

你起身去看窗外绘制着彩色花纹的天穹。这是一种极不真实的感觉，仿佛自己是某张巨大的油画中的一部分，而她歇斯底里的叫喊则是这张油画中最惊心动魄的一处笔墨。

空气中出现一个细小的旋涡，准确说，是湍流。这种流体状态包括了最完美的有序与混沌。你凝视着这个曾把她最好的光阴都给了你的女人，眼眶渐渐湿润。

"我们会有孩子的。"你张开双臂，试图揽她入怀。

她激烈反抗，犹如母兽。

你能理解。你与她所面临的是一个被哈佛教授拿到数千人的讲座上讨论的故事。一句话概括就是：你们与另一对夫妇达成协议，她为他们做"代孕母亲"，使用他们的受精卵。现在你们搬进新房子，她却想行使一个母亲的权利。

也许她真正想要的并不是她不断叫喊的，而是因为恐惧，恐惧生活在用孩子交换而来的一个房间里，恐惧自己不能再像从前那样从一个房间轻易地搬到另一个房间，彻底掉进生活的泥淖里。还会有什么呢？又或者是更具有中国特色的狗血剧情，她这个"代孕母亲"要做小三上位？

你松开手，肩膀上传来一阵刺疼。

泪水从你眼里涌出，这个屋子确实空空荡荡。如果非要说有什么的话，那就是耻辱，只属于你的耻辱。

二十九

一个披着军大衣的异乡人出现在马路上，衣服上沾满泥泞。他问他们是否见到他的孩子，那个肩上长着翅膀的天使。他没有得到他想要的回答，所以不停地描述他孩子的样子，一直到最后一个路人也离开。

你在二楼的阳台上看着他，隔着秋日的黄昏，稀疏的梧桐叶。这个不幸的人是一幅油画里的人物。你心生怜悯，又不知道应该做点儿什么，准确地说，你也不想去做点儿什么。你知道，你已经被这份怜悯感动，这就足够了。

夜里你做了一个梦。梦见死去的父亲敲响房门，你打开房门，父亲问你为什么要不告而别。你数落着父亲的种种不是，一直到号啕大哭。

天亮的时候，你醒了。

带着霜意的树叶轻轻落在你的额头上，你发现自己正蜷缩在那个异乡人的怀里，身体还被那件腌臜的要令人窒息的军大衣所紧紧包裹。你下意识地朝着几个早起晨练的人喊起了救命，这声音惊吓了他们，他们被马路吃掉了。在这个让你绝望的时刻，你蓦然惊觉身后那个怀抱其实早已僵硬冰凉。他死了，严寒与饥饿把他带去了另一个地方。

你怔怔地看着他有脸庞，他脸上的皱纹与父亲脸上一样多。

你是一个梦游患者，他不是。他脱下军大衣裹紧你的时候是否想起他那个肩上长着翅膀的天使？你喊了声爸爸，泪水在快涌出眼眶时又被冷风捂住了。

三十

一个绰号叫猴子的男人在去山林游玩时发现自己原来是一只猴子——这不是上辈子的事，不是下辈子的事，就是此生此世。他万分惊讶，还是平静地接受了这个事实，并把它转告了与他一起来到山谷深处的妻子。

"对不起，我是一只猴子，不能再爱你了。"

妻子脸上的戏谑与疑惑很快变成了勃然大怒，继而歇斯底里地尖叫出声。

他竖起十根手指头，再一根根扳下，不紧不慢。

"我直立行走，猴子也直立行走。我用工具，猴子也用工具。我喜欢吃香蕉，猴子也喜欢吃香蕉……我与猴子有这么的相同处，你难道一点儿也没有发现吗?

"我过去是人，现在是猴子，这不矛盾。这与你曾经是受精卵现在是人的道理一样，与你现在是人但死后就要腐烂成泥的道理一样。事实上，在受精卵之前，你与我什么也不是。

"我认为我是一只猴子，难道还需要取得谁的批准与认可吗? 这是上天赐予我的权利，是我的自由所在。你可以不赞同我的观点，但作为一个受过高等教育的人，你有义务誓死捍卫我认为自己是一只猴子的权利。

"对于人类来说，你有一张美丽的脸庞，但在我现在看来，是丑陋的。若我不是一只猴子，怎么会有这样的审美意识?

"基因既然证明不了人是猴子变成的，又怎么能证明我就不是一只猴子，而是一只猪? 当然，我现在与在树枝上跳跃的它们还不大一样，这只需要一点儿时间与饮食习惯的改变，毛发会从皮肤上长出来的，就像草从泥土里长出来。否则哪来那么多的野人的故事？

"放心，全世界的猴子不用给派翻译，马上就能交流，相信用不了多久，我就能与它们直接沟通了。只有人类才那么复杂，弄出那么多种语言。隔着一个村庄，百十里路，就像是牛对马讲。

"猴子曾是我的绰号，现在更是我这种存在的本质。事物的本质总是因为命名才能逐渐清晰。这不是我说的，是维特根斯坦说的。

"我当然是我妈生的，不是猴子生的。但猴子能把人生下来，人也应该能生出猴子，这不奇怪。"

他滔滔不绝地说着，没有发现女人是什么时候离开的。他不无自嘲地笑了笑，脱去衣服，只在腰间留下一块布匹。最初，猴群并不欢迎他，冲着陌生的闯入者龇牙咧嘴。没过多久，他成了它们中不可缺少的一分子，与它们一起面对光阴更替，春花开时便攀上树梢去看，看满山谷的绿在阳光下所呈现出的不同光斑；夏天来了悠然荡着树枝，或者是抓着一只睡着了的猛兽颈脖处的毛发荡来荡去；秋日什么也不想，只是用心品尝食物的美味，闲着无事便互相捉去身上的毛虱；而当冬雪铺满大地即躲入石洞晕晕欲睡，不讨论民族、宗教、国家、信仰、忠诚等，只是活着，随着白昼黑夜与四季轮回。

他显然更高出一筹的智慧（比如，把生果烤熟）为他赢得了普遍且广泛的尊敬，就像人猿泰山——那个著名的格雷托斯勋爵，所不同的是，一段时间后，他爱上一只母猴子，还给它取了一个名字叫"嗒嗒"。

他们在一起生活了二十年，嗒嗒死后，他伤心欲绝，葬了母猴后，在其坟丘附近的一棵高树上搭了一座窝棚，直至一个鲁莽的偷猎者惊慌地对着他的胸膛开了一枪。

三十一

你是在那种空气污浊不堪的火车卧铺车厢里发现它的。

一个外省男人在去北京的火车上遇到一个美丽的少女，他勾引了她，还用十块钱从车厢里的游动小贩手里买下一枚青石戒指，许诺下爱与梦想。这是可以理解的，除了这些轻率的话语，他实在不拥有其他什么。他们俩的际遇与大多数"北漂"一样，不断地争吵、伤害、和好……寻找最微不足道的机会。终于男人失望了想离开，醉酒躺倒在街头又哭又笑。少女把他背回家，用嘴唇吻掉他眼角的泪，让他看她手指上的戒指。

"这是什么？"

"是戒指，石头戒指，十块钱的。"

"不，这是梦。"

这个故事你见过太多类似的版本，但它的潦草字迹，那些似乎曾经在泪水中浸过的笔画，还是让你的心头潮湿起来，你没有再阅读下去。

你完全清楚它所具有的种种可能。

比如，少女用身体为男人带来一份工作。以为皇天不负有心人的男人在被知情人羞辱后，怒不可遏，给了少女一个耳光，并在几年后，因为某个女人的帮助，得到名誉与地位，再重逢已沦落风尘的少女。少女橱内还挂着男人的衣裳，手指上还套着那枚戒指。他们又在一起，直到她怀孕。男人蓦然惊醒，他不想失去现在所拥有的生活，恳求少女堕胎，并因为愤怒与酒精误杀少女。他号啕痛哭，擦掉屋中痕迹，带走戒指，注视着犹存有少女体温的它，祈祷上天能把他的生命换给少女。他说了许多句"原谅我"，最后还是把戒指抛入河中，把注意力转移到伪造自己不在场的证据。案子破了，据说凶手是一名民工。几年后的一天，男人在超市买了一条大青鱼，回家去鳞剔净。当他从鱼肚里掏出一大团内脏时，赫然发现里面滚出一枚戒指。是的，戒指。男人一眼就认出，它是自己当年扔进河里的戒指。

又如，少女终于发现了自己异乎寻常的美，及其商业价值。她肆无忌惮地挥霍它们，所谓青春是用来挥霍的，不挥霍也是要过的。戒指被她脱下，扔在污沟里。男人保护着她，用尽所有气力，甚至不惜去扮演迪斯尼影片里的超人与绿巨侠。他得到了足够多的谩骂，并因为少女无情的轻蔑，彻底沦为流浪汉，还被少女的一个追求者打断左腿。少女拥有了她在火车上时所幻想的一切，丈夫、孩子，还不错的个人事业。她裹着大衣走进地下车库，被两个持刀歹徒逼住，他们想要她的钱，她的身体，还有她的命。一直蜷缩在暗处的流浪汉瘸着腿冲上前，他死了，她活下来，也认出从他手上滚落的那枚戒指，她惊慌地逃开。当警察根据视频找到她，她一遍遍重复："我不认识他。"

还能说什么呢？

你默默地望着卧铺车厢对面坐着的那个容貌秀丽的少女，她一直悄悄地打量着你，不无胆怯又暗怀着憧憬。你知道，只要你开口，你们将相识，相爱，将在下一站用十块钱从一个老妇人手里买下一枚青石戒指，并一起来到北京。

喉结滚动，你一句话也没有说出来。当那个满脸沟壑的老妇人，提着装着各种饰品的竹篮子果真出现在你面前时，你失态了，眼里涌出泪花，一叠声地说着"对不起，原谅我"，几乎是疯狂地冲进车厢尽头的洗手间，在一片污秽处放声大哭。

等你好不容易收住眼泪，你蓦然发现洗手间水笼头下方的三角平台上，搁着一枚青石戒指，正随着车轮行进的锵锵声，在轻轻地跳跃。

三十二

  一个贫民窟里长大的少年，与他的街头兄弟们不大一样的是，他喜欢读书，还特别喜欢纯粹数学、高等物理等，就像好莱坞影片《心灵捕手》里的那个具有非凡天赋的威尔一样，所不同的是，没有一个叫蓝勃的教授来发现他，更没有一个叫尚恩的心理学家教会他如何克服痛苦，摆脱狂妄、自卑与书本，他成了命运的俘虏，还在一场突如其来的斗殴中，因为心不在焉失去左手。

  浑身浴血的他跌跌撞撞地搡开巷子深处的门，一个摆香烟摊的寡妇收留了他，替他包扎好伤口。寡妇的儿子在一所重点大学的数学系读博士，这个被毕业论文折磨着的年轻人，因为母亲的小心翼翼，咆哮出声。这是可以理解的，也是他所厌恶的。用一支铅笔，他在页眉上写下论文核心部分的证明过程。这不难，比拧开自来水的笼头还容易。困难的是，如何去面对那些已令他深深厌倦的生活。所以尽管他一眼就看出年轻人的满嘴谎言以及所带来的通缉令的真伪，他还是在那个善良妇人的目光下，藏入一个不足十平方米大的阁楼。

  这是令他愉快的生活，他就是这个阁楼里的王，是"蚂蚁，蜘蛛，夜里会发出巨大响声的月光，以及在那个十公分见方的玻璃窗外像油画一样静止的四季轮回"的王。他在各种纸张上写下了足够多的数论、猜想、方程式。这是件很乏味的事，但唯有此，才可让大脑稍减些许沸腾。而在这个漫长的过程中，他爱上那个大他二十余岁的女人，并为了捍卫这个女人的儿子的荣誉，终于冲下阁楼。

  大雨把他抛到街头。他看见他当年的街头兄弟已经不再举着砍刀疯狂地互相厮杀，而是坐在高级轿车里犹如一闪即逝的梦魇。他也看见报刊亭里关于那个已成为著名数学家的年轻人跳楼自尽的图片，以及众多的谩骂与羞辱。

他像当年一样跌跌撞撞地搡开巷子里的那扇门，被羞愧与绝望折磨了多年的妇人已悬梁自尽。他匍匐于她悬在半空中的双脚下，终于明白了：

他与生俱来的才能即是他最大的过错。

三十三

我认识的一个女孩给我讲了一个故事。

那是在酒吧里发生的一个奇怪游戏。我们都得转换性别立场来讲一个最能让自己感动的爱情故事。

以下是她的述说——

我在晚报刊出一则广告，用半个版面说自己在某时某处拾到一枚戒指，请遗失者前来领取，并留下手机号码与酒店房间号码。

这是一个拙劣的谎言，但足以令大多数女人失去理智。她们打来电话，又或者登门拜访，赞颂着我拾金不昧的精神，用并不确定的语气描述着那枚戒指的形状与色泽。一些女人还痛哭出声，说那枚不幸遗失的戒指即是她全部的生命。我端来咖啡与茶，耐心地听着种种悱恻动人的故事，对她们的遭遇表示深切的理解与宽慰，然后一一送走她们，偶尔也与她们中的某几位上床，并在事后取出一个足有几克拉的锆石戒指，搁在她们白皙无瑕的掌心。

一个长腿妇人也曾在翌日愤怒地敲响我的房门，大声叫骂着骗子。说她把戒指拿到珠宝店鉴定，这种锆石根本不值钱。

"是的，它不是钻石。可你昨天不是信誓旦旦地说，你遗失的就是它吗？"我温和地笑着，朝着她及她身后的世界鞠躬，轻轻关上房门。

那个下午，你敲响了我的房门。

"我没有遗失戒指，我也知道你并未拾到戒指。但我知道，你希望把戒指套在一个女人手上，我希望我能是她。"这是你对我的第一句话。

你的脸庞仿佛是月光下被风吹动的鲜嫩树叶。

"你看过南非一个叫戈迪默写的短篇小说《发现》吗？"这是你对我说的第二句话。

"我看过那篇小说，准确地说，我曾翻译过它。你说得没错，你的手指与小说中那个有着一双灰绿色大眼睛的女人的手指一样，天生就是为了戴戒指长的。但我不能把戒指给你。因为生活不是小说，我不过是一个身染绝症的被妻子抛弃的中年男人，而你是如此年轻美貌，但我可以把所有的钱全馈赠与你。你来了，我对这个世界便再无厌恨。"这是我对你说的第一句话，也是最后一句。

少女讲完后陷入了沉默。我久久地凝视着她灰褐色的瞳仁，终于鼓足勇气抓住了她搁在桌上的那双修长的手。我喜欢她，也喜欢这个故事。那是我曾经做过的，在另一个城市。所不同的是，始终没有一个古怪的少女敲响我的房门，用略带慌乱的语气宣布——

"我没有遗失戒指，我也知道你并未拾到戒指。但我知道，你希望把戒指套在一个女人手上，我希望我能是她。"

三十四

"你走了，不回来了。我去你每天早上走过的地方走了一遍又一遍，直到夜晚把我叫醒。

"走一圈是七千三百二十一步，你的步伐要比我窄点儿，所以你要走七千七百七十七步。亲爱的，当你在那个陌生处走到第七千七百七十七步时，你会想起我吗？"

一个脸容粗糙的中年男人站在马路中间满脸泪水。

他喃喃地说着，但没有谁停下来听他的话。他就这样一直说着，任凭车流从身体两边驶过，就像是水里的丑石头。

少女侧耳倾听了一会儿，看着他的侧影对男孩说："他真像我的爸爸。"

脸庞稚气未脱的男孩犹豫了一会儿，说："他不会是你的爸爸，但会是我未来某天的样子，所以你不准死在我前面。"

男孩与少女牵着手快乐地走了。

男人看着他们，看着滴落在寒风中的眼泪。

"亲爱的，他们误解了我的意思，可这又有什么关系呢？就算哪天你离开那个让你心神迷醉的英俊男人，重新回到我身边，我也是一样爱你，不会比此刻减少一分一毫。或许还会因为所曾遭受过的痛苦，更懂得应该如何爱你。"

眼球处有针刺一样的疼痛。一棵内心悲凉的树，在这个深秋的夜里，被一辆惊惶的卡车撞倒。男人看着它，看着这个慢慢离他远去的躯壳，渐渐止住眼泪。

"主啊，现在我可以去你身边吗？"

"当你哭的时候，伸手擦去你的眼泪；当你笑的时候，就远远地望着你笑。"

他死了，在她最觉得幸福的时候，在我把鞭子挥落在她美丽胴体上的时候。我是把她带走的那个男人，但不像他描述的那样英俊，坦率说，我很难看。不过，这没关系，因为我比他了解她，比她自己还要了解她——她需要的是鞭子，不是爱。

这并非是女人独有的天性，而是一部分人自我否定的需要，就像他一样。

三十五

一个年轻男人迎来女儿的诞生，但初为人父的喜悦很快就坠入冰窖，女儿患有先天性心脏疾病。这让经济条件本就困窘的他烦恼不已，很快他向银行抵押了所有可抵押的一切，包括房子，但还是不得不把未痊愈的女儿接回家中。妻子接受不了这个现实，悄然遁去。他含辛茹苦地抚养着女儿，恨不得不休不眠，把每一秒都换成女儿的医疗费。他打三份工：早晨五点至八点送牛奶与报纸；八点半到单位上班，开公交车，一直到下午五点半；下午六点到十一点去夜市摆地摊。钱总是不够，他去夜店做起"沙包"。这是一种新兴职业，用拳套与头盔保护好自己，可以闪躲，不可反击，以供那些心中充满暴力欲望的男女殴打……

好的，这是故事的开头。

如果他在夜店遇上一个愿意与他一起抚养女儿的女孩，幸福再次敲响他的心扉，这是一部浪漫爱情片；当男人发现女孩曾经是一名性工作者后暴跳如雷，女孩含泪离去，这是一部苦情片；愤怒的他在夜店里把红男绿女们揍得鼻青眼肿，一战成名，成为赫赫有名的地下格斗高手，这是一部暴力片；已成为富姐的女孩打算包养他，这是一部喜剧片；女儿在女孩的座椅上涂上强力胶，并威胁父亲，若不与女孩分手，她就要炸掉埃菲尔铁塔，这是一部灾难片；女儿心脏病发，为了及时取得药物，他在高速公路上拦停一家药厂的车，这是一部惊险片；警察追捕他，这是一部警匪片；他无意中带着警方闯入毒窝，一举抓获被公安部通缉的贼王，他非但没有被判刑，反而成了英雄，这是一部黑色幽默片；药厂宣布承担他女儿有生之年所有的医疗费，这是一部励志片；他与女孩拥抱，时间超过五分钟，这是一部三级片；他发现其实女孩是他的妹妹，这是一部伦理片；女孩全然不顾什么禁忌，仍然坚持自己的选择，这是一部艺术片；男人隐约觉得眼前一切似曾相识，这是一部悬念片；男人翻看日记，进入梦境，看见每个梦境的大门上都有一行黑体字：不要相信，这是一部恐怖片；男人发现女孩行为怪异，暗中调查，发现女孩真实身份是某国情报人员，这是一部间谍片；他准备大义灭亲，这是主旋律片；他反而被女孩催眠，在催眠后惊讶地发现自己是来自二十二世纪的观光客，专门来体验人类的种种基本情感，这是一部科幻片；眼前的女孩其实是一种类似灵体的特殊存在，那个含泪离去的女孩早在他一战成名的当夜不幸死去，这是一部鬼片；男人准备为女孩找到一具肉身，结果女孩的灵魂进入女儿的身体，这是一部荒诞片；女儿要像女孩那样爱父亲，这仍然是一部灾难片；一场洪水后，上帝出现在他们面前，告诉他们俩：你是亚当，她是夏娃，这是一部史诗片；男人说"滚"，结果从夜店的长条椅上掉下来，镜中的自己鼻青眼肿，所以为发生的皆是黄粱一梦。而当他跌跌撞撞地出了夜店，被一个皮条客牵进出租屋时，赫然发现里面坐着的正是失踪不见的前妻，这是一部国产片……

这个链子可以无穷尽地转动下去，这不困难。

困难的是，你想要上面的哪一个环？

亲爱的，我们都清楚，人之所以渴望获得某种东西或者说某个人，其最隐私的动机，并非是那件东西或那个人本身的价值，而是后者点燃自身欲望的火。就像爱上爱情，爱上收藏。所以我能理解你曾经的种种非理性的行为，以及在这些看似荒谬的行为后面那个严密的理性逻辑……噢，我确实有点饶舌。人确实是一团歇斯底里的激情。请你赶紧做出决定，再有一分钟，我们就得登上舞台。

三十六

你永远无法决定这个城市是黄昏还是深夜时更美，你在街道上走来走去，一直到再也挪不动腿。在你对面出现一间小店，很普通的样子。你进去打算买瓶水喝。很快，你被柜台里摆放的货物所吸引，它们是如此迷人，完全就是你对"美"所能想象出来的样子。

"这里有什么？"你瞧见角落里的一个黑盒子，问那个嗓音悦耳的女人。

"记忆。"女人用细绒布擦拭一座造型古朴的钟表。

你哑然失笑，"那你擦拭的就是时间了？"

"不，也是记忆。这里只出售记忆，所有的……这店里所有的，包括我，也都是记忆的某一部分，或者说某种形状。当然，我不出售。"女人抬头冲你笑笑。她有一双水汪汪的眼睛，很容易让男人掉进去。你吃了一惊，感觉到身体里有了风声，下意识地把目光投向屋外。

这大约是心理学所称的"自我防御的本能"在作怪吧。你这么想着，隐隐约约地意识到自己身上正在发生着某种难以置信的事情。

　　小店外面的静谧犹如一张张十九世纪大师笔下的油画，被突然飘下的雨丝不断地改变着明暗、色泽、景深与线条。你迟疑着，鼓起勇气小声说道："我能看看它吗？"

　　黑盒子里面搁着一个杯子，也是很普通的样子，上面写着"农业学大寨"五个字。你辨认了许久，认出它就是自己曾反复摩挲过的那个杯子——有一天，它怎么也找不着了，你都以为是哪个淘气孩子不小心打碎了它，再偷偷扔掉了它。

　　"为什么它在这里？"你听见自己声音里的不安与惊恐。

　　"一杯子，一辈子。你忘掉了吗？"女人耸耸肩膀。

　　你确信自己不曾认识过她，你不明白她为什么知道这句话。你察觉到一种异样的难受正从胃部流出，像高炉底部漏出的滚烫铁水——每次你难过的时候，胃总是这样不争气。你用手撑着墙壁，努力地不让自己摔倒。女人瞟了你一眼，"想买吗？"

　　"多少钱？"

　　"五块。"

　　这么便宜啊，你都以为她会开出一个天价，马上掏钱付账，怕她反悔似的拿着杯子匆匆逃出。这个城市还是与几分钟前一样美。你叹息着，忍不住转回头，小店不见了。你打了一个哆嗦，从突然飘下的雨丝中清醒过来。

　　你手上确实有一个杯子，杯子上确实有"农业学大寨"五个字，是她刚递给你的。这个从拐角暗处转出的瘦削女孩，拦住你身后的一个男人，嗓音仍然是那样悦耳动听，"先生，买个杯子送女朋友吧！一杯子，一辈子。"

旅人书

三十七

一个与世隔绝的小村庄，若非是村外那几棵并未随着大风摇摆的树木，你根本发现不了它的存在。它的平静异乎寻常，就像那些村民不被时间打扰的脸庞一样——几个星期后，你从一个叫德雅的少女身上得知了这个秘密。

当你不无惊慌地割开她小腿上被毒蛇咬出的伤口俯身吮吸时，却发现伤口正以肉眼可见的速度迅速愈合。

她看着你，默默地，脸上有古怪的笑意。

"这伤害不了我。"她从附近的一丛小叶灌木上拈出一颗红色浆果抛给你，"或许是因为它，我，还有这个村庄里所有的人，都不会老去，或者死去。"

你认得它，这是一种口感酸甜的蔓越莓，这不是长生不老果。你朝她眨眨眼睛。

"可能是神对我们的祝福，可能是恶魔下的诅咒。"她耸耸肩膀，摘下一片桃树叶凑至唇边，"我几乎已品尝过世上所有的情感，我还是一副少女的形象。"

"你是说你有过父母与孩子？"

"是的，可他们都老了，死了，是我埋葬了他们。我已经记不大清楚他们的模样，也不知道从何时起，村子里再也没有死者与新生婴儿。我们就像是活在时间的某一刻。不是《1984》里的某一刻，确实，是幸福的一刻，不该有烦恼与苦闷的一刻……"她盘腿坐下，不无遗憾地停顿了片刻，"总之，沙漏停止了。所以我很好奇你是如何来到这一刻，又为什么要来。"

她说的话你能理解，她喉咙里那些没有说出来的话你也能看见，比如任何通往乌托邦的道路都是通往动物庄园。你吸吸鼻子，耳边有依稀的水声，那是自她唇边这片树叶上流淌出来的。

"又或许是你创造了我，以及我们，我只是你心中一个被禁锢的形象。"她脸上有悲苦的笑意，"如果真是这样，能否把我带出这个村庄？我并不畏惧皱纹、帕金森症、牛头马面、虫蚁啮身，或被高炉焚为一缕清烟。怎么说呢，我只是厌倦了现在这样。"

天色暗下来，月光化成水，水声汹涌。

你闭上眼，诵《般若婆罗蜜多心经》，又再以"0"与"1"把这二百六十字还原成一长串阿拉伯数字。

等你再次睁开眼时，她还在你面前，盘腿坐在墙壁上一副镶嵌着花梨木框的油画上。你被魇住了，她怔怔地看着你，手势结成一颗空空的心形，被撕碎的桃叶落满膝上。

三十八

"昨晚梦见你，很清晰的样子，我们并肩坐在高高的山巅，还是年轻时的样子。缺氧，但还活着。四周的群山是冰雕一样的龙的形状。你问我，我们是不是骑在龙的背上，我说是，山就开始了飞。"

男人的影子在你身后。

林间幽暗，树丫间坠落的阴影如同数条滑腻吞腥之蛇坠入脖颈，一种阴冷的寂静笼罩着你，你惊疑不定。

这是一个拙劣的故事。

一对夫妻，男的丑陋，女的美艳，都说是鲜花插在牛粪上。就时常有人挑衅那男子。某日，女人亲身睹见了这暴力，跪倒，呕吐，突然捡起掉落在尘埃里的刀，在脸上重重割下。"这就是你们要的吗？那就拿去吧。"

女人搀扶起男人，回了家。他们是一样的了。所以，几天后，男人就离家走掉了。

你以为故事到此就结束了。二十年来，你一直是这样以为的。

现在男人回来了，在坟前焚起三炷香，还把五粮液在地上倒了一个圈，烧了一堆纸钱。

你很想告诉男人，这种虚伪的矫情会打扰死者的安息。你还想告诉他，他走后，女人又嫁了人，最早几年她还用围巾遮住那道可怖的伤口，后来就让它袒露在金黄的阳光下。没有人多嘴询问，好像那不过是她的胎记。嗡嗡飞来的蜜蜂也时常把那误以为是会酿出蜂蜜的花朵。

但你不忍，他老了，样子与一条奄奄一息的老狗没多大区别。

似有魂灵在喃喃低语，几团细小的涡流出现了，纸灰杂乱无章地飘出圈外。按习俗，这意味着死者的魂灵并未出现，游荡的孤魂野鬼拿走了钱。

男人号啕痛哭，脸上的泪水像浪头一样裂开。

身体在变脆，似乎再来一阵风就要把它打碎在地。你小声嘟囔，你都没听清自己嘟囔了什么，眼里涌出泪水。脚下的山冈如同一条汹涌澎湃的河流。你安静地坐着，看着这个男人，耐心地等待着夜幕来临，等待绝望彻底把他吃掉。

三十九

这是一条许多人都不清楚又常在独处时暗自憧憬的消息，它从不见于报纸、书籍、网络、六角形的图书馆，以及人们的唇舌，只通过一种让众生皆瞠目结舌的方式传播，像量子感应，又或是被月光敲响窗牖，每个有幸得知该消息的人都如闻神启。

"哒"。

舌尖在温热的口腔中轻轻跃起，保持着某个角度，犹如伸直的鸟颈。

亲爱的人啊，当你渴望爱情而又苦觅不得时，就动身去一个叫"哒"的地方吧。

"哒"看上去与我们在日常中所见到的每座城市并无明显区别，同样堆满各种建筑奇观、误会与偶然，若说它有什么不同，那就是在这里爱情被公开出售，且遵照资本的意志，明码标价。

请注意：是爱情，不是性。

如果你有足够的钱，你可以得到一个与玛丽莲·梦露容貌、性格、谈吐完全一致的女人一辈子的爱。若你只有一半的钱，那你也可以得到她半辈子的爱。

每份爱情在出售前都经过了一系列严苛的检验，如 pH 值测定、毒理学安全性实验、安全及功能试验、微生物检验、卫生化学检验。对于一些特殊人群所想要的异乎寻常的爱情，也会提供专门的特殊用途功效性及安全性评价。

每份爱情都附有一份详细的说明书。人们可以按照个人嗜好定制它，洒上几滴香奈尔五号，用金箔包装，微雕于一寸长的象牙，甚至请人用最现代的光影技术书写在城外那条波澜壮阔的河面上。

说明书包含了以下二个要素：

一、限期使用日期。

在这个被精确至秒的时间刻度到来前，顾客有权随意处置这份爱情，与之嬉戏或弃如敝履，又或故意不告而别把它扔在"哒"的某角落，只为了享受来自远方的思念——请放心，在有效期内，顾客购买的这份爱情绝不会见异思迁，那些爱上你的人比王宝钏还要王宝钏。到期可以纳费延期。

必须申明的是，一些顾客特别享受"失恋后想哭的感觉"，这同样被视作为爱情中的一部分，只能发生在限期使用日期前。截止日至，两人即为陌路，关系彻底清零。

二、该爱情的名称及使用指南、安全警告、储存条件等。

在"哒"城广场有一座由一种不知名的材料所砌成的圆球。它在多数时候是黑色的，但当太阳直射、雨丝飘落、一个叫黄孝阳的男人朝着天空跳起探戈舞……它还会相应地呈现出红橙黄绿蓝青紫。圆球乍眼望去，朴实无华，定睛细瞧，内部的光华比漫天云层还要变幻莫测——有顾客声称，这是一台来自于 2066 年的基于细菌和 DNA 建构的生物电脑。

这种愚蠢的言论为这位红鼻子的顾客赢得了不少西红柿与臭鸡蛋。是啊，什么样的电脑会具有这样强大的功能？它提供了所有的爱情种类及相关资料，只要顾客把手掌按在上面，它会自动搜索顾客内心，并根据其意志选择他最终所想要购买的。如果说它有让人非议处，那也是它的定价机制，一些看起来都很普通的爱情定价居然比那些被歌谣、书籍反复传唱的爱情更为昂贵。比如，"不爱江山爱美人"的温莎公爵式的爱情，收费是十"哒"令，而一对寻常巷陌老夫妻的相依相偎居然高达四十"哒"令。更让人百思不得其解的是，一个双翼天使的爱，只要区区一"哒"令。

四十

"只有露珠才知道所有的秘密，包括那些死去之人带走的。也只有一个人才能读懂露珠上的秘密。要找出他是困难的，因为他是我们中的一个，但连他也并不清楚自己的这个秘密。"

一间小屋，只有一桌一椅一床，一扇尺许大的窗口。月光照进去，屋里的一切仿佛是浸在水中。一个右额有一块胎记的女人端坐在椅子上，凝视着案头的杯中水，偶尔踢一下桌腿，试图在那荡漾的涟漪中看出些许端倪。涟漪犹如树的年轮，突然溅出那么一滴，洇湿了搁在一边的稿纸。

"我要讲一个什么样的故事？它能否同时包括：傲慢、妒忌、暴怒、懒惰、贪婪、贪食以及色欲？"女人抓起圆珠笔把"露珠、秘密，他、我们"这四个词重重地写在纸上，沉吟半天，换过一只削尖的铅笔，在"露珠"旁边写上一行小字，"蒹葭苍苍，白露为霜"，又想了半天，把"他"改成"她"。

"她是被罢黜的部落首领的女儿。这个在丛林深处的部落有一个古老而又神圣的法则——谁也说不清它为什么存在，但它一直就这样存在着。一旦发生战败与瘟疫，或当人们都觉得不公的时候，曾享有无上权威的首领就得被五头牛撕碎身体。他所遗下的子女也被同时视为不祥，夜晚还不能进入帐篷休息。这个不幸的孩子曾在尊崇与赞美中长大，而当父亲死后，所有人都突然发现她左额还有一块形状奇怪的胎记。她被众人厌恶、遗忘，连地位最卑贱的仆役也不愿意与她搭话。她只剩下她一个人，她所攀爬的树，她咽入肚子里的种种食物，以及那个大家都不知道的秘密。她懵懵懂懂地活着，像一只猿猴。这天，她追逐着一只宽翅鸟，又来到她曾出生的部落边，看到火把、高亢的颂歌、带血的刀子、一张张焦急的脸庞。她不知道整个部落正在寻找着她的这个秘密——同样是根据一个古老而又神圣的声音，唯有找出这个能读懂露珠秘密的人，才能找出一个被百年前的亡灵带走的秘密，继而抵御来自丛林外的一场毁灭性的灾难。"

女人写得很慢，突然停顿下来，不无疑惑地打量着四周，打量着墙壁上那几块树枝一样的阴影，目光回到这几行字上，手中的笔下意识地在上面打了个叉，怔了，又似乎是被这几行字与这个叉所构成的图案——"一个倾斜着的卍"吓了一跳。卍意味着什么？女人呻吟出声，怒气冲冲地扯碎这张纸，重新书写。这回她写得很快，额头那块胎记似充了血。

"主啊，我是你沉默的目光，是你掌心流出的血，是你额头永不摘落的荆棘王冠，是对这世间一切痛苦的承受。"

这不是她所想要的，这与"露珠、秘密"毫无关系。她的脸上有了很为难的表情，慢慢扔掉笔双手抱头，就歇斯底里地叫喊起来。她用了整整十分钟才克制住愤怒与对自我的厌憎，重新回到椅子上——就像一只猿猴那样蹲着，再用力地抓起纸与笔。

她将带给我们一个什么样的故事？

屋子里有了斑斓鸟羽，以及兽的叫声，我可以肯定这将是一个非常迷人的文本。我默默地看着她，看着她生命里的一切——已经历过的、与即将经历的，也看着摆放在她案头的那个不为她所知道的事实。

那杯水，即是我在某个时刻从这世间所有草尖摘下的露珠的总和。

"今天，不会破碎的时间。被昨天想起，被存在祝福，被后人翻阅。"

四十一

我们都知道他，四里八乡的人都知道他，他是最讨孩子们喜欢的老头儿。我们喜欢拽着他的胡子玩，拽着他嘴角的笑纹荡秋千——荡过几圈，一松手，他像只陀螺一样旋转起来。我们哈哈笑，可他一点儿也不恼，还笑嘻嘻地嘱咐我们要记得在腰间系上绳子，又问我们荡得那样高是否会害怕。

我们不害怕，只是很恼火，找来有弹性的绳子，又弄来树杈，做成树杈弹弓，再一起用力把他射向远方的标靶。我们以为这回他准得鼻青眼肿，垂头丧气。可他还是乐呵呵的，一溜烟小跑着回来，手里还捧着一堆琥珀色的野蜂蜜。"刚才，我嗖的掠过那株椴树上空时，顺手摘下的。我用劲儿地抖啊抖！野蜂全抖掉了。"他咯咯笑，露出黑乎乎的牙齿，"有几只还想咬我，可哪有我飞得快呀！"

我们不理他，啃着野蜂蜜，舌头甜成了野蜂蜜。

"真好吃。"我们中的一个呷巴着嘴说。

"可惜只有一个蜂巢。"我们中的一个不无惋惜地说。

"不是还有他吗？"我们中的一个兴奋地嚷道。

我们的目光一起落在他身上。

他吓了一跳，"我骨头太硬了，经受不住几次这样的折腾呀！"我们喊着爷爷，不容分说，又把他重新塞到弹弓里，射向远方。我们从上午忙到中午，又从中午忙到下午，无师自通了许多射击要领，还计算出该弹弓的射程、初速度、精度，以及对气象、弹道等误差的修正。当长庚星出现时，我们目送着消失在落日余辉中的他，放弃了努力。

"真可惜，这么大的地方只有一个蜂巢。"我们中的一个不无遗憾地说。

"听说野生的桂花蜜更好吃，可惜他不能穿越到那个季节去。"我们中的一个懊恼地说。

"你们说，明天早上，他是否会出现在东方的天空里？像启明星那样。"我们中的一个小心翼翼地说道。

我们一起哈哈大笑，为这个愚蠢的问题，再各自回家，一边舔着手指头儿，一边想象藏在衣兜里那一小块野蜂蜜在暗夜里的甜。我们会想念他，但不是现在。

四十二

我与她谈到巴别尔的《骑兵军》。

我不明白自己为什么会忽然提起这本书，还特别提起那个"父亲一刀刀剐了儿子，他的另一个儿子为了替哥哥报仇又杀了父亲"的故事。那是个下雨天，她的脸色很快变得异常难看，肩膀还老颤抖。

我问她怎么了，她说不舒服，就起身告辞。

我注视着她的背影，有点蒙，我本以为自己会拥有一个丰腴的夜晚。我们的交谈是那样愉快，虽不能说是鼓与鼓槌，好歹还是有点令狐冲与任盈盈合奏的范儿——这是她的原话。我喜欢这种爽朗的女性，都想好了上哪里去购买玫瑰与避孕套。

她走得很快，像有一把枪顶着后背。准确地说，是小跑，跑到路口，被一辆渣土车撞倒。我冲出去，抱起她的身体往医院跑，一边跑一边使劲地喊着她的名字。她的血从我指缝里大把大把地流下，我看见她的灵魂在我双臂间不停地哆嗦。

等我跑进医院，急诊医生说回天乏术了。

我不明白自己那时为什么会哭得伤心。见我那天样子的许多人，都说我如丧考妣。我与他们打了几架，被其中一个打得满脸是血，心里才好受了些。

后来，我才知道那天她为什么会这样急急地离开我。

她爸爸也有一个哥哥，她叫大伯的，早年跟着共产党上山打游击，被她爷爷（当时任县城保安队长）杀了，人头还在城墙上挂了大半年。1949年，她爷爷去了台湾。1984年回来，说是落叶归根，要在县里投资建厂，帮着家乡人民脱贫致富。

她爸却把她爷爷杀了，用菜刀砍了十几刀，大家说她爸是疯了。公审大会那天，别的死刑犯多半尿了裤子，老老实实地低头伏法。她爸狂妄得紧，也不知哪里来的力量，突然挣脱两个反押着其双臂的战士，跳着脚大嚷，说对待敌人要像严冬一样残酷无情,蒋匪血债累累,是所有中国人民的敌人。大家吓了一跳,都说她爸恐怕不是疯了,是被她大伯附了体。

还在念小学的她,就跟着她妈搬走了。

对了,还有她奶奶。这个不幸的女人在"三年自然灾害"时死了,没有目睹后来发生的事。相对来说,她比叶甫多基娅·费奥多罗芙娜女士还是要幸运一点儿。当然,这只是我的看法,并不一定对。

四十三

还记得那个老妇人吗?在昏暗的屋子里,用一个固定的姿势靠在椅上,注视着镜中的玫瑰,那枝由镜面污秽所组成的玫瑰,直至你进入到她的房间。

对你来说,这是一个偶然。在微弱的光线里,你随手翻动着她的痛苦与往昔。

她曾经是那样明艳动人,富有对美的鉴赏才情,又与几位大人物私谊深厚。在属于她的那些年,人们习惯于在各种场合谈论有关于她的一切,乃至于那几只喜欢蜷缩在她膝盖上的波斯猫——它们看上去几乎就是一模一样的。

这被视之为时髦。用一句当时最流行的话,"人民在宠着她。"

一个小小花絮。在电视直播的国民动员大会现场,一个一闪而逝的镜头给出一个让人们诧异的画面:在这个激动人心的时刻,一个大人物用铅笔在纸上勾勒的,居然并非是未来战事的态势图,而是作为人民代表的她手握玫瑰振臂高呼的形象。

震惊过后,所有的人都流下眼泪,用最美好的句子祝福他与她。一个外国记者眼含热泪地惊呼,"一个国家的审美能力决定了它的文明程度,而后者又将决定它的兴衰。"

战争开始了。她这张手握玫瑰振臂高呼的形象被广泛印刷于各种背景的海报、宣传画、火柴盒、面巾纸。她没有拿起枪，但包括敌军最高指挥官在内的人都承认，她一个人的威力抵得过十个全副武装的机械师团。

意外发生了，因为一次赶去前线犒军飞行事故，她被俘虏。真正俘虏她的是在手术台上把她救活的一个说话粗鲁、医术高明的年轻上尉。

一个人应该忠于祖国，还是忠于爱情？

你沉默地看着她布满皱纹的脸。

她的脸像她被葬入土中那日的天空，被破开云层的阳光一点点擦亮。

她问你是否还记得这枝玫瑰，以及你把它放在她手中的那个时刻。

你是上尉的儿子，她不是你的母亲。

你注视着镜中的玫瑰。世界上有三枝玫瑰：一枝是画家笔下的，一枝是现实中的，一枝是作为概念的。只有最后一枝，不会因为现实中玫瑰的毁灭而消失，不会因为它属于别人而更改属性，甚至不会因为从未有人见过就不存在，它是真正的真实，是复杂的对称、慎重的象征、通往上帝的途径、唯一不能被加减乘除之物。

"玫瑰枯萎，其名犹存。"你喃喃低语，上前轻轻擦去那枝由镜面污秽所组成的玫瑰。这是只属于她的骄傲——肉欲与情爱永高不过人之骄傲。

四十四

我听说过一个女人，若给她一瓶最烈的酒，她便愿意做任何事情。

在一个冬日的夜晚，我找到醉醺醺的她，她在一个男人怀抱里又哭又笑。我赶走那个不怀好意的男人，试图拉住她冰凉的手。她挣脱了，尖叫着给了我一记耳光，嘴里吐出秽物与最粗俗的脏话，然后拼命地追赶那个猥琐的男人。她摔倒了，抱紧路边的梧桐树放声号啕。那是一棵奇怪的树，树根处有一个巴掌大小的洞。我在几个地方见过，一些人会在深夜的时候对着它说话。我默默地站立一边，耳朵却凑了过去，这里是一个刚刚好的空间。是她的声音，断断续续。

……

　　我爸是知青，在我眼里他是天底下最好的父亲。我骑在他的脖子想去摘天上的星子，他一边为我加油一边鼓励我说，"乖囡儿，再长大一点点儿，你就够得着了。"他用他所能想到的一切方式来爱我，我吃不下的饭他接着吃，我初潮时弄脏的衣物他拿去洗——我母亲在生我后不久就死掉了。有人想替他再说门亲事，他总是婉言谢绝，说有我就够了。但他从不忘教我要做一个正直的人，一个对社会有益的人。因为他就是这样的，家里的奖状贴满好几堵墙壁，他是单位的劳模，年年都是。

　　我十五岁的春天，一个乡下少年敲响我家的房门，还掏出一封皱巴巴的信。父亲掉了眼泪，叫我喊他哥哥。我很高兴，牵着他到处逛来逛去，像牵着一头威风凛凛的马。我是在很久以后才知道他是我的亲哥哥。当年知青返城风暴，我爸与另一个女知青刚生下才几个月大的他，因为政策限制，不得不又托关系走后门去离婚，但还有他是多余的，是没法带回去的。我爸与他妈在车站哭了半天，他妈先上了南去的火车，我爸跟着上了北行的火车，他被扔在车站。幸运的是，一个认识我爸的老乡把他捡回了家。

　　这种事情在那个闹哄哄的时代里都很正常，叶辛不是写过一本

《孽债》吗？他就是来讨债的，我用了很长的一段时间才想明白。接下来的那个夏天，他强暴了我，跟一只真正的畜生没有区别。我的牙齿被他打脱几颗，乳头被他咬掉半边，身子被撕烂，像被撕烂的绸缎。我是真真切切地懂了什么叫作噩梦，我以为自己还是有一丝机会从噩梦中醒来。

我喊着爸爸，"爸爸啊，你来救我啊！"

我喊一声，他就揍我一下，力气刚好使我疼得厉害，又不至于晕迷。当父亲推开房门，他才不慌不乱地从我身上爬起来，说了五个字，我一辈子都会记得的五个字：她勾引我的。

后来……后来我想去派出所，父亲跪在我面前，磕了十一个头。我离家出走了，父亲没来找我。还记得《唐山大地震》吗？我就是那被遗弃的女儿。前些日子，我偷偷回去了一趟，父亲老了，坐在轮椅里，他推着他，一副父慈子孝的场景。

亲爱的读者啊，这个冬夜确实太冷，等我想着要擦去泪水时，她已不见了踪迹，彻骨的寒意把我变成了街头的一座雕塑。所以，假如你们有机会从我身边经过，请把我的眼泪带给她，请告诉她，这不是她的错。

神啊，我的罪孽高过头顶。

请你在怒中责备我，在暴怒中惩罚我，使我的肉无一完全，让我的骨哀号一生。

四十五

"我曾经是一名最好的记者，有才华、勇气，众所周知的职业操守。

可我现在就是一条狗，知道为什么吗？"脸上有痣的男人笑眯眯地望着你，"因为每个人都有软肋，所以他们就懒得去挖一个有点技术含量的坑来对付我，你运气算是不错。"

你望着他，如果不是在此时此地，你会与他这种零距离的接触激动万分——他是行业里的传说，是你崇拜多年的偶像。正是因为他留下来的许多言论，才使你毅然投身这行。

"五十万，或者身败名裂？"你咧开嘴抓起桌上的银行卡，随手抛在地上，你的笑容比哭还要难看。他耸耸肩膀，"还有第三个选择，从窗口跳下去，说不定你能跳到另一个宇宙。"

"为什么会这样？"

"为什么不可以是这样？"

"你曾告诉过我们，要去追求公平正义。"

"公平正义远远不是书本上写的那样简单。"他咯咯乐了，"如果我告诉你，这家你眼里的骗子公司还是侠盗罗宾汉呢？"

"它不是。"你犹豫了一会儿。

"它确实不是。"他漫不经心地掏出两根烟，扔给你一根，"小骗骗色，大骗骗国。这种道德指摘咱们就不谈论吧！你有没有想过，谎言对经济的拉动？事实上，谎言不仅是财富再分配的过程，它还能直接做大蛋糕。"

他的话是你从未有所闻的，细细一想，又似乎是这样一回事。这并不需要对各种现象进行鞭策剖析——现代经济的最大特征是信心。不是所有的信心都会机会得到兑现，那些得不到兑现的，是谎言，但同样在贡献着GDP、就业人数、利润。

"它践踏了法律。"你反驳道。

"1982 年，全国有三万人因为投机倒把获罪，现在还有这项罪名？

若没有所谓的骗子们对法律的挑战，法律如何自我完善？人，要进化；作为人的法，同样需要进化。"他看了看表，"我还有点事。你考虑一下，三点十五分前答复我吧。"

他走了，他留下的声音还在房间里嗡嗡响着，像一群让人厌恶的苍蝇。毫无疑问，他说的都是极荒谬的，问题是，这些荒谬的话语为什么会具备这样强大的说服力？严格意义上说，他所说的，在逻辑上没有瑕疵。

你咳嗽起来，你吸了这么多年的烟还是头次被烟呛了。你抹掉那些突然溢出来的泪水，发现房间里确实有一只苍蝇，它趴在面朝街道的落地玻璃上，静静地沐浴着从蔚蓝苍穹里洒落的光线，犹如一件稀世珍奇。

四十六

"我的女神，你想听一个怎样的故事以打发这漫漫长夜？让我想想，再想想。

"一个衰老的男人用所余无多的光阴创造了一座雕塑，一个明眸皓齿的少女的形象。老男人爱上了它，一天十二个时辰凝视着它。'我终于看见了她，她闪电一样的容颜，使我腹中有了千轮太阳。'在这近乎祷告的喃喃自语中，它拥有了生命，成为她。

"这本该是一个完美的皮格玛利翁效应，有暗示、碎片、神迹，最不可思议的虔诚。遗憾的是，故事并未就此终结，也没有若童话所宣称的那样'他们从此幸福地生活在一起'，意外发生了，她的目光被侍立在旁边的仆人点燃。每一簇火，都好像神灵在高声歌唱。不谙世事的她扑上去，死死地咬住仆人的嘴唇，好像他是亚当她是夏娃。老男人给了仆人两个选择，杀了她，给他自由；或者吊死他，在她面前。

"年轻仆人的选择众所周知。当斧头劈下，她终于相信了这不是情人的玩笑，手臂瞬间化成翅膀。来不及了，利刃的速度比光还要快。她的头颅与双臂被砍下，她重新变成石像，被黄土掩盖，又被农人掘起，至今仍与《米洛斯的阿佛洛狄忒》和《蒙娜丽莎》一起被收藏在巴黎罗浮宫。

"亲爱的，她叫尼凯。人们把她唤作尼凯，她是希腊神话中的胜利女神。"

四十七

那天中午，大人们睡着了，大大小小的屋子打着鼾。

两个穿着六年级校服的孩子趴在围墙上，用玻璃瓶底磨成的凸透镜研究墙缝里一群群忙忙碌碌的蚂蚁，一直研究到蚂蚁燃烧起来。

男孩心满意足地叹口气，女孩聚精会神地看着他的脸，偶尔也看看他左胳膊上的"五道杠"。

围墙外是河水一样的马路，几张废纸与几只有颜色的塑料袋是在河里游泳的鱼。河岸在哪儿呢？男孩的目光绕过女孩仰起的脸，落在一个刚从拐角处跑出来的女人身上，她长长的头发就像是河岸一样。

男孩用凸透镜对准她。

她没有燃烧起来，岔路口蹿出的一辆黑色宝马撞倒她。她身体里的血真多，哗啦啦的。车上下来几个醉醺醺的男人，一个、二个、三个，他们不约而同地皱着眉打量起脚下的皮鞋。

瘦男人说："我的鞋被弄脏了。"

胖男人说："这女人为什么要自杀？"

不胖不瘦的男人掏出手机说："目击证人正在迅速赶来。"

瘦男人看了眼附近电线杆上的某个装置，叹口气说："这里有摄像头，还得把相关内容加工一下,麻烦。"说着话,把鞋底在女人的衣襟上蹭去血迹,回到车上。

"就说这几个摄像头出了技术故障。"胖男人的喉咙里呼噜呼噜的一阵响,"我刚才看见一个黑色的桑塔纳撞倒这个可怜的女人。"

不胖不瘦的男人重新瞥了眼手机,"肇事逃逸的司机找到了,正在朝这边赶来。"

三个男人回到了车里,离开了,就像从来没有出现过。很快,一辆桑塔纳来到了那辆宝马车原来所在的位置。

女孩咯咯轻笑,眼角尽是不屑。男孩问,"为什么笑?"

女孩撇撇嘴说:"这些男人好蠢,为什么不把女人直接送医院,就说是别人撞了她,他们见义勇为。反正话筒在手上想怎么说都行,电视剧里都是这样演的。"

男孩说:"你懂什么?血会把座椅弄脏的。这是小事,关键是不能与这种事扯上纠葛,这很危险。书上说了,玩火者必自焚也。"

"你懂得真多。"女孩又仰起脸看男孩薄薄的唇,想起什么,"他们三个人究竟是谁的官更大一点儿呢?"

警车来了,嘟嘟响着,在视线的尽头,也就玩具车般大小。

"我不知道,应该是胖男人与瘦男人中间的一个吧。"男孩不无忧伤地看了下自己的左胳膊,"我想,总有一天,我做的官会比他们加起来还要大。"

"那时你还会像现在这样爱我吗?"女孩的声音小了一些。

"会的。"男孩挥了下手,郑重地许下承诺。

他们的肩膀靠在一起,就像童话里的王子与公主一样。

四十八

我不记得有多少人知道那本名叫《纸牌的秘密》的书——存在于现实之外的小丑唤醒了从不思考的由五十二张纸牌变化而来的只依照牌局规则生存的五十二个侏儒，一起杀死了牌局的创造者，一个化身为面包师的上帝。

上帝死了，小丑失去了一切。

小丑终于意识到自身是一个真正的问题。他离开书桌，来到隔壁房间，用白油漆涂满脸庞，在鼻尖装上又圆又红又翘的鼻头，耳朵上夹着鸟的白羽，穿起滑稽的有着圆形图案的衣裳，抱着伤痕累累的吉他，来到火车站，唱起歌，跳起舞。

小丑无须开口说话，便已妙趣横生。

顽皮的孩子眼珠乌黑，咬着甘蔗，朝着小丑站立处指指点点。

小丑卖力地表演，脸上没有失落、颓废、倦怠，用最强劲的节拍迎接不属于他的一切，包括他心爱的从来不认识他的女人，那个外出度新婚蜜月的女人。这里包含着三个要素：小丑、人来人往的火车站、子宫里装满其他男人精液的女人。

这是一种深刻的喜剧，是可怕的笑声。

当火车站终于空空荡荡，小丑的表演更为卖力。他撕掉所有的伪装，不再扮演受人尊敬的学者、耄耋老母的孝顺儿子、被弟弟夸耀的兄长……跳到铁轨上，不停地翻着跟斗，一个个纯粹而又绝望的跟斗。

相对于他鲜活的姿态，接近永恒的火车站反而如同一种超越现实不可确信的存在。

我回到火车站，找到遗忘在洗手间里的那本《纸牌的秘密》，也看见了小丑与白昼完全不一样的疯狂演出，他的表情是这样真挚欢乐。

"你头不晕吗？"这是我的第一个问题。

他没有回答我。

"她本来是属于你的，本来会像爱上现在的我一样爱上你。但我夺走了她，以你的名义。谁让你是一个受人尊敬的学者、耄耋老母的孝顺儿子、被弟弟夸耀的兄长呢，是你教会我要敢于去追求幸福的。你不恨我吗？她的身体就是一个仙境。"我拼命地嚷道。

他还是不理我，所翻的跟斗跟圆一样完美。

一辆夜行列车轰隆隆驶来，他跳上火车，还把脸贴在玻璃上，扮出一个鬼脸。

"精神病人思维广，弱智儿童欢乐多。"我耸耸肩膀，朝着远去的列车竖起中指，捡起地上的破吉他、滑稽的衣裳、白色的鸟羽、又圆又红又翘的鼻头，来到他心爱的女人身边。

"这是什么？"她问。

"我弟，我们是双胞胎。他是个骗子，能够扮演包括小丑在内的任何角色。也许有一天你会见到他，或许你还会有那么一点儿喜欢他。"我把手伸向她平坦的腹部，再过十个月，也许更短的时间，这里也将出现一个完美的圆。

四十九

"无法想象一个没有你的世界，就像夜晚无法想象没有白昼。"

刚化完妆的年轻妇人在洗手间的镜面吻了下自己，她久久地注视着镜子里那个妖艳影像，目光如此炽烈，以至于喉咙里突然跳出若干尖利而又怪异的音节。这让她有点难为情，还好，四周无人。

她的视线重新回到镜面——这个神奇的平面。

唇印好像是有生命的东西，饱含"纯洁、从肉体开始的一切、人世间的各种颜色"。她下意识地用洁白的指尖来回触摸它的边缘，脑海里依次出现：彩凤的羽毛、玛瑙在蓝色绒布上耀眼的光、湿润丰腴的蚌肉，以及少许混杂着兴奋的恐惧。

"这就是我吗？我的灵魂。"

妇人的身体颤抖起来，似乎明白了什么，但，就如虚无是永远无法抵达的，她呻吟出声，终究还是不清楚自己明白了什么。她犹豫着，慢慢地从手袋里掏出手帕纸，匆匆擦去这个让她自己也觉得不可思议的唇印，逃一般回到大厅，在她的朋友们中间坐下。

她的朋友，一个瘦女人在说故事。

说一个独身女人，一个被包养的二奶，喜欢上小区外一个喜欢戴鸭舌帽的镜子店的小老板，不知道如何启齿，隔三岔五地就去砸烂洗手间的镜子，请小老板来修。

"镜子和交媾都是污秽的，因为它们都使人口增殖。"她下意识地想起博尔赫斯那句曾经非常著名的句子，又马上为自己的恶俗羞愧难当。还好，她没有把它念出来，否则她的朋友们一定会哄堂大笑——她也曾发出过这样的笑声。她瞟了眼瘦女人薄薄的嘴唇，紧接着，又想起米兰·昆德拉，如果按照他的说法（镜子是一种欲望，一种催化剂，因为人们从镜子里看到了对方），如果说小老板也能按照独身女人的方式来表达，那么他们将相爱，并且彼此厌憎……

妇人的思绪蓦然停顿下来，她不无吃惊地捂住自己的嘴。

"我说了什么？"

"你说了米兰·昆德拉。"瘦女人的口吻里有了一点儿幸灾乐祸。

"天啊！"她不得不用手指使劲儿地顶住太阳穴，脸色发白。这是可以理解的。众所周知，在这种场合谈论这个连诺奖评委都不喜欢的捷克人，几乎意味着被彻底败坏的品位。

"一定是有人对我施了咒语。"她急急分辩。

"那你说他们应该是一种什么样的关系？"一个眼圈发青的男子插嘴说道。

"今天是2012年1月16日，星期一。辛卯年，辛丑月，丙子日。宜缄默，宜分享奖金，宜短暂失忆，宜赠送充气玩具，宜交配。忌奉承，忌情绪低落，忌索要发票，忌对老同学心怀不轨，忌礼节性关注。"另一个长发男子掐指说道。

"我有点头晕，我想我得先告辞，《时尚》主编约我谈件事，我还有点事，我想起来了。你们知道的，他是一个时间观念非常强的人。"她勉强地笑，语无伦次地说道，跟跟跄跄地奔出屋。

她回到家，回到镜子的面前。

"我还是我吗？"她问那个镜子里被冷风冻得直哆嗦的影像。她小心翼翼地把嘴唇贴至冰凉的镜面，嘴唇是复杂的，上面有太多皱纹与不少细小的裂纹。她听见一声细微的响声在身体内部响起。这个可怕的响声把她摔倒在地。她的眼泪下来了，不可抑止。她歇斯底里地抄起手袋，重重地砸向那个空空荡荡的平面。

翌日中午，一个戴鸭舌帽的年轻人敲响她的房门。

这一回，他没有敲开她的门。

五十

夜晚是一座让人心神迷醉的热带雨林。

在雨林深处的一间小酒馆内坐着几个人，他们在玩一种古老的游戏，姑且把他们称之为甲乙丙丁。

甲说："大前天我在宁海路上看到一个女人拽着一个男人的头发，一边使劲拽，一边用力哭，一边数落——姓刘的，张志兴勾搭我时你不阻拦，现在他勾搭别的女人去了，你就落井下石要与我离婚，你还有点良心吗？"

其他三人都笑了，举起杯中的酒各自饮了。

乙抹抹嘴说："前天我在宁海路上也见到一件有趣的事。一个妇人在熙熙攘攘的人流中哭，有个成语说得好，如丧考妣。我都想走过去安慰她。她不哭了，可能是看见了马路那边某个一闪而逝的人影，一边追上去，一边当街补妆，一边掏出手机发嗲，'许兵，你在哪儿呢？'怎么说呢？若非亲身目睹，很难察觉到那种喜剧性。短短几分钟，她就成功地把自己从怨妇改造成女妖精。唉，我必须说，女人都是大魔术师。"

一个人笑了，另外二人没笑。乙耸耸肩膀，端起酒杯自饮了一杯。

丙呷呷嘴说："昨天我在亲子鉴定中心看到一个嗑着开心果的女人，身边还围绕着三个表情严肃的男人。出来一个医生，手里拿着几张纸，女人接过来匆匆扫过几眼，一边笑，一边擦眼泪，一边踩在高跟鞋上兴奋地跳，'孩子不是许兵的，不是陈永财。哈哈，也不是张志兴的。我就知道孩子一定是我老公的。'"

二个人笑了，另外一个没笑。丙说了句脏话，端起酒杯骂骂咧咧地干了。

丁说："今天一个妇人找到我，一边说道德是人的道德，也必定被人逾越；一边又说辜鸿铭的'茶壶论'过时了，现在得喝鸡尾酒，一个杯子里得添N种液体；一边说女人若能同时拥有四个男人，一个英俊的、一个富有的、一个对她死心塌地的、还有一个她对他死心塌地的，才不枉来世上走一遭。唉，生为女人，即为罪过。"

丁没有笑。四个人都没有笑，眉宇间都有一些难以言喻的困惑。

他们不约而同地举起酒杯，但还没有等他们把酒倒入喉咙，夜晚伸了一个懒腰，门外进来一个醉醺醺的妇人。晕暗的光线下，她的脸色就像雨林里那种表情凶恶的藤萝草木植物。

"许兵、陈永财、张志兴、刘卫。"

她似要摔倒。

妇人跟跟跄跄，从四人手中依次夺过杯子，泼了两杯在地上，也喝了两杯，其中一杯倒在自己的胸脯上。

"要不要我给你们找一副麻将来？"妇人冷笑着，她确实是醉了，一句话还没说完，顺势倒在旁边的椅子上鼾声渐起。

我笑了，我没法不笑，我把脸都笑歪了。

"女人果然是奢侈品啊！据相关数据表明，不远的将来，能否讨上老婆，将是一个成功男人的标志。"我一边笑，一边压低嗓音，一边想到一件更有趣的事，"一个女士跑到悬崖边想自杀，一个乞丐说，反正你就要死了，就发发善心，死前与我嘿咻一下吧。女士大怒，唾其耻。乞丐说，那也行，我就在山下等你。乞丐唱着歌往山下走，女士就回家去了。哈哈，你猜这个乞丐是谁？当然不是他们中的任何一个。"

我以为她会兴致勃勃，我都打算告诉她这个乞丐是上帝——这是一个多么动人的关于救赎的故事啊！结果，坐着我对面一直低头不语的女人，猛地扬手给了我一记响亮的耳光，眼里还闪动着晶莹的泪花，"姓刘的，你这样嘲笑我，还有点良心吗？"

五十一

一个年轻人张开双臂，拦住你，问你是要走左边，还是右边。

"你总得走一条道，不是左边，就是右边。你不可能同时既走左边的，又走右边的。当然，你更不可能站在原地不动。你占的位置阻挡了别人的路，他们会毫不客气地推倒你，把你的肠子也踩出来。"年轻人显然是喝醉了，舌头上有石子。

与这样一个人争论乃至于推搡，只能证明你的愚蠢程度，所以你跳了起来，从他头顶轻轻跃过。

"你是个鸟人啊！"他的眼里充满羡慕。

"不，我只是一个活在小说里的人。"你转过身纠正道，"小说是对现实的摧毁，价值取决于其摧毁广度与深度的总和。现实已经足够惊心动魄，小说，要克服这种冲动。左与右，不管看上去有多么正确，或者说迷人，它们的实质是一样的，都是时间与偶然性的堆积，追求的也都是戏剧感。在现实之外，另有一个沉默无言的上帝，其翅不计其数，大者若瑰丽星系，小者似处子红唇，翼上又缀满星辰与那些众多难以言喻之物，翼间之羽由种种尚不为人所知的公理定式编织而成……"

你喋喋不休，口腔快感主宰了你——薄薄的双唇似乎有它自身的意志。

当你意识到这点，一股寒意倏然浸透骨髓。

你下意识抬头，一张带着血腥味的网兜头罩下。你被捆了个结结实实，网上所附带的金属倒钩毫不留情地扎入皮肉，你呻吟出声。

"知道鸟人的命运吗？必须说，这是一种珍稀生物。我想许多正常人类还是愿意交纳一定费用的门票前来参观。"年轻人搓着双手，笑容满面地踱到你面前，"说不定哪天还能为国创汇呢！"

"我不是鸟人，我没有翅膀。"你赌咒发誓，恨不得用牙齿撕开肩膀上的衣裳。

肩胛处没有可疑的凸起。

年轻人皱紧眉头，喃喃低语，"难道我错了？"

街角转来一张脸容刚毅的中年男人。他瞥了你一眼，又扫了年轻人一眼，"组织是不会犯错的，组织说他是，他就是。"

中年男人脚步不停，迅速消失在另一个有着一片暗蓝色的街角。

他的目光跟刀子一样。你没再分辩，也没有机会再分辩。

然后就是现在了。你看着我，默默地俯视着我，铁制的栅栏在我们中间。你是鸟人，我是一头毛皮斑斓、额头上有两个奇怪汉字的异兽。我们都在不可挣脱的笼子里，渐渐忘掉彼此，忘掉了那些只属于我们俩的秘密。

五十二

很久以前，有一块草原，它比辽阔的现实还要广袤无边。

草原上有一对兄弟，人们都说他们是这世上最好的兄弟，他们并肩站在一起的时候，全世界都在他们脚下延展。

有一天，他们去打猎，掳获了这世上一只最美丽的生物，他们把她带回家。弟弟认为，她应该是嫂子。哥哥认为，只有她才配成为弟弟的妻子。他们第一次发生了争论，并不无痛苦地感受到，这个瞳仁是檀香木颜色的女人的到来破坏了他们之间最为纯洁的感情。于是，他们一起割断她的喉咙，把她葬在帐篷朝南的第十三个石堆下。他们都没再娶妻。

这样过去了二十年，在一个狂风大作的暴雨夜，弟弟梦见女人的面容，是那样清晰，就好像他刚刚把她拽上马背。他情不自禁地伸出手，指尖有一点儿麻，一些酥，还有一丝甜。这种奇异的感觉让他的体内出现一堆火焰，所有的神经末梢与血管在金黄的焰火中纷纷爆裂。他惊恐且绝望地叫喊起来，死死地掐住这个女人的喉咙。

天亮的时候，弟弟松开了手。

死神用他的双手夺走了他哥哥的生命，他望着哥哥脖子上那道铁链一样的淤痕失声恸哭。一只尖喙老鹰在蔚蓝的天穹里慵懒地盘旋飞行。他背起哥哥来到当年埋葬她的那片草原，又用了剩下二十年的时间找到"第十三个石堆"，她还在那里。他把哥哥的尸首放在她左边，然后在她右边心满意足地躺下。

五十三

一个男人，从无恐惧，据说连天上的神祇也畏惧他的勇力。他走在路上，草木为之拜伏，最坚硬的石头也赶紧让路。他的独生子胆小懦弱，一头乱七八糟的头发仿佛刚从噩梦中惊醒，连老鼠都敢在他孩子面前耀武扬威，还啃去了他孩子的一根手指。

男人忧心忡忡，独自来到雨林深处，在那棵最古老的大树下，不饮不食，向部落的神灵祷告了整整七个日夜。

第八日，当第一束金黄色的光线割开凌晨的喉咙，他看见自己嘴里冒出一个含糊不清的声音，"这是你不为人知的阿喀琉斯之踵，也是通往永恒真理最后的考验。"

噢，这一定不是神的意旨，是这根该死的舌头在欺骗他。他抓住这块人体中最强韧有力的肌肉，用力地揪出。但这个声音还在，震得颅腔嗡嗡回响。他又掰断了自己的几颗牙齿。很快，他被自己撕碎扯烂。四周出现一群由薄雾、光线、腐朽的死亡气息构成的身影。这些诡异的身影簇拥在他的血肉旁，正在贪婪吞食，有的像饕餮，有的像鬣狗，有的像蛆。他不无惊疑地加入其中，这种滋味使他激动万分。他是如此勇猛，打败了它们，并从它们的胃里找到自己原本被啃食掉的肢体，他成功地吃掉整个的自己。

"所有人都该明白恐惧的感受，诸神也不例外。"

当夜幕来临的时候，孩子望见了他在云层中望下的灰色目光。他不无笨拙地鼓起腮帮，吹过去一阵风，风把孩子的头发弄得更乱了。但没关系，他或许成为不了一位勇士，但他将作为一个真正的人那样活着。

五十四

酒吧里，一个男人郁郁寡欢，偶尔抬头冲你露出一种难以形容的表情，像是痛苦，也像是欢愉。

你端了杯酒在他面前坐下，问你有哪些地方值得他这样迷惑。

他问你是否相信他来自未来。

你说信。在这里，你还遇到过声称来自侏罗纪的人、是你重孙子的人、上帝的第二个儿子。

你问他回来干什么？不会是拯救人类这样老套的剧情吧？

他说："如果我说你是夏娃，我是亚当，你信吗？"

你当然不信，但你还是说信。你喜欢这个说法，所有的男人都是亚当，所有的女人都是夏娃。你希望能听到一个像冬日之树那样的故事，哪怕它的线条没有树枝一般清晰且繁复，至少在你需要的时候，能允许你折下一小截，点燃取暖。

你把酒倒入喉咙。他的脸上有哀伤弥漫。

"你不认得我了。"

"你还记得 2047 年吗？"

"一个星际探索者在让人窒息的星际旅行中，爱上了无尽虚空、毁灭与重生交替的瑰丽星系，匪夷所思的亿万生灵，以及一台名叫 LWT38 的原型生物人。她是一个完美的女性，聪明勇敢，体重 55kg，三围是 33-24-34。可惜由于当时的设计所限，她没有卵巢与子宫。为弥补此遗憾，2047 年，他们回到地球。他们可以不回来的，对于一些星球上的生命来说，他们甚至是神。但出乎意料的是，生物人已成为地球的主宰，人类被他们制造的异种生命尽皆捕杀，他们在人类奠定的基础上创造出一个辉煌的不可思议的文明。他被生物人逮捕，关进入铁笼，被视作研究材料。她背叛族群，救下他，驾驶时空穿梭机试图回到那艘尚未降临地球的飞船。但时间的湍流使目的地坐标发生细微扭曲，他们来到 2012 年的地球。更糟糕的是，在进入大气层后，一颗陨石带来灾难，穿梭机毁掉，他们分开了，等他越过山峦河流，再找到她，发现她已经完全失忆。"

"我的体重是 55kg，三围是 33-24-34。前年因为一颗该死的肿瘤，我做了卵巢与子宫切除手术。"你感觉到有点不大舒服，"你跟踪我，调查了我？"

"是他们让你这样相信的，你现在所有的记忆都是他们塞进来的，怎么说呢，就相当于先把硬盘格式化。"他用眼角余光扫了下酒吧里的一个脖子上有蝴蝶文青的男子，压低声音，"你是否觉得来这间酒吧的一些人很奇怪？告诉你一个秘密，他们不是人，是人昔日制造的生物人。"

"就为了把你抓回去？"你差点笑出声。

"是的。因为我是2047年唯一幸存的人类，而你就是钓饵。地球上的其他人类因为未去过2047年，生物人无法带走他们——这种鲁莽行为所产生的蝴蝶效应，将有万分之零点几的概率导致生物人不存在。"他很严肃地点头，"这几个月我想尽办法接近你，试图恢复你大脑里已被删除的资料，都被阻挠。也正因为他们只是打算活捉我，而非击毙。亲爱的，今天晚上我才有机会坐在你面前，告诉你，我爱你。"

他眼中突然蕴满泪水。他掏出一把枪对准自己的太阳穴，冲你露出一个异常熟悉的鬼脸，然后扣动板机。

一个陌生男人在说完这些后，在你面前自杀了。

你把这个荒谬的故事对警察、朋友、同事、医师、穿蓝白竖条纹的病友们重复了十次、一百次、一千次、一万零一次，一直到梦醒的一刻。也许他是对的，你身体的最深处，还藏着一个未知的陌生女性。

只是一个连自己都不曾真正拥有的人，又怎么配拥有爱情？

你看了眼床头镜，这才惊觉自己脸上满是一种弱酸性的透明的无色液体。

五十五

你十四岁那年发现你的灵魂。你惊喜的目光打扰了那团原本安静的蜷曲若婴儿沉睡的透明物，它开始不安地挣扎，让你变得顽劣异常。比如，用刀子剖开一只每天下蛋的母鸡的肛门，因为你实在好奇蛋是如何在母鸡体内形成的。你母亲追打了你整整一天，不过，到了晚上，你还是喝上了鲜美无比的鸡汤，这让你的恶更加肆无忌惮，同时也更为隐蔽。

没过多少年，你的灵魂遇到一个美丽的少妇，她与生俱来的善良让你羞愧难当。你好像一把烧得通红的刀子，暴行随时一触即发。在略施小计赶走她那个多疑的丈夫后，你跟跟跄跄地抓着她的胳膊，用醉醺醺的凶狠口吻向世界宣布，她是属于你的。理所当然，你得到了一记耳光与众多唾沫。但，夜晚你还是得到了这个温软的嘴唇。

你喜欢上夜晚，这是一个不可避免的过程。晚上睡不着的时候，你会登录一个叫全球实时摄像头监控网的网站，寻找着地球上那些已经熟睡的地方，在无数细碎的光块中，它们就像屏幕前的你，一动也不动。

你寻找着你的灵魂。

你希望能与它一起再干点儿什么。

有一个夜晚你终于又在屏幕上看见了你的灵魂。它伸长腿，坐在一个污迹斑斑的塑料桶上，仰脸望着屋檐上的雨滴，两颗污黄的牙齿挂在人中下方，脸上只有一种固定的表情，不是哭也不是笑。你问它为什么会这样？

它说，世界是如此寂寞。

你朝它竖起中指，它消失了。那个塑料桶还在，雨珠滴在上面，用你所听不到的声响提醒你，这并非是一张图片。

你回到母亲的身边，成为一个乖孩子。

当高空中的几片云化成苍鹰与恶隼，做俯冲状时，你掏出弹弓射落它们。母亲回头用愠怒的眼神问你在干什么。

你揉了眼睛，说你刚从梦中惊醒，梦见了十年后的自己，以及二十年后的自己。

那是阳光明亮的中午，你记得很清楚。当你说完那句话的时候，一个美丽的少妇出现在长满枯草的山坡前，右手紧紧地抓着一个头上绑着绷带的瘸腿男人的左手，好像后者是她的生命，只要稍不留神就要被风吹走。她朝你母亲鞠躬，双眼通红，默不作声地从你母亲手中抱过那只你最喜欢的足有三斤重的芦花母鸡，与瘸腿男人一起消失在山坡的下面。

旅人书

"可怜的人哪！"

母亲脸上的表情至今也让你想不明白。

你坐在电脑前，浏览着网页上的一条新闻想起这些。

你关闭电脑，上床，在她身边躺下，她的身体里有山坡下水流过的声响。

你做了一个梦，梦见深秋辽阔的山川。你在枝头，是鸟的形状——苍鹰与恶隼。还有一个女人，奇怪的是，你似乎不认得她，她却放下手中抱着的一只母鸡，用一种诡异的口吻说："你也在这里呀！"

枝头动了下，像有根手指拈起它，并从那里揭起一张宣纸，是一张画，她与鸟形的你都在上面。你默默地看着她与它，看着它飞到她的手掌上，一起被突如其来的大雪冻僵。

五十六

一个女孩子，你感觉到她一直在身边出没。她的气息仿佛是被风扯落的栀子花香，是如此浓郁，像一张小嘴咬在你的脖子上。但你看不见她，不管回过头看了多少次。你也不晓得她叫啥名字，只知道那是一组奇妙的音节。她叫什么名字呢？你反复地想，想得耳朵都受不了。屋子里太静了，你打开电脑，让音乐随机播放，都是一些老歌，是一片柔软的不断漾动的白光，包裹着你。你哽咽出声，惊讶地注视着一个出现在屏幕上的词组，"阿宝"。是的，就是阿宝。

手指在键盘上跳动起来，越跳越快，就好像是阿宝握紧了你的手指。

　A. 阿宝爸死得早，阿宝与妈长大，阿宝家是做豆腐的。

　B. 阿宝念初三，阿宝不喜欢读书，那些方方正正的字闷得紧，哪有那山水石头花鸟树木好看？

C. 阿宝喜欢世民。世民是班上最帅的，成绩也好。阿宝在课桌上刻世民的名字。

D. 阿宝的老师叫有树，曾因生活作风问题受过处分。

E. 阿宝妈病了，阿宝四处借钱。

F. 阿宝去敲有树的门，想把自己卖了，有树给了钱，但看着阿宝的身体什么事也没有干。

G. 吉庆是阿宝的同学，想跑去卖血替阿宝筹钱，血站的人不收。吉庆去偷爸爸的存折，取了五千块钱给阿宝，阿宝不要吉庆的钱。

H. 有树的老婆来学校问阿宝要钱，有树脑溢血死掉了。

I. 阿宝被学校开除。

J. 一个社会流氓叫石头，拦住阿宝，说她若陪他睡觉，就给她钱。阿宝应了。

K. 吉庆与石头打架，被打断胳膊。

L. 世民把吉庆送到医院，看见阿宝哭，阿宝妈死掉了。

M. 世民考上高中，吉庆考上技校。

N. 阿宝去南方，几年后回来开了一家服装店。

O. 嫁给吉庆，吉庆进了钣金厂做工人，他们俩有了个孩子叫吉祥。

P. 吉祥患有先天性脑瘤。

Q. 阿宝去ＫＴＶ找曾一起去南方的袖袖借钱，遇到石头。石头让阿宝陪酒，阿宝不肯。石头毆打阿宝，被派出所的人抓去了。

R. 吉庆得知阿宝曾经做小姐的秘密。

S. 在派出所，吉庆遇到替吉祥做手术的外科主任。他是石头的父亲，要求吉庆与阿宝放弃指控。阿宝说伤是自己不小心跌伤的。

旅人书

T. 派出所的人与石头有仇恨，要阿宝讲实话，否则把她送去劳教。

U. 一边是儿子，一边是妻子。牺牲哪个？吉庆回到晕迷不迷的吉祥病床边。

V. 阿宝进了县看守所。

W. 吉祥的手术迟迟不能进行，医院坚持要先交清费用。吉庆找到曾许下诺言的外科主任，外科主任不断推诿。大年二十九，吉庆持刀绑架他，要求马上手术，事态急剧扩大。回老家过节的世民在医院撞上他。

X. 阿宝被喊来劝丈夫放下刀。

Y. 吉庆被一枪击毙，吉庆终究未能救得吉祥。

Z. 阿宝抱着吉祥跳了楼。

"阿宝，我是世民啊！"你怔怔的，看着屏幕上的这些方头方脑让人气闷得紧的字，望着这二十六个字母。手指已经不听大脑指挥，紧紧抓住鼠标，捏烂了它，又徒劳地在墙壁上来回抓挠，并折断了指甲。眼泪在桌面积出几团水渍，最初是几个惊叹号，过了一会儿，多出几个疑问号，然后是句号、逗句、省略号。一种巨大的疼痛拧着你的身体，越拧越紧。你放声大哭，压抑了十三年的悲声在这个春日的早晨冲出喉咙。

你终于明白这一切究竟是因为什么。

五十七

这是一桩让大家都百思不得其解的凶杀案。在接手案件后，你去找了三次那个头发花白的老妇人，问她为什么要当着那么多人的面掐死她重病在床的丈夫——他们曾是一对让街坊邻居都跷大拇指夸奖的神仙伉俪，老妇人始终一言不发。你不无烦躁地回到办公室，桌上有一份快递，里面有一张刻录盘，没有纸条及其他说明。这可能又是谁寄来的匿名材料，你把它随手塞入电脑光驱。

门敲响了，进来一个眼睛红肿的少妇，她颤抖着手，把一个 HTC 的智能手机搁在你桌上。

"听一下吧，这可能是我妈发疯的原因。"瘦妇人怯怯地说道，打开其中一个录音文件，"这是我的手机。父亲过世前，我把它忘在他枕头底下，后来找回来了。前天，我发现里面多出了一个录音文件。"

里面有两个老人的声音。

"有件事，我得告诉你，大女儿是我与粮油公司的张发财生的。三十年前的 3 月 19 日下午，你与那个没屁股的刘若兰在供销社的仓库里搞了一次。尽管你只搞了一次，还以为天下人都不知道，但我恨了你一辈子。"

"我早就知道了。所以，她嫁人前我灌醉了她，还睡了她。现在喊你奶奶的，是你的儿子……咳，咳。能否把床前那杯水递给我？算了，不递也算了。我当然知道，其实二女儿也不是我的，是李有权的种。别不好意思，我都做了亲子鉴定。所以，她嫁人前我也灌醉了她，也睡了她。现在喊我爷爷的，也是我的儿子。知道了什么是对背叛的惩罚吗？金佩尔确实存在，但只存在于……"

录音戛然而止。你皱起眉头，大脑前额叶处出现一种变化。

"我没敢让我姐知道。"妇人小声说道，"我不知道它怎么就把这段话录下来了，我爸可能不小心碰到触摸屏。昨天我到省城做了亲子鉴定，我儿子不是我老公的，我有点怕。"妇人的话缺乏逻辑性，你还是听懂了。妇人的眼泪又流了出来，"我觉得我爸该死。我妈情有可原。"

妇人还闹哄哄地说了一堆话，你没听见，注意力都落在电脑屏幕上。

屏幕上一对无声无息交织在一起的赤裸男女，男人胳膊上纹着一只模样狰狞的虎。你终于想起自己在什么时候与他打过一场什么样的交道。你以为噩梦早已结束，没想到，它却以这种方式卷土重来。一年前，这个湖南籍民工试图用一盘涉及内幕交易的 DV 带勒索她，你揍了他一顿扔下十万块钱。现在，他们睡在一起，她是如此欢愉。

"我的妻子。"你怔怔地说着，你不知道哀戚的少妇是什么时候离开的。等意识回到你的体内，你诧异发现自己又回到老妇人面前，"这是妇人所不可避免的吗？"

你听见自己脆弱的声音。

而当你这样说的时候，悲伤和痛苦终于回到了它们应有的位置。

五十八

一个故事，现在说起来平淡，当时真是惊心动魄。

那还是小时候，在你老家有一条河，河的尽头是一座比天还要高的山。

你问她山上会有什么。她说，山顶有一条大鱼，它平时藏在树木与岩石之中，谁也看不到。当世道人心坏透了的时候，它会被雷声唤醒。醒来时，洪水从天而降，把磨盘大的石头从一个波涛抛向另一个波涛。这是大鱼在发怒，如果岸边活着的人还认识不到自己的错误，赶紧虔诚地奉上祭品，大鱼便要摆动头尾，荡平所有的丘陵与村镇。当然，大鱼不会把整个世界都吃掉，它再怎么生气也要考虑到未来的口粮问题。所以，它吃饱后就抖落下几块鳞片，让人有一个苟延残喘之处。

她说得很认真。她懂得一向就比你多得多、你自然是信了。一方面恐惧着那能毁掉一切的水；另一方面又盼望着那鱼。

那时河里常发大水。大水来临，你与她跑桥头看热闹。石拱桥，桥面挤满人，桥下悬空挂着几个穿犊鼻短裤的男子。水面漂来几棵合抱粗的圆木，来势凶猛。他们的脚在青石壁上一蹬，晃到河中央，用一种类似钩镰枪的东西钉住圆木，把它们拖至一边。也有樟木箱，这得腰缠麻绳跳到河里用渔网捞。天晓得上游到底都住了多少户人家，据说有人曾一口气捞到过五口樟木箱。

大家跟过年一样快活。

然后他来了，远远的，在水中半浮半沉。人们惊叫出声，叹息声未落，人就到了桥底。一个悬在桥下的男子扔出渔网，胳膊上隆起几团鹌鹑蛋大的肌肉疙瘩，他被罩住。救人一命，胜造七级浮屠。水面激起旋涡，好像一条大鱼在他身下张开了嘴。

天啊，这个陌生男人身下确实有一条大鱼！

青灰色的鳍，足有二米多长，在水里打着滚，犹如一匹被鞍鞯激怒的马。他被甩到左边，又被甩到右边——它还是无法挣脱。他的胳膊穿过鱼腮，从鱼嘴里伸出一个白得没有半点血色的手掌。

渔网掉在水里，人们目送着这诡异而又可怖的一幕。

几天后，洪水退去。在河下游，三块大青石的中间，人们发现了他。他就像是一具勇猛不屈的尸体，人们费了好大的劲儿才用刀子把他与大鱼分开。没有人敢吃这条鱼，一个瘦得跟被镰刀劈开的毛竹差不多的老光棍用斧头它剁成十三截，抛入浑浊的河水里。

　　　　　　　　旅人书

"他成了鱼神,你知道吗?"她捡起地上一块半个巴掌大小的青色鱼鳞片,低头嗅着那一抹没有消散的凶厉之气,严肃地说道:"明年再发大水,就得把童男童女一对扔到河里去祭奠他。"你吓着了,说不出话。她突然嘻嘻笑了,手指在你腰间用力一戳,"说不定就是我们俩。"

她如同小说里那些会点穴的女侠。

而你因为这个手势再也动弹不得,一直到今日此刻。

五十九

背痒了,可用手挠;喉咙痒,好像只能去说点儿什么。我得说点儿什么,喉咙痒得慌。但这个"什么"如同被打翻散落一地的棋子,要找出最早落于纹枰上的那枚,有点难。更难的是,它们又不是晶莹圆润入手温泽的棋子,是所谓的话语,是索绪尔所理解的语言和言语,是福柯所以为的"一种具有自身的连贯和前后相继形式的实证性实践"。千万别问我是什么是语言与言语,也别问我福柯这句话是什么意思,或者福柯是谁。

总之,你给我打电话时,我在地铁里。

一个模样凶狠的疤眼中年用一种古怪的方言在喋喋不休,他在对他儿子训话。那个稚童的脑袋,随着父亲粗暴的手势左摇右摆,活像牵线木偶人儿。这是一个封闭的逼仄空间。满车厢的乘客皆忍无可忍,但没谁起身指责,皆作菩萨宝相,是泥菩萨。

你知道的,中国人就是这个德行,不仅是中国人。这种声竭力嘶的旁若无人的话语不断重复的且伴以种种吃人表情的叫喊,看似愚蠢,其实极为有效,哪怕我们一句也没有听懂——甚至被许多学者认为是最伟大的演讲术,当年的希特勒就靠它征服了日耳曼民族。

你别不耐烦，听我把话说完。地铁进站了，上来一位穿套裙的职业女性，背对着我在打手机。她有一双很好看的长腿，装在黑袜里。疤脸汉子停顿了零点几秒，唾沫继续如同洪水泛滥。职业女性不得不提高音量，我以为疤脸汉子会自觉闭嘴，他反而提高音量，嘴里还不时地冒出几句脏话。你知道的，一个人的声调声腔、面部表情、肢体行为必然受其所阐释的话语支配，他的表情逐渐凶恶。我屏住呼吸，隐隐约约觉得会有某件事情发生。职业女性可能有什么急事，很生气地对疤脸汉子说道："你能否闭下嘴？"我发誓，我向毛主席发誓，那女人就讲了这一句。那个被夹在疤脸汉子胳膊下，偶尔小心翼翼地往四周投来一个求救眼色的孩子，就像古龙小说里的那个剑客阿飞动了一下。

一柄水果刀插进女人的肋下。

我没骗你，事情就是这样。女人的身子歪倒了，她抓住我的手，然后拼命地抓着我的手，就好像我是那个看上去人畜无害的凶手，又或者说我是大慈大悲的地藏王菩萨。我吓着了，力气从身体里跑掉了。等我醒过神来，车厢里就剩下我与她。我哭爹喊娘地叫，就是没法挣脱，她那只纤细的手比铁铐还要结实。她咽了气，在我面前。她脸上盖着一层厚厚的脂粉，我突然认出了她，她是我妻子。我很奇怪，她打电话时，我怎么就没听出她的声音，可能是心不在焉，也可能我听出来了，脑子里的弦却坏掉了。但不管怎样，都不影响这件事的发生。她死了，我妻子，在与我闹离婚的妻子，与她打电话里的人是她的情人。这是事实。可警察为什么就不肯用猪脑子想一想，就算我要杀人，起码也得让福尔摩斯皱几回眉头。他们竟然说我是激情杀人，这是对我智商的侮辱。

上帝，他们为什么不说夏俊峰是激情杀人？

我再说一千遍，一万遍，我没杀人。这不该是罗生门，不管法庭如何判决，这是事实。我只求你一件事，雇几个民工，在他们胸前挂上纸牌，我愿意悬赏一百万元寻找那天地铁车厢里的目击证人。也请你相信我，我没有精神分裂，疤脸汉子与那个傀儡一样的小孩更不是我的幻觉，他们确确实实存在，尽管其言行是那样荒谬，但你知道的——荒谬早已不再只是一种哲学表达，它是当下中国的核心现状，且更具有一种部落的血腥与残忍。

我没杀人，该死的人类啊，我没有杀人啊！

六十

一个即将分娩的少女来寻找她失踪的男人。

一个身有残疾潦倒半生的男人绝望地看着油漆斑驳的门。他深深知道，除了催缴房租的二房东，不会有人敲响他的房门，但他还是渴望奇迹。

人是活在奇迹里的——从出生时就是。

他看着墙壁上的挂钟给了自己一个时间表。

他对那个在耳膜深深嗡嗡叫的声音说道："赌不赌？"

他赌了。

不管是谁，哪怕是一名心慌意乱的保险推销员，一个玩疯了跑错楼道单元的孩子，又或者是一条有着一个湿热鼻子的无家可归的小狗，只要在午时十二点前，房门被敲响，他就不去死。否则，他就得把汽油倒在身上。

他赢了赌注。他们相遇了，也相爱了。

他们有了一个孩子，那个孩子与我长得一模一样。

我躺在墙壁底，嘴里塞满潮湿阴冷的泥土。我怔怔地望着蹒跚学步的孩子，他小小的脚丫不时地踩在我的心脏上方，我是那个失踪的男人。当残疾的男人抱起孩子，眼里闪烁着幸福的泪水，我原谅了他的失手。几只蛴螬顺着破碎的颅骨爬进我的大脑，我不再是不速之客，我是它们的天堂与乐园。

六十一

这个地方的景色优美奇特，民风淳朴淳厚，唯一的坏处是它让你恋恋不舍，不忍离去。你已盘桓了三个星期，还是没有办法把它们全部装在眼睛里带走。你站在山坡上久久地凝视着脚下乳状的炊烟，以及停在烟雾里不动的鸟。黑羽白喙的鸟并非由炊烟所化，真让人诧异它是如何在空气中保持平衡。鸟叫起来，倏然掠翅穿过山坡上树的枝丫。

晨曦被搅动，薄薄的，像浮在水上的牛奶。

"总有一天，人们会阅读我，阅读我文章里的火。因为，这火是那时的他们所正在受的，这是皮格玛利翁式的一厢情愿。但我喜欢这样，就好像觉察到那倾注了毕生心血之物在我手掌里渐渐活了过来。"你提起行囊，里面只有一台笔记本，笔记本的硬盘上有一些谁也不读的文档——它们将陪你到另一个世界。

"我是否还能平静地活着，没希望，也没有绝望？"

你不无自嘲地摇头。

天太冷了，褐藓上覆盖着坚硬的白霜，枯黄色的茅草被脚一踩就碎掉了。土地这般结实，跺跺脚，山谷里传来沉闷的回音。你注意到山坡高地洼处一间小小的观音庙，在大片大片绚丽的云层下，它也在望着你。这是你不该有的疏忽。

近百米的路，额头泌出一层细密的汗。

你进去朝着那个端坐的人儿双手合什，眼观鼻、鼻觑心，默诵《心经》。

当你念到"能除一切苦"，身后传来一个少女清脆明快的笑声，"你傻啊，这又不是菩萨，你个大男人来拜啥子？"你皱起眉头。很快，你明白了她为什么会这样说。

很久以前，村里有个好木匠，是真的好，劈木头直接拿斧头砍，一条线也是笔直光滑，还会雕刻，只要眼睛见过，就没有雕不出的。可他是孤儿，山里人一年到头又难得添件新家具，虽然他喜欢上一个姑娘，还是没钱把她娶回家。他去外面找事做，等他回来，姑娘的父亲已经收了别人家的彩礼。他不再与人说话，大家叫他哑巴。

他没再娶。这样过了几十年，他们都老了。所以尽管他在隔了几十年后又重新拿起斧头与凿刀，大家也没有惊讶，以为他在为自己准备寿棺。但谁也没有想到，整整三个月后，他雕出一个真人大小的她，是十八岁的她。

那个已经年逾花甲的老妇人在看着这尊木像后失声恸哭。

不久，他死了。过了几年，他们都死了。再过了几年，几个妇人把这个眉眼盈盈的木头人儿搬到山坡上，还凑钱搭起一座青砖小屋为它遮风挡雨——据说只要在月圆之夜来此燃上三炷香，坚持一年，就一定能找到如意郎君。

少女明亮的眼神里有促狭笑意。

你屏住呼吸，凝视着这个曾经递给你一杯水的少女。她突然脸色通红，好像下了某种决心，反而坚定地，一步步向你走来。你意识到某种事情要发生，但那个一直端坐着的木像似乎具备某种磁性，让你无法动弹。在她身后，檐角上站立的鸟寂静清晰。

你注视着视网膜上的视觉残留，小声说道，"生命若昙花一现"。

你的眼泪涌了出来。少女的唇是那样芳香柔软，犹如鲜花怒放。

你的行囊掉到地上。

六十二

在一个神奇的地方，流传着一个不那么好玩的故事。

或者说这个故事具有某种神秘的魔力，只要说者能把它讲出来，哪怕只是说出其中某个单词，听者就会立刻竖起双耳，欲罢不能，一直到精疲力竭地倒下。

这本来没有什么大不了，尽管它总让听者以为自己才是这个故事中唯一的主角，干出一些让众生啼笑皆非的事。

但，一些心怀歹意的人滥用了它。

最恶劣的应该是一伙聪明的强盗。他们发明了两种神奇的物品，一种是能把这个故事成功说出来的高音喇叭；另一种是能彻底隔绝其音波的耳塞。

他们干脆利索地洗劫了所有在这块土地上生活着的人。

人们把这个故事视为禁忌，针对它发起了一场声势浩大的清洁运动。比如成立组织，用组织的力量，从各种信息传播介质里删除它。它就不应该被创造出来。许多人诅咒着其创作者的前生来世，他们走上街头，自愿充当坏脾气的纠察员。若有谁胆敢提及它，马上扑上前将其摁倒制伏，用胶带迅速封嘴——这成为一桩激动人心的比赛，一个七十岁的身手敏捷的老大妈以零点三秒的总耗时夺得冠军。

这样过了一些年，这个故事基本上销声匿迹。

大家终于习惯了没有它的日子，有时在商店遇到那种神奇的喇叭与耳塞，也会忘掉其最初的功能，认为它们只是还算有趣的玩具。至于那些在清洁运动之后出生的年轻人则根本就不知道它，这没有什么不好，不是所有的故事都有说出来的必要。

但到了 2032 年，一个多事的学者突然撰文说（他只是用"它"称呼——上了年龄的人们还是迅速明白了他的所指），这个故事固然会导致听者的自我歪曲、妄想、思维分裂和精神混乱，可这并不是它的错，纯属于人自身的使用不当。就像金钱一样，这个"罪恶"之物其实是人类最伟大的发现，接着他用很大的篇幅解释了为什么是发现，而不是发明。

　　这个可怕的言论引起一片哗然，不，是一个可怕的链式反应。

　　一些人如梦惊醒，更多人忧心忡忡，到最后所有的人都身不由己地卷入了这场唾沫之战。

　　可这个故事到底是什么呢？

　　一个异乡来的少年跳到山冈上高声喊道，鼻青眼肿的人们没有时间理会他。很快，那些飞涨的唾沫就够到他的脚跟。他短促地尖叫了声，就像石头一样掉了下去。

跋

A

世界会变，而我始终如一。

B

世界是一个嘈杂的舞台，或者说一本书。

由无穷的点、无数的线与无限的面所构成。

C

有风推窗而入，

也许不是风，是星光。

星光是什么？

耳朵在深夜听见了。

从星光中走出的少女啊，
我们该有多么孤独。

当目光相遇，
我是你的。

2011 年

图书在版编目（ＣＩＰ）数据

旅人书 / 黄孝阳著 . -- 上海：上海文艺出版社 ,2021
ISBN 978-7-5321-7887-2
Ⅰ . ①旅… Ⅱ . ①黄… Ⅲ . ①长篇小说 – 中国 – 当代
Ⅳ . ① I247.5
中国版本图书馆 CIP 数据核字 (2020) 第 264825 号

发 行 人：毕　胜
策　　 划：李伟长
责任编辑：陈　蕾
封面设计：海未来
特约编辑：王美元

书　　 名：旅人书
作　　 者：黄孝阳
出　　 版：上海世纪出版集团　上海文艺出版社
地　　 址：上海市绍兴路 7 号　200020
发　　 行：上海文艺出版社发行中心
　　　　　上海市绍兴路 50 号　200020　www.ewen.co
印　　 刷：三河市兴国印务有限公司
开　　 本：880×1230　1/32
印　　 张：10.75
字　　 数：261,120
印　　 次：2021 年 4 月第 1 版　2021 年 4 月第 1 次印刷
Ｉ Ｓ Ｂ Ｎ：978-7-5321-7887-2/I • 6253
定　　 价：61.00 元

告 读 者：如发现本书有质量问题请与印刷厂质量科联系　T:0512-52605406